Inhaltsverzeichnis

Unter den Kapiteln ist der Name eines Sängers versteckt volge dem Kapitel!

Überraschung

Es war am ersten Sonntag der großen Sommerferien, sieben Tage vor meinem vierzehnten Geburtstag, da verkündeten mir meine Eltern, sie würden sich trennen. Und zwar jetzt. Auf der Stelle. Sie standen vor mir im Flur, luftig gekleidet, sie hatten sich bei den Händen gefasst wie zwei Schulkinder, und wie aus einem Munde sagten sie: »Wir trennen uns.«

Zuerst brachte ich kein Wort heraus. Ich war bloß erschüttert. Und mir stand leuchtend hell eine Zahl vor Augen: die Dreiunddreißig. Nach meiner letzten Kontrollrechnung waren nämlich genau dreiunddreißig Prozent meiner Klassenkameraden Scheidungskinder, die Sitzenbleiber und die Klassenüberspringer nicht einmal mitgerechnet. Ich hatte ziemlich viel Zeit damit verbracht, über die Scheidungen in meiner Klasse Buch zu führen und die Betroffenen eingehend zu befragen. Man muss ja schließlich wissen, was um einen herum passiert.

Doch erst jetzt ging mir auf, dass ich nie damit gerechnet hatte, es könnte mich selbst einmal erwischen. Ich kam mir vor wie ein Afrikaforscher, der Tag für Tag Giftschlangen untersucht und keine Sekunde lang fürchtet, er könnte gebissen werden. Aus Verzweiflung, mehr aber noch aus Scham über meine Naivität, wurde

Vorname

ich knallrot. Jedenfalls fühlte sich mein Gesicht von innen knallrot an.

Außerdem stand wohl darauf zu lesen, was ich dachte. »Es ist nicht, was du denkst!«, sagte meine Mutter rasch. »Von Scheidung kann keine Rede sein. Papa und ich verstehen uns glänzend. Wir bleiben sicher ein Leben lang zusammen.« Sie machte eine kleine Pause. Dann sagte sie: »Wir trennen uns bloß von dir.«

»Ach so.« Mehr sagte ich nicht, weil ich in dieser Sekunde erfuhr, wie das ist, wenn einem die Worte im Hals stecken bleiben.

»Deine Mutter und ich«, sagte mein Vater, »haben beschlossen, uns in Zukunft mehr mit uns selbst zu befassen. Wir wollen unsere Beziehung vertiefen. Wir werden älter, da wird es Zeit, inniger zueinanderzufinden. Und was dabei am meisten stört, bist du. Deshalb werden wir uns von dir trennen.«

Aha! Ich sollte also kein Scheidungskind werden, sondern – was? Eine Verlassenswaise? Gab es das überhaupt? Ich versuchte mir meine Zukunft ohne Eltern auszumalen, doch dazu fehlte mir in diesen Sekunden die Fantasie. Außerdem verstopften die vielen Worte, die ich sagen wollte, jetzt endgültig meine Luftröhre von unten her, so dass ich von oben keine Luft mehr bekam. Das wollte ich auch gerne mitteilen, weil ich es für wichtig hielt, brachte aber nur eine Art Pfeifen heraus, ähnlich wie ein Fahrradschlauch, der gerne platzen würde, aber nicht kann.

Papa schien das zu bemerken und gab mir eine leichte

therapeutische Ohrfeige. Der Wortstau in meinem Hals löste sich auf, ich sagte »Danke« und bekam wieder Luft. Aber es war nicht viel, und als ich dann Sätze sagte wie: »Seid ihr verrückt geworden!«, »Was soll der Unsinn!« und »Das könnt ihr doch nicht machen!«, da klang das gar nicht vorwurfsvoll, sondern eher ein bisschen verquietscht und albern.

Mama hob einen Zeigefinger. »Hab dich ein bisschen besser unter Kontrolle. Und werd möglichst schnell erwachsen! Du bekommst natürlich das Haus. Ab sofort lebst du hier alleine, da solltest du besser ruhig und souverän sein, wie es sich für allein lebende Menschen gehört.«

»Und du solltest endlich darüber Bescheid wissen, wie es im richtigen Leben zugeht«, sagte Papa. »Aber keine Angst! Wir haben dir einen Grundkurs in Lebensbewältigung hinterlassen. An die wichtigsten Sachen haben wir Zettel geklebt. Da steht alles drauf. Wie du die Waschmaschine bedienst. Wie du den Müll trennst. Wie du die Beutel im Staubsauger wechselst. Eben alles, was man braucht, wenn man für sich selbst verantwortlich ist.«

Meine Mutter schaute auf die Uhr. »Aber für lange Erläuterungen ist jetzt leider keine Zeit mehr.« Und dann wiesen meine Eltern auf die Koffer, die sie unbemerkt, jedenfalls unbemerkt von mir, gepackt und in den Flur geschafft hatten.

»Wir haben auch nicht viel Zeit für gefühlvolle Abschiede«, sagte mein Vater. »Wir beginnen unser neues

Leben nämlich mit einer Weltreise. Und unser Flug in die Karibik geht in zwei Stunden.« Darauf sagte meine Mutter »Hach!« und küsste meinen Vater auf eine Art und Weise, dass ich dringend weggucken musste. »Wie sehr ich mich darauf gefreut habe«, sagte sie, als sie mit dem Küssen fertig war. »Antigua, Barbados, Jamaika. Und anschließend New York, London, Rom, Paris. Ich denke, das wird wunderbar!«

Ich dachte nur: Neustadt.

Das ist die Stadt, in der wir wohnen. Pardon, in der ich jetzt den Rest meines Lebens in Einsamkeit zubringen sollte. Denn wenn die Reiseroute meiner Eltern stimmte, würde ich ihre Rückkehr vielleicht gar nicht mehr erleben.

Bei dieser Gelegenheit und für alle, die es nicht wissen: Unser Neustadt ist nicht neu, sondern heißt nur so. Es ist allerdings auch nicht alt. Und außerdem ist Neustadt weder groß noch klein, weder aufregend noch langweilig, sondern in allem und jedem auf eine etwas aggressive Art und Weise mittelmäßig. Mir hatte das bislang nicht allzu viel ausgemacht. Ich war überhaupt mit dem, was ich hatte, ziemlich zufrieden. Außerdem hieß es immer, ich würde demnächst, wahrscheinlich am Morgen meines achtzehnten Geburtstags, das mittelmäßige Neustadt verlassen und in die sogenannte große weite Welt ziehen, um dort Glück und Reichtum zu erwerben. Ich hatte dazu immer genickt und so getan, als würde ich mich darauf ganz wahnsinnig freuen. Gleichzeitig hatte ich mir allerdings vorgenommen, das

Achtzehnwerden möglichst lange hinauszuschieben. Vielleicht fände ich ja einen Trick und könnte es komplett verhindern.

Doch jetzt lag der Fall ganz anders. Meine Eltern, die kürzlich fünfunddreißig geworden waren, verzogen sich in die große weite Welt – und ich durfte in Neustadt bleiben, allerdings nur, um in bitterer Armut zu leben und unglücklich vor die Hunde zu gehen.

Meine Mutter zerrte schon an den Koffern, aber mein Vater hatte offenbar meine Gedanken gelesen. »Um Geld mach dir keine Sorgen. Es liegt genug im Haus. Das wirst du beizeiten finden. Ich hab es dir eigentlich gleich geben wollen, aber Mama hat gesagt: Lass nur, er soll ein bisschen suchen, damit er uns nicht gleich hinterherkommt. Wir brauchen einen kleinen Vorsprung.«

Es ist kein schöner Moment im Leben eines fast Vierzehnjährigen, wenn er herausfindet, dass die eigenen Eltern zu genau jenem grenzenlosen Egoismus fähig sind, den sie ihrem Sohn seit Jahren unterstellen. Betreffender Sohn zweifelt dann augenblicklich an allem und verlangt sehr heftig nach Trost und Geborgenheit. Und obwohl ich nicht der besonders verschmuste Typ bin, wollte ich mich spontan wie ein Dreijähriger an eines meiner Elternteile klammern. Doch meine Mutter schien das zu ahnen und gab mir rasch zwei Küsse, die so flüchtig waren wie sie selbst.

»Tschüssi«, sagte sie. »Und versuch nicht, uns anzurufen. Von unseren Handys haben wir uns nämlich auch getrennt.« Tatsächlich lagen die beiden friedlich nebeneinander auf dem kleinen Schrank im Flur.

Als meine Eltern kurz darauf mit unserem ehemaligen Familienauto um die Ecke rauschten, stand ich barfuß im Vorgarten und sah dabei wahrscheinlich so albern aus wie unsere beiden Punk- und Hippie-Gartenzwerge. Ich winkte meinen Eltern kein bisschen nach; das war der einzige Protest, zu dem ich fähig war. Außerdem hatte ich das Gefühl, gleich wieder keine Luft zu bekommen. Und winkend in Ohnmacht zu fallen sieht sicher besonders dämlich aus. Überhaupt wollte ich mich nie mehr bewegen. Ich wollte selbst ein Gartenzwerg werden, kein Hippie- oder Punk-, sondern ein Trennungszwerg, dem allmählich Regen und Wind die billige Farbe vom Plastik waschen.

Doch da trat unsere Nachbarin zur Linken vors Haus, Frau Glossbach. Sie sah mich merkwürdig an, dann machte sie eine lockende Handbewegung wie die Hexe im Märchen. Wer weiß, dachte ich, was meine Eltern sonst noch alles arrangiert hatten, um sich den Rücken frei zu halten. Womöglich hatten sie sich sogar mit ihren Feinden verbündet, von denen Frau Glossbach der schlimmste war. Und vielleicht hatte die in ihrem Keller schon ein gemütliches kleines Verlies für mich eingerichtet. Ich raffte also meine Restkräfte zusammen, verschob den Verzweiflungstod durch Vergartenzwergung auf später und ging zurück ins Haus.

In der Küche fand ich prompt den ersten der angekündigten Zettel; er war gelb und klebte am großen

Kühlschrank. Darauf stand: *Achtung! Alle in diesem Gerät verwahrten Lebensmittel sind genießbar. Aber Vorsicht! Du musst vor dem Essen die Verpackung entfernen. Und wenn du klug bist, wirfst du die Verpackung nicht weg. So weißt du, was du im Supermarkt kaufen solltest, damit du nicht verhungerst.*

Ich öffnete den Kühlschrank. Er war nicht sehr üppig, dafür aber genau richtig gefüllt. Einige Schälchen Milchreis, ein Dutzend Becher Götterspeise und Karamellpudding, dazu ein paar Flaschen Multivitaminsaft. Das passte exakt in mein eher schmales Lebensmittel-Beuteschema. Oder anders gesagt: Es waren die einzigen Sachen, die ich wirklich mochte. Ich war also vorläufig gerettet, daher gestattete ich mir das erste Aufatmen des Tages und komponierte eine kleine Mahlzeit: Milchreis mit Götterspeise. Dazu trank ich Multivitaminsaft.

Als ich zum Nachtisch einen Karamellpudding wählen wollte, bemerkte ich allerdings auf dem hintersten Milchreis im Kühlschrank einen zweiten gelben Zettel, der mehr als doppelt so groß war wie der erste. Vermutlich würde darauf eine Generalbelehrung meiner ehemaligen Eltern stehen, vielleicht ein Vortrag über gesunde Ernährung im Allgemeinen und die Schädlichkeit von Fertigpudding im Besonderen.

Danach war mir nun gar nicht, und so verzichtete ich dankend auf den Nachtisch. Doch den Zetteln entging ich nicht. Denn als ich die leeren Packungen in die Mülltonne werfen wollte, glänzte dort ein weiteres

Exemplar: *Sehr brav! Du schonst die Umwelt. Aber leider weißt du jetzt nicht mehr, was du kaufen willst, du unselbstständiger und weltfremder Taugenichts.*

Ich wollte nur noch ins Bett. Der Tag sollte nicht weitergehen. Schon immer hatte ich die Fähigkeit besessen, im Handumdrehen einzuschlafen, wenn die Dinge nicht gut standen. Davon wollte ich jetzt Gebrauch machen. Doch als ich die Bettdecke zurückschlug, fand ich darunter den nächsten Zettel: *Was soll das heißen? Ins Bett, ohne die Zähne zu putzen? Ich fasse es nicht. Ab ins Badezimmer, du Ferkel!*

Gehorsam putzte ich mir die Zähne, dann kroch ich in mein Bett und zog mir meine Lieblingsbettdecke über den Kopf, ein kunterbuntes Monstrum von sechs Quadratmetern, das eine Bekannte meiner Mutter aus Hunderten von ganz verschiedenen Stofffetzen zusammengenäht hat. Und obwohl ich befürchtet hatte, es könnte diesmal nicht funktionieren, schlief ich ein, kaum dass die Welt hinter der Patchworkdecke verschwunden war.

Piet Montag

Am nächsten Morgen erwachte ich aus einem Traum. Im Traum war Folgendes passiert: Nur eine Stunde nachdem sie mich verlassen hatten, kamen meine Eltern wieder zurück. »Überraschung!«, sagten sie und schwenkten alberne kleine Fähnchen. »Natürlich haben wir uns nicht von dir getrennt! Das war nur eine scherzhafte kleine Lektion.« Sie kicherten. »Du solltest bloß aus pädagogischen Gründen einmal spüren, wie trostlos ein Leben ohne Eltern ist.«

»Allerdings«, sagte mein Traumvater darauf mit veränderter Stimme, »wird sich eine Kleinigkeit in deinem behüteten Leben ändern.« Er packte die Fähnchen wieder ein. »Wir, deine mildtätigen Eltern, haben nämlich sieben arme Kinder aus drei Kontinenten adoptiert, damit die kleinen Hascherln auch von unserem Reichtum und unserer liebevollen Fürsorge profitieren. Denn es ist ja eine Schande, wie viel liebevolle Fürsorge und wie viel gutes Geld wir ausschließlich an einen melancholischen Tagträumer wie dich verschwenden.«

Ich wollte etwas antworten, bekam aber auch im Traum die Zähne nicht auseinander.

»Husch«, sagte da mein geträumter Vater, »geh schon mal in dein Zimmer und mach ein bisschen Platz. Jetzt wird es nämlich eng. – Hopp, ihr Kleinen!«

Auf dieses Kommando sprangen sieben Kinder hinter ihm hervor: zwei schwarze, zwei braune und drei gelbe. Johlend stürmten sie an mir vorbei in mein Zimmer. Ich sah noch, wie einer sich über meine Sammlung von Glaselefanten hermachte. Als es gefährlich zu klirren begann, erwachte ich schweißgebadet unter meiner bunten Decke.

Ich rollte mich aus dem Bett. Ein Glas Multivitaminsaft, dachte ich, könnte jetzt vielleicht helfen. Doch auf dem Weg durch den stillen Flur zur Küche erwartete mich eine weitere Überraschung. Es klingelte an der Haustür, ich öffnete, und vor der Tür stand jemand, der aussah, als käme er von irgendeiner Post. Seinen rechten Fuß hatte er auf eine Kiste gestellt, die überall Schlitze hatte und ziemlich ramponiert aussah.

»Bist du Paul Müller?«, fragte er streng.

Ich weiß, mein Name klingt ein bisschen wie die Namen, die Spione annehmen, wenn sie besonders unauffällig wirken wollen. Wohlgemerkt, blöde Spione oder solche, die noch in der Ausbildung sind. Aber wir heißen nun einmal Müller, wie viele andere Leute auch. Und wenn man schon Müller heißt, so pflegte mein Vater immer zu sagen, dann kann einem auch ein Paul nichts mehr verderben. Im Gegenteil: Vor einem Müller wird ein Paul regelrecht leuchten. So ist er, mein Vater. Beziehungsweise, so war er.

Ich nickte. »Okay. Ich bin Paul Müller, und ich gebe alles zu.«

»Gut. Dann bestell den Idioten, die dieses Monster

hier aufgegeben haben, dass auch unser Spezialversand nur Kisten befördert, die grundsätzlich stillhalten. Möchtegern-Selbstläufer transportieren wir nicht.«

Deshalb also der Fuß auf der Kiste! Tatsächlich schien sie trotz dieser Kontrolle irgendwie in Bewegung zu sein.

»Was ist denn dadrin?«

»Interessiert mich nicht«, sagte der Postmensch. »Aber als ich es zur Ordnung gerufen habe, wollte es mich beißen. Die Rechnung folgt.« Er zeigte mir seine rechte Hand, auf der sich ein harmloser Kratzer befand. Und dann ging er. Ich schaute ihm hinterher; auch von hinten sah er aus wie einer, der gleich zum Rechtsanwalt will und sich jetzt schon auf sein Schmerzensgeld freut. Hatte ich also noch ein Problem mehr.

Doch zuerst musste ich diese schräge Kiste ins Haus bekommen. Ich zog und zerrte, tatsächlich kriegte ich sie auch in den Flur, doch mein Gezerre gab ihr den Rest, sie klappte auseinander, und vor mir stand: ein großer schwarzer Hund. Das heißt, ein junger schwarzer Hund – aber einer, dem jeder und also auch ein Nichthundefachmann wie ich ansehen konnte, dass er einmal groß werden würde. Sehr groß sogar!

An einer Schnur um den Hals trug der Hund einen gelben Zettel. So etwas hatte ich geahnt. Die Schrift auf dem Zettel war ziemlich verschwommen, doch der Anfang ließ sich entziffern. Da stand: *Hallo Paul. Wenn du das liest, sitzen wir schon am Strand. Winke winke! Das hier ist Piet. Er ist ab sofort dein Freund. Das heißt, du übernimmst für ihn die Verantwortung. Das wird dir helfen, schneller erwachsen zu werden. Im Gegenzug wird er dir beim Alleinsein helfen. Hunde können das gut. Man sieht sie nur an und fühlt sich gleich viel besser. Im Gegensatz zu…* Es hatte wohl noch mehr da gestanden, aber der restliche Text war fast verschwunden, so als hätte jemand ihn weggeleckt.

Ich setzte mich in sicherer Entfernung vor dem Hund auf die Erde, und wir schauten einander an. Er schaute interessiert, ich wahrscheinlich eher skeptisch. Mein Verhältnis zu Hunden war bislang gut ausbalanciert. Ich fand, dass Hunde schlecht rochen, und fürchtete mich davor, gebissen zu werden, während die Hunde vermutlich fanden, dass es immer noch aufregender war, mit einer alten Plastiktüte zu spielen als mit mir. Folglich gingen wir einander aus dem Weg.

Jetzt sah die Sache allerdings anders aus. Ich saß so einsam in unserem Haus wie Robinson Crusoe auf seiner Insel, und meine Eltern hatten mir per Spezialpost einen lieben Leidensgenossen geschickt. Wahrscheinlich mit dem Hintergedanken, ich könnte im Handumdrehen zum fanatischen Hundefreund werden. Reizende Idee!

Ein gewisses Etwas in mir schlug vor, den Hund einfach zur Tür hinauszujagen. Annahme verweigert. Es gehört schließlich zu den Menschenrechten, Hunde eklig und gefährlich zu finden und ohne sie leben zu wollen. Dieses gewisse Etwas in mir setzte sich dann auch durch. Schon war ich aufgestanden und hatte die

Klinke der Haustür in der Hand. »Komm, Hundilein«, sagte ich, »wir gehen Gassi.« Wobei das »wir« natürlich gelogen war.

Doch da setzte sich der Hund und sah zu mir herauf. Er tat es mit zwei sehr braunen Augen, die im Fell seines Kopfes lagen wie Mamas Bernsteinohrringe in ihrer schwarzen Schmuckschatulle. Und da wurde mir klar, dass ich gerade mit ihm tun wollte, was meine Eltern gestern mit mir getan hatten. »Tut mir leid«, sagte ich, worauf der Hund sich mit der Zunge über die Nase leckte. Es sah aus, als wollte er sagen: »Ist schon okay.«

Ich setzte mich wieder vor ihn auf den Boden und redete ihn an, als könnte er mich verstehen. »Weißt du, was? Du bist an einem Montag gekommen, deshalb taufe ich dich Piet Montag. Außerdem passt das gut zu Paul Müller.« Ich sah ihm tief in die Augen und bemühte mich, meiner Stimme einen beschwörenden Unterton zu geben. »Und du weißt es vielleicht noch nicht, aber bist ein sehr sehr liebenswürdiger, pflegeleichter und gehorsamer Hund.«

Piet Montag hielt meinem Blick stand. Er klappte die Ohren nach vorne und neigte den Kopf zur Seite.

Ich überwand mich und rückte noch etwas näher an ihn heran. »Du tust«, raunte ich so dunkel ich konnte, »ab jetzt alles, was ich sage. Du gehorchst aufs Wort und stellst keinerlei Unfug an. Und du interessierst dich kein bisschen für meine Glaselefanten.«

Einen Moment lang dachte ich, der Hund würde nicken. Doch tatsächlich legte er nur kurz den Kopf in den Nacken, um mir mit aller Kraft ins Gesicht zu niesen. Vor Erschrecken und Ekel fiel ich auf den Rücken. Gleich war der Hund über mir und leckte zur Abwechslung meine Nase. Ich rollte mich auf den Bauch und schützte mein Gesicht seitlich mit den Händen. Diese zugegebenermaßen erbärmliche Stellung meinerseits nutzte er, um mir meinen rechten Lieblingspantoffel vom Fuß zu reißen. Und bevor ich wieder halbwegs auf den Beinen war, um den Pantoffel zu retten, hatte er ihn in mundgerechte Stücke zerbissen und ein paar davon gefressen.

Ich humpelte in die Küche. Immerhin, so dachte ich, müsste ich mich also nicht um seine Ernährung kümmern. Eine Sorge weniger. Und während Piet Montag, wie ich glaubte, im Flur lautstark den Rest vom Pantoffel fraß, machte ich mir in der Küche Frühstück, der Einfachheit halber: Milchreis mit Multivitaminsaft. Beides holte ich mit zusammengekniffenen Augen aus dem Kühlschrank, um dem übergroßen gelben Zettel zu entgehen, der dort auf mich lauerte.

Als ich zurück in den Flur kam, hatte Piet Montag vom Wintermantel meiner Mutter, der an der Garderobe hing, so viel heruntergerissen, wie er erreichen konnte, wenn er sich auf die Hinterbeine stellte. Es war ziemlich viel, eigentlich war nicht einmal eine Jacke übrig geblieben. Oje, dachte ich. Ein weiterer Grund für meine Mutter, nie mehr nach Hause zu kommen. Jedenfalls nicht im Winter.

Ich setzte mich ins Wohnzimmer und versuchte, über

meine Zukunft nachzudenken. Daran hinderte mich allerdings ein weiterer gelber Zettel am Fernseher. *Hurra!*, stand darauf. *Endlich kann Paul Müller so viel fernsehen, wie er immer schon wollte. Von früh bis spät. Rund um die Uhr. Jeden beliebigen* – hier war das Wort »Scheiß« durchgestrichen – *Unsinn. Dazu kann er Chips essen (im Wohnzimmerschrank) und Multivitaminsaft trinken (im Kühlschrank), ebenfalls so viel er will. Außerdem …*

Umgehend wusste ich, ich würde nie wieder in meinem Leben fernsehen wollen. Ich kniff die Augen zu und tastete blind nach dem Zettel, um ihn abzureißen, ohne den Rest des Textes lesen zu müssen. Aber es war zu spät. Jetzt, da es ohne Ende erlaubt war, hatte das Fernsehen für mich jeden Reiz verloren. Es würde also nicht einmal stilecht der Kasten laufen, wenn mich das Team von CSI Neustadt hier finden würde, umgeben von leeren Chipstüten und leeren Multivitaminsaftflaschen, gestorben an gebrochenem Herzen und anschließend von einem grausamen Hundewelpen zur Hälfte verzehrt.

Ich ging in mein Zimmer und versuchte es dort mit dem Nachdenken. Wichtig war jetzt vor allem, das Geld zu finden, von dem mein Vater gesprochen hatte. Schon in ein paar Tagen müsste ich mich um Nachschub an Lebensmitteln kümmern. Vermutlich auch um andere Sachen, aber darauf konnte ich mich im Moment nicht konzentrieren.

Doch wo mit dem Suchen beginnen? Wir wohnten

immerhin in einem ziemlich großen Haus mit einem noch größeren Garten dahinter. Da kam mir eine Idee. Wozu hatte ich schließlich einen Hund, den bekanntlich besten Freund des Menschen! Ich ging in den Flur und wollte ihm mitteilen, dass er jetzt etwas tun könnte, um sich sein Futter zu verdienen. Doch der beste Freund des Menschen hatte gerade unterhalb der Garderobe etwas Unsägliches getan, das schlecht vor sich hin roch, um nicht zu sagen: fürchterlich stank.

Mir blieb allerdings nichts übrig, als ihm zu verzeihen. Ich brauchte ihn ja als Geldspürhund. Statt ihn zur Rechenschaft zu ziehen, holte ich einen Zehneuroschein aus meinem Portemonnaie und hielt ihn vor seine Nase.

»Riech!«, sagte ich mit gespielter Begeisterung. »Such! Such das schöne Geld.«

Piet Montag sah mich, so schien es mir, irgendwie fragend an. Dann schnappte er sich den Zehneuroschein, schluckte ihn unzerkaut und halbierte damit mein Barvermögen.

Jetzt wurde die Lage kritisch. Ich hätte heulen können, schaffte es aber, wenigstens so zu tun, als wäre ich eiskalt und hätte den Überblick. Mit viel Überwindung trug ich Piet Montag, der so schwer war wie zwei vollgepackte Schultaschen, in die Badewanne. Das schien mir der sicherste Ort für ihn zu sein. Anschließend tat ich mit Kehrblech und Aufnehmer etwas, von dem ich noch gestern gedacht hatte, ich müsste es nie in meinem Leben tun: Ich machte anderer Leute Kacke weg! Ich tat es mit angehaltenem Atem. Danach lief ich schnell in den Garten, wo ich in frischer Luft das Atmen nachholte. Ich blieb dann noch ein wenig draußen. Ins Grüne zu sehen soll ja angeblich beruhigen.

Schließlich wollte ich Piet Montag aus seinem Gefängnis holen. Ich hatte mir vorgenommen, ihm dabei einen längeren Vortrag über häusliche Reinlichkeit zu halten. Doch als ich sah, wie er mit jämmerlich abgespreizten Beinen in der Wanne saß, verzichtete ich darauf. Wahrscheinlich fühlte er sich schrecklich, eingesperrt in einem glatten, weißen Nichts.

Allerdings zeigte er sich keineswegs dankbar, als ich ihn packen und heraushieven wollte. Schlitternd versuchte er zu fliehen, seine Krallen kratzten kreischend übers Email der Wanne. Ich griff nach ihm, und so kam es zu einem Hand- beziehungsweise Pfotengemenge, in dessen Verlauf ich versehentlich das Wasser anstellte und Piet Montag dummerweise den Duschkopf herunterriss, worauf dieser eine kräftige und sehr bewegliche Fontäne durchs Badezimmer schoss. Bevor ich das Ding unter Kontrolle bekam, war ich klatschnass. Und Piet Montag war verschwunden.

Ich zog mein durchnässtes Lieblingssweatshirt aus und setzte mich ins Wohnzimmer, den Rücken zum Fernseher. Es war sehr still im Haus, und ich war wieder kurz davor zu heulen. Ich war verlassen worden, und was immer ich anfasste, es ging schief. Ich hatte schon dieses sehr spezielle Gefühl im Mund und in den Augen, da sprang mir ein schwarzer Hund auf den

Schoß und begann, sich selbst mit seiner Zunge trocken und mich mit seinem Fell noch etwas nasser zu machen. Darüber musste ich lachen, und das Heulen machte sich davon.

Stattdessen grübelte ich. Vielleicht hatten meine Eltern ja das Richtige getan, als sie mich verließen. Vielleicht war das ja die einzige Möglichkeit, aus einem naiven und weltfremden Kind wie mir einen einigermaßen selbstständigen Vierzehnjährigen zu machen. Eine Radikalmaßnahme, mag sein. Und nicht gerade leicht zu ertragen! Aber womöglich hatten meine Eltern es ja aus Liebe getan. Ein solcher Traumtänzer wie ich würde in der großen weiten Welt bloß auf die Nase fallen, und deshalb gaben sie mir die einmalige Chance, im Schnellverfahren erwachsen zu werden.

War es wirklich so? In einem Anfall von Albernheit fragte ich das den Hund, der sich auf meinem Schoß zusammengerollt hatte. »Na, was meinst du? Bin ich so eine Dumpfbacke, die man zu ihrem Besten zwingen muss?«

Der Hund rappelte sich hoch. Schließlich stand er mit den Hinterpfoten auf meinen Oberschenkeln und mit den Vorderpfoten auf meinem Bauch. Kurz sah er mich aufmerksam von oben herab an, dann schüttelte er zuerst den Kopf und dann seinen ganzen Körper. Erstaunlich, wie viel Wasser noch in seinem Fell saß. Ebenfalls erstaunlich, dass ich wieder laut lachen musste. Und ein bisschen sah es so aus, als lachte Piet Montag auch.

Paula Rosa

Ich ging hinaus in den Garten, setzte mich auf unsere Hollywoodschaukel und ließ mich von der Sonne trocknen. Derweil überlegte ich meinen nächsten Schritt. Mir war jetzt klar, es würde kein besonders mutiger, kein besonders großartiger oder selbstständiger Schritt sein, dafür war ich einfach nicht gebaut. Doch es würde immerhin ein ehrlicher Schritt sein. Ich würde nämlich eingestehen, dass ich Hilfe brauchte. Jede erdenkliche Hilfe. Und für diese Hilfe kannte ich momentan nur einen Namen: Tante Elke.

Tante Elke war eigentlich keine richtige Tante, sondern eine Cousine meiner Mutter. Als Kinder sollen die beiden ein Herz und eine Seele gewesen sein. Doch in den letzten Jahren hatten meine Eltern, vorsichtig ausgedrückt, kaum noch Kontakt zu ihr gepflegt. Seit ihrem letzten Umzug hatten wir sie gar nicht mehr besucht, und als sie zuletzt bei uns gewesen war, hatten die drei zusammen so viel Schweigen angehäuft, dass es mir noch Tage später die Stimme verschlug, wenn ich das Wohnzimmer betrat.

Der Grund für unsere schlechten Beziehungen zu Tante Elke war die rätselhafte Krankheit, an der sie litt, seitdem ich sie kannte. Sommers wie winters hatte sie eine gefährlich gerötete Nase, dauernd tränten ihre

Augen, und ihre Stimme war ein weinerliches Dauerschniefen. Ihre ständigen Begleiter waren in Kräutertee gewaschene Taschentücher, und beim Essen lagen immer Dutzende von Pillen neben ihrem Teller. Selbst wenn sie ansonsten der beste Mensch der Welt wäre, sagte mein Vater, reiche dieser Dauerschnupps, ihre Nähe zu meiden. Worauf er etwas rezitierte, in dem sich »Elke« auf »welke« reimte und worüber meine Mutter nicht lachen wollte.

Allerdings war Tante Elke meine einzige Verwandte. Jedenfalls die einzig erreichbare. Weder mein Vater noch meine Mutter haben Geschwister, und meine Großeltern wohnen erstens sehr weit weg und sind zweitens sehr aktive Menschen. Meistens befinden sie sich auf ausgedehnten Gruppenreisen in irgendwelche Wüsten oder Dschungel. Wir besuchen sie so selten, dass ich jedes Mal Bilder von ihnen mitnehme, damit ich sie wiedererkenne. Leider ist es trotzdem schon mehrfach geschehen, dass ich aus Versehen wildfremden Menschen mit dem Ausruf »Hallo, liebe Omi« oder »Hallo, lieber Opi« in die Arme gefallen bin.

Ich wusste natürlich nicht, ob sich Tante Elke freiwillig für mich verantwortlich fühlen würde. Oder konnte man sie polizeilich zwingen, sich um mich zu kümmern? Und konnte ich das überhaupt wollen? Wenigstens, so dachte ich, würde sie mir etwas Geld leihen können. Wenn ich den Schatz im Haus entdeckt hätte, könnte ich es ihr ja zurückzahlen. Ich suchte und fand ihre neue Adresse im Telefonbuch: Grimmstraße Nummer 1.

Tante Elke konnte vielleicht noch ein weiteres meiner Probleme lösen. Wenn ich mich recht erinnerte, hatte sie beruflich mit Tieren zu tun. Also könnte sie mir womöglich auch ein paar Tipps geben, was zu tun war, um den mir anvertrauten Allesfresser und Flurbekacker in einen liebenswerten, höflichen und vor allem absolut stubenreinen Haushund zu verwandeln.

Geplant, getan. Ich band Piet Montag ein Stück Wäscheleine um den Hals, verstaute meinen letzten Zehneuroschein sicher im Portemonnaie und trat vor die Haustür. Den Zettel auf dem Briefkasten, auf dem wahrscheinlich stand, dass ich mich nicht um die Post kümmern sollte, weil meine Eltern sich nicht nur von mir, sondern auch von allen Rechnungen, Mahnungen, zweiten Mahnungen und letzten Mahnungen getrennt hatten, übersah ich geflissentlich. Oder, ehrlich gesagt, ich hatte keine Gelegenheit, ihn zu lesen, denn ich musste mich um den widerstrebenden Hund am Ende der Wäscheleine kümmern.

Als ich in Höhe des Vorgartentores erstmals aufschaute, stand nebenan unsere Nachbarin Frau Glossbach in der Tür. Sie winkte mich wieder heran, also schaute ich verbissen in die andere Richtung und zog Piet Montag zur Bushaltestelle.

Das klingt nun allerdings leichter, als es war, denn der Hund schien eine starke Abneigung gegen das Gehen an der Leine zu haben. Statt freudig neben mir her zu laufen wie die lustigen Hunde in der Hundefutterwerbung, bremste er, so gut er konnte. Zuerst bremste er mit seinem Po, indem er sich einfach hinsetzte. In dieser Stellung konnte ich ihn noch hinter mir herschleifen. Dann aber bremste er mit dem Bauch, indem er sich hinlegte und die Beine zur Seite abspreizte, was ein Schleifen fast unmöglich machte.

Schließlich beschloss er, mit dem Rücken zu bremsen, und warf sich ganz herum. Jetzt ging das Schleifen zwar wieder leichter, die Pfoten hatten wohl griffiger gebremst als der Rücken. Doch nun schnürte ihm die Wäscheleine die Luft zum Atmen ab, und er produzierte unerfreuliche Geräusche. Ob ich die ertragen konnte, probierte ich erst gar nicht aus, denn mittlerweile wurde ich von den bösen Blicken der Passanten tausendfach durchbohrt.

Zugegeben, gut sah das sicher nicht aus, wie hier ein genervter Beinahe-Vierzehnjähriger einen röchelnden Junghund hinter sich herschleifte. Aber das war ja kein Hobby, das ich mir ausgesucht hatte, um meine Freizeit sinnvoll zu füllen. In diese Situation hatten mich einzig und allein meine fahnenflüchtigen Eltern gebracht!

Allerdings konnte ich den Böse-Blicke-Absendern unmöglich quer über die Straße zurufen, dass ich das momentan schlechtestmöglich behandelte Trennungskind von ganz Neustadt war, ein Opfer des Freiheits- oder Selbstverwirklichungstriebs seiner eigenen Eltern. Dafür war der Sachverhalt einfach zu kompliziert und die Straße zu laut. Ich nahm deshalb Piet Montag auf den Arm und wollte ihn zur Bushaltestelle tragen, aber er antwortete mit einem Hundetrick und verdoppelte sein Gewicht. Es fühlte sich an, als würden meine Arme aus den Gelenken brechen.

So blieb mir nichts anderes übrig, als den Hund wie einen Sack über meine Schulter zu werfen. Diese Lage schien ihm zu gefallen, und den ganzen Weg zur Bushaltestelle wedelte er mir seinen Schwanz wie einen Scheibenwischer übers Gesicht. Als ich mich endlich auf die kleine Bank im Wartehäuschen setzen konnte, war ich völlig erschöpft. Außer mir wartete niemand auf den Bus. Später erschien ein Mädchen, ungefähr in meinem Alter.

Da vor ein paar Tagen die großen Schulferien begonnen hatten, waren die meisten Leute raus aus Neustadt und Richtung Urlaub gefahren. Vermutlich *mit* ihren Kindern, wenn ich mir diesen harmlosen Scherz auf meine Kosten erlauben darf. Jedenfalls war der Bus ziemlich leer. Und da ich gerade beim Scherzen bin: Wäre auch der Busfahrer in Urlaub gewesen, hätte es eine ganz angenehme Fahrt werden können. So aber musste ich mit dem Mann ein längeres Gespräch darüber führen, welch strenge Auflagen man erfüllen muss, wenn man mit einem Hund im Linienbus fahren will. Das Gespräch endete damit, dass ich fast alles von meinen zehn Euro abgeben und außerdem schwören musste, den Hund fest auf dem Schoß zu halten. Sollten sich andere Fahrgäste beschweren, müsste ich sofort den Bus verlassen und bekäme mein Geld nicht zurück.

Zitternd setzte ich mich auf eine Zweierbank. Nach

drei Haltestellen war der Bus fast vollkommen leer. Ich versuchte, das nicht auf mich zu beziehen. Allerdings kam von den hinteren Sitzreihen das Mädchen nach vorn, das zusammen mit mir eingestiegen war. Sie trug, wie ich jetzt bemerkte, lauter Sachen, die das Spektrum sämtlicher möglicher Varianten der Farbe Rosa vollständig abdeckten. Rosa Jeans, rosa T-Shirt, rosa Sweatshirt, rosa Kettchen, rosa Spängchen und immer so weiter. Sie anschauen und den Geschmack von einem ganz bestimmten rosafarbenen Kaugummi im Mund haben, das war praktisch eins.

Das Mädchen blieb eine Zeit lang vorne beim Busfahrer stehen, dann kam es zielstrebig auf mich zu und setzte sich neben mich. Das musste ich nun allerdings auf mich beziehen, denn fast alle anderen Plätze waren ja frei. Sicherheitshalber packte ich den Hund noch fester und guckte wie blöd aus dem Fenster. In der Spiegelung der Scheibe konnte ich sehen, dass das Mädchen ebenso blöd geradeaus guckte. Es passierte fürs Erste nichts, und ich war heilfroh. Doch nach zwei weiteren Bushaltestellen kniff mich Piet Montag in die Hand und sprang dem Mädchen auf den Schoß. Toll, dachte ich, gehen wir also zu Fuß!

Aber weit gefehlt. Das Mädchen beschwerte sich nicht. Sie kraulte den Hund vielmehr ziemlich fachmännisch hinterm Ohr und drehte langsam ihren Kopf zu mir. Dabei lächelte sie mich an. »Hallo«, sagte sie mit einer Stimme, die ebenfalls vollkommen rosafarben war.

Ich antwortete etwas, das klang, als würde man eine rostige Tür schließen.

»Ich bin die Paula«, sagte das Mädchen.

Dazu hätte ich jetzt einen superlustigen Satz sagen können, so in der Art wie: Da treffen sich ja die Richtigen. Ich sagte aber nur: »Paul.« Das heißt, ich brummte oder knirschte oder knarrte es.

»Ich weiß«, hauchte das Mädchen auf Rosa. »Paul Müller. *Mein* Paul Müller.«

Mir wurde schummrig zumute. Mein Bedarf an Überraschungen jedweder Art war seit gestern Morgen für die nächsten zwanzig bis dreißig Jahre gedeckt. Aber was jetzt passierte, sollte den Auszug meiner Eltern zur Lappalie machen.

»Ich bin nämlich«, flötete das Mädchen weiter, »deine verlorene siamesische Zwillingsschwester.«

Ich sagte: »Aha?« Mehr nicht.

Alles klar! Zwillingsschwester. Verloren natürlich. Und außerdem siamesisch. Drunter tat es diese rosa Halluzination wohl nicht? Ich beschloss, mich an die Regel zu halten, wonach man mit Verrückten nicht argumentieren darf, und schaute weiter geradeaus. So sah ich auch nur aus den Augenwinkeln, dass Fräulein Rosa Piet Montag noch immer hinter den Ohren kraulte, was dem untreuen Tier nicht schlecht zu gefallen schien. Unwillkürlich machte ich wohl ein verkniffenes Gesicht.

Sie bemerkte es sofort. »Ich weiß, das muss jetzt ein ziemlicher Schock für dich sein. War's für mich auch.«

Sie beugte sich ein wenig vor und sah mir kritisch ins Gesicht. »Ich hätte nämlich lieber einen Bruder, der nicht an vorzeitiger Gesichtsverknitterung leidet.« Sie streckte mir kurz die Zunge heraus. »Aber vergessen wir das jetzt, und freuen wir uns einfach darüber, dass wir uns endlich gefunden haben.«

Ohne jede Ankündigung umarmte sie mich und gab mir einen Kuss auf die Stirn. Wäre Piet Montag nicht zwischen uns gewesen, wir wären uns verdammt nahe gekommen, jedenfalls näher, als ich bislang irgendeinem Mädchen gekommen war. Allerdings wusste ich nicht, wie ich diese Paula zurück auf ihren Sitz und in ihre rosa Welt schieben sollte. Dabei nahm der Kuss kein Ende. Es fühlte sich an, als würde mir ein Loch in die Stirn gebrannt. Zum Glück fing Piet Montag an zu jammern, er wurde wohl ein bisschen gequetscht, und so ließ Paula endlich von mir ab.

Aus Notwehr brach ich mein Schweigen. »Hast du«, sagte ich, aber da war die Luft schon wieder weg.

Zweiter Versuch: »Hast du irgendwelche Beweise dafür, dass wir beide auch nur im Geringsten verwandt sind?«

»Ach du Süßer«, sagte Paula, und ich dankte allen Göttern, dass außer uns beiden nur der Busfahrer im Bus war. »Schau doch nur!« Sie krempelte den rechten Ärmel meines Sweatshirts hoch, was ich gerne verhindert hätte, und zeigte auf den dunklen Fleck an meinem rechten Oberarm, der ungefähr die Umrisse des Vierten Inkareiches vor der Entdeckung Amerikas hat. Der

Fleck ist, wenn ich meinen Eltern glauben darf, eine simple Brandnarbe aus meiner Zeit als Kindergarten-Tollpatsch.

»Und hier haben wir die perfekte Entsprechung.« Paula krempelte den linken Ärmel ihres Sweatshirts auf. Mir schoss das Blut ins Gesicht. Erstens, weil mir nackte Oberarme von Mädchen immer schon peinlich waren, und zweitens, weil sie auf ihrem auch das Vierte Inkareich hatte, allerdings spiegelverkehrt und, wenn ich es recht betrachtete, in den Grenzen nach der Entdeckung Amerikas. Ich war baff.

Mit ihrem spitz gefeilten rosafarbenen Zeigefingernagel strich Paula nacheinander an den Grenzen beider Narbenreiche entlang. Mir lief es kalt über den Rücken. »Das ist ja wohl der perfekte Beweis. Genau hier waren wir zwei Hübschen« – sie sagte wirklich »wir zwei Hübschen«! – »bei der Geburt zusammengewachsen.« Sie seufzte übertrieben. »Schöne, schöne Jahre haben wir miteinander verbracht, alles haben wir gemeinsam gemacht!« Sie kicherte. Blümchen pflücken. Von unserem Tellerchen essen. Aus unserem Becherchen trinken. Immer sie rechts und ich links. Oder andersherum, je nachdem von wo man es betrachtete.

Sie schwelgte noch ein bisschen in der Erinnerung an unsere wunderbaren gemeinsamen Jahre, so dass ich Zeit hatte, meine Argumente zu sammeln. »Nein!«, rief ich endlich.

Paula schaute mich an, halb verzeihend, halb strafend.

»Das kann nicht sein. Das ist unmöglich. Das ist wissenschaftlich ausgeschlossen. Siamesische Zwillinge sind immer eineiige Zwillinge. Also entweder zwei Jungen oder zwei Mädchen. Aber niemals ein Junge und ein Mädchen. Niemals! Never!«

»Ach, du Dummchen! Lass dich mal knuddeln.« Beinahe hätte ich wieder irgendetwas von ihr im Gesicht gehabt, aber geistesgegenwärtig duckte ich mich weg. So bekam Piet Montag meine Nase vor die seine. Er biss zu. Wahrscheinlich meinte er es nett. Es tat trotzdem weh.

»Du bist vielleicht naiv«, sagte Paula. »Was glaubst du denn, warum man uns so lange zusammengelassen hat? Wäre doch leicht gewesen, uns zu trennen. Schnipp! Das hätte ein Schneider mit der Schere machen können. Aber wir waren doch eine medizinische Sensation. Ein Wunder der Natur! Die berühmten Müller-Balaclava-Zwillinge.«

»Wieso Balaclava?« Ich hätte mich ohrfeigen können. Was war bloß aus meinem Vorsatz geworden, mit einer Verrückten nicht zu argumentieren? Jetzt war es natürlich zu spät.

»Das war unser Künstlername.« Paula seufzte wieder. »Den hatte Mama sich ausgedacht. Er klingt so nach Abenteuer, mit einem Hauch von Sehnsucht und Geheimnis. Und ein Geheimnis war es ja auch. Hunderte von Medizinern haben uns untersucht. Professoren haben Bücher über uns geschrieben. Hach, wir hätten ein tolles Leben führen können. Paris, London,

Rom, Nizza, New York. Immer im Mittelpunkt des Interesses. Überall rote Teppiche. Für uns natürlich ein bisschen breiter.« Sie kicherte wieder. Und dann sagte sie mit verwandelter, irgendwie schicksalsschwerer, also gewissermaßen dunkelrosa Stimme: »Aber es sollte alles anders kommen.«

In diesem Moment wurde die Haltestelle Wielandplatz ausgerufen. Und obwohl es mich jetzt interessiert hätte, wie sie diese unmögliche Geschichte zu Ende bringen würde, sagte ich schnell: »Sehr spannend. Aber ich muss hier raus. Bis demnächst!« Dazu griff ich mir Piet Montag von Paulas Schoß. Ich hatte kurz überlegt, ohne ihn zu verschwinden. Aber dieser Weltmeisterin im Lügen wollte ich ihn nicht überlassen; ich war ja schließlich auch für sein Seelenheil verantwortlich.

»Wo willst du hin?«, rief Paula, als ich, mitsamt Hund und nicht besonders geschickt, über sie hinweg in den Gang kletterte.

»Zu Tante Elke.« Bei Stress fällt mir Dumpfbacke eben nur selten etwas anderes ein, als die Wahrheit zu sagen.

»Unsere reizende Elke? Wie wunderbar! Da komme ich gleich mit.«

Woran ich sie nun wirklich nicht hindern konnte.

Tante Elke

Von der Haltestelle Wielandplatz ist es nicht sehr weit bis zur Grimmstraße, aber Piet Montag machte da weiter, wo er auf dem Bürgersteig vor unserem Haus aufgehört hatte: Er testete, wie man am besten *nicht* an der Leine geht. Da er alle Formen von Bremsen und Schleifenlassen schon durchhatte, probierte er jetzt etwas Neues. Er winselte. Das heißt, zuerst winselte er, und dann schrie er. Ich wusste nicht, dass junge Hunde schreien können, und ich wusste auch nicht, dass es sich anhört, als würde man sie foltern. Ich erfuhr es aber sehr schnell, denn freundliche Passanten identifizierten umgehend mich als den Folterer und erklärten mir unaufgefordert, wen sie gleich benachrichtigen und was diese Leute dann mit mir machen würden.

Und es gab noch ein weiteres Problem, das mich nicht so recht von der Stelle kommen ließ. Das Problem hieß Paula Rosa, meine wiedergefundene siamesische Zwillingsschwester. Die informierte nämlich sofort die aufgebrachten Passanten darüber, dass ihr Bruder sich gerade in einer schweren psychischen Krise befinde und dass man ihm daher verzeihen müsse, wenn er kleine Hunde foltere.

So bildete sich allmählich ein Kreis Interessierter um uns, dem Paula schließlich auch das vermeintliche Trennungsmal auf ihrem Oberarm erklärte. »Ach, wie ergreifend!«, sagte eine ältere Dame. Hätte ich über die entsprechenden Geräte verfügt, ich hätte mich ans Ende der Welt teleportieren lassen.

Ich besaß aber keinen Teleporter, sondern nur einen Hund an der Wäscheleine. Der allerdings hörte plötzlich auf zu jammern, reckte seine knubblige Nase in die Luft und schnupperte hörbar. Dann rannte er los, so schnell, dass ich, die Wäscheleine ums Handgelenk gebunden, beinahe der Länge nach hingefallen wäre. Und was ich nicht konnte, das konnte er, nämlich das Lebewesen am anderen Ende der Leine hinter sich herziehen.

Wir rannten, als gäbe es irgendwo etwas umsonst. Paulas Stimme hinter uns wurde schnell leiser. Doch bevor ich darüber nachdenken konnte, wohin die wilde Jagd ging, bremste Piet Montag schon wieder ab. Um nicht auf ihn zu treten, wollte ich einen eleganten Sprung machen, da kam mir die Leine zwischen die Beine, und ich fiel auf meinen Hintern.

Nun war es an mir zu jammern, wobei mich Piet Montag vorwurfsvoll ansah. Mühsam rappelte ich mich hoch, und schau an: Wir standen vor dem Haus Grimmstraße 1. Es war ein Eckhaus, und genau auf der Ecke führte eine Glastür in ein Café. Es war keines der ganz modernen Cafés, die sich gerne Club nennen, aber auch keines von den ganz alten, in dem sich anonyme Selbsthilfegruppen von Kirschkuchenabhängigen treffen und wo die Servietten künstlerische Lochmuster haben. Gut möglich, dass meine Eltern hier als Teenager verkehrt hatten. Dunkel erinnerte ich mich, dass wir hier schon einmal vorbeigekommen waren und sie mich durch Schilderungen aus der Zeit ihrer ersten Liebe schockiert hatten. Ich suchte nach einem Privateingang zu dem Haus, fand aber keinen.

Derweil bemühte sich Piet Montag nach Kräften, mit seiner Nase die Tür zum Café zu öffnen. Es schien, als zöge etwas sehr Attraktives ihn dorthin. Ich half ihm; ein paar Glöckchen klingelten, als wäre Weihnachten, und wir standen in einem mittelgroßen, eher schlauchförmigen Raum. Außer uns standen hier noch sieben kleine runde Tische mit je vier wackligen Stühlen, alle aus verchromten Röhren und Plexiglas. Die Tapeten hatten wilde Muster in Braun und Orange, die ich nicht zu lange ansehen durfte, damit mir nicht schwindelig wurde. Der Boden war ebenfalls braun und glänzte wie eine Speckschwarte.

Den Abschluss des Raumes bildete eine verchromte Theke mit gläserner Front und drei gläsernen Böden dahinter, auf denen eine ganze Menge Nichts nett arrangiert war. Zu alldem passte ganz gut, dass niemand da war. Ich fand es trostlos und langweilig hier, Piet Montag aber lief aufgeregt schnüffelnd zwischen den Tischen hin und her.

Eine Weile stand ich stocksteif da, wieder mal mit nichts als Grübeln beschäftigt. Endlich sagte ich in mittlerer Lautstärke: »Hallo, Tante Elke? Ich bin's, Paul, der Sohn deiner Cousine Birgit.« Kaum war es heraus, schämte ich mich. Es hatte geklungen wie ein Text, den man vierzehn Tage lang für ein doofes Kindertheaterstück auswendig lernt, um ihn dann im entscheidenden Moment zu verhunzen oder komplett zu vergessen.

Es kam keine Antwort, dafür klingelten wieder die Glöckchen. Beinahe hätte ich »Kundschaft!« gerufen, aber es war nur meine Siamschwester.

»Kannst du nicht auf Damen warten?«, maulte sie. »Wer hat denn deine Erziehung verbockt?«

»Ins Lokal geht der Mann voran. Könnten ja Drachen drin sein.« Den Satz kannte ich von meinem Ex-Vater. Ich setzte mich auf den nächsten Stuhl.

»Oh, schau nur. Ist das hübsch hier!«, sagte Paula. Dabei ist »sagen« nicht das richtige Wort. Es war mehr eine Art Hauchstöhnen oder Zartflöten oder Süßpiepsen; jedenfalls lief mir der große Tausendfüßler der Peinlichkeit den Rücken herauf und wieder herunter.

Paula setzte sich derweil auch, allerdings an einen anderen Tisch. Sie hob einen Finger. »Ich nehme was mit ganz viel Sahne. Bestellst du mir was, oder muss ich das selber machen?«

Ich sah mich um. Dieses Café hatte wahrscheinlich seit vielen Jahren weder Sahne noch Torten gesehen. Den frischesten Eindruck machte noch das Innere der Theke. Ein Nichts kann eben nicht so richtig alt werden. Allerdings roch es hier nach Ich-weiß-nicht-was, und das sehr intensiv. Es roch fremd und angenehm, wenngleich nicht nach etwas Essbarem. Ich horchte in mich hinein. Hatte ich eigentlich mittlerweile Hunger? Die Antwort war, wie gewöhnlich: Nein.

»Ob du was für mich bestellst, hab ich gefragt!«, sagte Paula auf Nervigrosa.

In diesem Moment sah ich die Klingelknöpfe an der Wand. Es waren sieben, einer für jeden Tisch. Ich klingelte aufs Geratewohl.

Zuerst passierte nichts, dann meldete sich eine Stimme. »Einen kleinen Moment bitte. Ich komme gleich!«, sagte beziehungsweise sang die Stimme. Ich horchte. Die Stimme gehörte eindeutig Tante Elke, aber genau so eindeutig kam sie von einem Tonband. Mir wurde, soweit das in meiner Lage überhaupt möglich war, noch etwas ungemütlicher. Kurz darauf ging weiter hinten im Haus eine Tür. Etwas fiel um, und jemand fluchte wie ein Bierkutscher. Das war wieder Tante Elke, und diesmal kam es eindeutig nicht vom Tonband.

Endlich öffnete sich eine Tür hinter der Theke, und ein ziemlich merkwürdiges Wesen trat polternd ein.

Ich stand auf und sagte sehr dramatisch: »Tante Elke?« Dabei konnte ich mich gewissermaßen von außen sehen: Der Laienschauspieler Paul Müller in der Rolle des Paul Müller in dem drittklassigen Theaterstück *Der ausgesetzte Sohn*. Von irgendwoher bellte Piet Montag einen ironischen Applaus. Paula war ebenfalls aufgestanden, sagte aber ausnahmsweise einmal nichts.

»Herzlich. Willkommen. In. Der. Gedenkstätte.«

Das Wesen hinter der Theke schien mächtig außer Atem zu sein.

Und das Wesen war eindeutig eine Frau. Aber meine Tante Elke erkannte ich darin nicht. Denn erstens trug die Frau eine altmodische, in der Art der Tapete gemusterte Bluse und einen unmöglichen, viel zu kurzen Faltenrock; dazu hatte sie eine alberne, winzig kleine weiße Schürze umgebunden, eine Unsäglichkeit mit Spitzenbesatz. Zweitens fehlte der Frau die rote Nase und damit das einzige, an dem ich meine Tante einigermaßen sicher hätte erkennen können.

»Hoppla!«, sagte die Frau. Dann zog sie aus einer Tasche in ihrem Schürzchen eine Brille und setzte sie mit Schwung auf. Durch die Brille sah sie mich an. »Schau an! Wen haben wir denn da?«

»Mich«, sagte ich. »Paul. Paul Müller.«

»Und seine Paula«, sagte Paula.

Vom Hunde ganz zu schweigen.

»Ich fasse es nicht«, sagte die Frau.

Ich fasste es auch nicht. Das hier war wohl meine Tante Elke, aber sie sah ganz anders aus, als ich sie in Erinnerung gehabt hatte. Ihre furchtbare Verkleidung einmal weggelassen, wirkte sie wie ein ziemlich normaler und lebenstüchtiger Mensch. Jedenfalls wurde sie nicht mehr durch ihren aggressiven Dauerschnupfen entstellt.

Sie kam jetzt hinter der Theke hervor, legte ihr Schürzchen ab und setzte sich an meinen Tisch. »Sieh an, das Paulchen. Ist ja fast ein Paul geworden.« Ihre

Stimme klang nicht mehr weinerlich erkältet, sondern eher dunkel und kräftig.

»Hallo, Tante Elke«, sagte ich noch einmal. Und dass ich mich freute, sie so gesund und munter anzutreffen.

Sie bedankte sich knapp. »Vor allem anderen eine wichtige Frage: Hier hat es eben gebellt. Wo ist der Hund, und wem gehört er?«

Nun ja, der gehörte irgendwie mir. Das musste ich zugeben.

»Dann hast du zehn Sekunden, um ihn vor die Tür zu bringen. Hunde sind hier so was von verboten, ich sag's dir!«

Wie es aussah, duldete sie keinen Widerspruch. Ich fing also Piet Montag ein und band ihn draußen vor dem Café an einen Haken, worauf er jämmerlich zu heulen begann. Als ich zurückkam, sagte Tante Elke: »Und jetzt raus mit der Sprache. Was treibt dich zu mir? Aus dem Hause Müller habe ich ja lange nichts mehr gehört.«

»Okay«, sagte ich. »Ich gebe dir eine Kurzfassung des Geschehens.« Das klang, so fand ich wenigstens, irgendwie mannhaft. »Meine frühere Mutter, deine vormalige Cousine, ist gestern Morgen zusammen mit meinem Ex-Vater in die Karibik abgerauscht. Und zwar für vorläufig immer. Die Herrschaften haben sich nämlich von allem getrennt. Von Haus und Beruf, von mir und sogar von ihren Handys.«

Tante Elke schob ihre Brille in die Stirn. »Donnerwetter! Da interessiert mich aber auch die Langfassung!«

Also schilderte ich ihr umständlich die Katastrophe, aus der mein Leben seit gestern bestand. Piet Montag erwähnte ich kurz, das war ja nicht zu vermeiden, zumal er draußen vor sich hin heulte. Meine vorgebliche Siamschwester, die sich am Nachbartisch schon erkennbar langweilte, erwähnte ich versuchsweise gar nicht. Das misslang allerdings kläglich.

»Donnerwetter!«, wiederholte Tante Elke, dann zeigte sie auf Paula. »Und wer ist die da?«

Ich blieb standhaft. »Keine Ahnung. Wahrscheinlich irgendein Kaffee-und-Kuchen-Gast.«

»Solche Gäste gibt's hier nicht.«

»Aber das ist doch ein Café, oder etwa nicht?«

»Ja und nein. Im Wesentlichen ist das hier mein Heilraum. Wie du vielleicht weißt, habe ich jahrelang unter ziemlich elenden Symptomen gelitten.«

»Du meinst die jetzt erstaunlicherweise verschwundene Schniefnase?«

»Richtig.« Und dann erzählte mir Tante Elke eine Kurzfassung ihrer Krankengeschichte. »Bis heute hat kein Arzt herausgefunden, was genau für meinen blöden Schnupfen verantwortlich ist. Wahrscheinlich alles Mögliche. Der Fachausdruck für meine Krankheit lautet Multiple Aversion. Und weil ich mich als Verkäuferin von großen Landmaschinen stundenlang auf Bauernhöfen herumtreiben muss, hat alles Mögliche aus der Natur auch Zeit genug, meine Aversion zu füttern.«

»Ist ja schlimm.«

»Und ob. Ich wollte den Job schon aufgeben. Allerdings bin ich im ganzen Land die einzige Frau in der Branche, und das bringt einem schon gewisse Vorteile.« An dieser Stelle lächelte sie auf eine etwas verschmitzte Art und Weise.

Paula verdrehte derweil die Augen, und Piet Montag sang draußen vor der Glastür wie ein Kinderchor, der von Wespen überfallen wird.

»Glücklicherweise«, fuhr Tante Elke fort, »habe ich per Zufall herausgefunden, was meine Aversion bremsen kann.«

»Auf wackligen Stühlchen vor einer leeren Theke sitzen?« So keck war ich schon wieder geworden. »Oder weiße Schürzchen tragen?«

»Hoppla!« Tante Elke zog eine Augenbraue hoch. »Du hast ja Humor. Natürlich reicht es nicht, dass ich hier sitze, mein Lieber. Aber als dieses Café noch betrieben wurde, haben sie ein Bohnerwachs verwendet, in dem sich etwas befinden muss, das überaus lindernd auf meine Aversion wirkt. Eine Stunde hier sitzen und atmen – und schon kann ich wieder hinaus auf diese Bauernhöfe und den Bauern meine dicken Mähdrescher verkaufen.«

»Aber warum spielst du dann die Bedienung? Lass doch einfach die Tür zumauern. Dann hast du deine Ruhe und kannst hier heilatmen, ohne dich dabei verkleiden zu müssen.«

»Ja, Pech«, sagte Tante Elke. »Kaum hatte ich diesen

Laden per Zufall gefunden, da haben sie ihn unter Denkmalschutz gestellt. Genau dort«, sie zeigte auf den Tisch, an dem Paula wegen massiver Langeweile einem Atemstillstand nahe zu sein schien, »genau dort haben sich im Mai 1971 der Maler Siegbert Kaminski und die Tänzerin Iris Graber-Moos kennen und lieben gelernt. Deshalb darf hier auf absehbare Zeit nichts verändert werden. Alle Interessierten müssen freien Zugang haben. Und ich«, dabei tippte sich Tante Elke an die Stirn, »ich muss die Gedenkstätten-Führerin spielen. Das war die Bedingung, sonst hätte ich den Laden nicht bekommen.«

Von dem Kaminski und der Graber-Moos hatte ich natürlich schon gehört. Die beiden waren die einzigen Beinahesuperstars von Neustadt. Er, Kaminski, hatte Bilder gemalt, die einmal für mehr als drei Monate das definitiv Modernste vom Modernen gewesen waren, und sie, die Graber-Moos, hätte beinahe den modernen Tanz revolutioniert, wäre ihr nicht eine gewisse Pina Bausch zuvorgekommen. Dann waren die beiden ein Liebespaar geworden, vielleicht weil es in Neustadt keine Alternativen gab. Und sie könnten es auch jetzt noch sein, wären sie nicht kurz darauf während eines gemeinsamen Studienaufenthaltes in Indien spurlos verschwunden.

Diese traurige Geschichte erfährt man als Fünftklässler des Kaminski-Graber-Moos-Gymnasiums in Neustadt, das auch ich zu besuchen die Freude habe. Später malen die Jungen im Kunstunterricht die Bilder von Kaminski nach, während die Mädchen Graber-Moos'sche Tänze einstudieren. Mich wunderte, dass es bislang nie Exkursionen in dieses Café gegeben hatte; vielleicht sparte man sich das als Attraktion für die Abiturienten auf.

Ich sah mich um und war ein wenig gerührt. Immerhin war ja nicht ganz unwahrscheinlich, dass auch ich einmal ein großer Sohn unserer kleinen Stadt werden könnte – wenn auch nur als das erste Kind, von dem sich seine Eltern haben scheiden lassen. Womöglich würde man hier eine Tafel anbringen lassen, die an mich erinnerte.

Tante Elke riss mich aus meinen Gedanken. »Du schuldest mir noch eine Antwort. Wer ist deine reizende Begleitung?«

Die Müller-Drillinge

Ich versuchte es mit einer Flucht nach vorne. »Du musst sie eigentlich kennen. Das ist Paula. Wir waren bei der Geburt am Oberarm zusammengewachsen und hätten beinahe als die Müller-Balalaika-Zwillinge Karriere gemacht.«

»Balaclava«, sagte Paula und rettete sich damit vor dem Erstickungstod.

Tante Elke kniff die Augen zusammen. »Was soll denn dieser Quatsch?«

Ich war ihr wirklich dankbar. Endlich jemand, der Miene machte, mich ein wenig aus dem Albtraum zu befreien, in den ich geraten war. Gute Tante Elke! Und plötzlich sah ich vor meinem geistigen Auge einen Entwurf meiner Zukunft: Ich zog bei Tante Elke ein, spielte den Führer für die Besucher der Kaminski-Graber-Moos-Gedenkstätte und führte ansonsten ein ebenso Hunde- wie Zwillingsschwester-freies Leben.

»Du hattest keine siamesische Schwester«, sagte Tante Elke.

Ich hatte schon bei ihrem vorletzten Satz mit einem eifrigen Nicken angefangen und machte jetzt einfach damit weiter. Wahrscheinlich sah ich aus wie ein Wackel-Dackel auf der Hutablage eines älteren Opels.

»Jetzt, wo deine Mutter über alle Berge zu sein

scheint, kann ich dich ja vielleicht aufklären.« Tante Elke verschränkte die Arme vor der Brust. »Ihr wart nicht zu zweit, sondern zu dritt. Du und zwei Mädchen. Deine Mutter hat euch nach der Geburt etwa drei Minuten lang angeschaut und sich dann entschieden geweigert. Das war nicht nett, aber ich hab's verstanden. Erstens saht ihre alle drei ziemlich verknautscht aus, zweitens waren deine Eltern damals blutjung und drittens so arm, dass sie kurz vor Monatsende regelmäßig mit dem Hungertod kämpften. Ich habe es dann immerhin geschafft, deine Mutter zu wenigstens einem Kind zu überreden. Dein Vater hat gewürfelt, und du warst der Glückliche.« Sie zog die Stirn kraus. Dann lachte sie. »Oder, nach Lage der Dinge, der Unglückliche.«

Mir drehte sich der Kopf. Oder es drehte sich mir im Kopf. Oder es drehte sich alles im oder um meinen Kopf. Egal, ich wollte es auch gar nicht so genau wissen. Gerne hätte ich wenigstens mit dem Nicken aufgehört, aber das klappte auch nicht. Demnächst würde mir Filz auf dem Rücken wachsen, und statt der Halswirbel bekäme ich eine Spiralfeder.

Tante Elke zeigte sich ungerührt von meiner Verfassung. »Später haben deine Eltern bereut, dass sie zwei Drittel ihrer Nachkommenschaft zur Adoption freigegeben haben. Aber bei eurer Geburt sah es ja nicht so aus, als würden sie einmal zu Geld kommen. Von heute her betrachtet, hätten sie locker sechs von deiner Sorte durchbringen können.«

Ich dachte daran, wofür meine Eltern momentan wahrscheinlich ihr Geld ausgaben: tropische Cocktails, bequeme Liegestühle am weißen Sandstrand der Karibik und Zehngängemenüs in Viersternerestaurants.

»Du meinst also«, sagte ich, immer noch wie bescheuert vor mich hin nickend, »meine Eltern haben zuerst nicht einmal mich gewollt, und später habe ich ihnen ein schlechtes Gewissen gemacht, weil sie uns nicht alle drei gewollt haben?«

Tante Elke überlegte kurz, dann nickte sie auch. »Ich kann zwar nicht glauben, dass sie dich wirklich verlassen haben. Aber wenn sie es getan haben, dann vielleicht ja aus diesem Grund.«

Ich probierte eine dramatische Geste. »Was für ein Schicksal! Ich bin zugleich ein Symbol des Zuviel und des Zuwenig.«

»Dafür bist du, gemessen an deinem Alter, ein ziemlich souveräner Denker.«

Doch diese Einschätzung wusste ich umgehend zu widerlegen. Denn in den nächsten neunzig Sekunden schrie ich alles, was mir zu meiner Familiengeschichte einfiel, lautstark in das Gedächtniscafé. Und es war weniger souverän als vielmehr aufgeregt. Außerdem war es weder druckreif noch jugendfrei. Ich schrie, bis ich wieder mal außer Atem war. Aber allmählich war ich auch ziemlich gut darin, schnell wieder neuen zu bekommen.

»Und die da?«, sagte ich schließlich in einigermaßen normaler Lautstärke. »Wer ist diese angebliche Siamesin?«

»Keine Ahnung. Lass dir doch ihren Personalausweis zeigen. Als ihr vermeintlicher Zwillingsbruder hast du darauf sicher ein Recht.«

»Stimmt!« Zum Glück hatte ich mich jetzt wieder vollkommen unter Kontrolle. Ich richtete mich auf, machte ein paar Schritte, in die ich alle Autorität legte, und baute mich vor meiner selbsternannten Zwillingsschwester auf. »'tschuldigung, Fräulein«, sagte ich im Bass. »Ausweiskontrolle!«

Sie tat beleidigt. »Es macht mich sehr traurig, dass du die Stimme des Blutes nicht aus mir sprechen hörst.«

Die Stimme des Blutes höre ich nicht, weil sie nicht spricht, sondern piepst und flötet! Das sagte ich allerdings nicht laut. Ich wiederholte nur im Ton genervter Verkehrspolizisten: »Ausweiskontrolle!«

Mit einer Geste, die meine Mutter vermutlich ladylike genannt hätte, kippte Paula daraufhin den Inhalt ihres Umhängetäschchens vor sich auf den Tisch. »Wollen doch mal sehen«, sagte sie gedehnt und stocherte mit einem spitzen Finger in den Sachen. Ein verschrammtes dunkelblaues Handy schubste sie zur Seite, ein paar andere Sachen auch, dann griff sie mit einem »Da bist du ja« nach einem kleinen, bestickten Futteral, groß genug, um genau einen Ausweis und sonst nichts zu enthalten. Sie öffnete es, zupfte auch tatsächlich einen Ausweis heraus und reichte ihn mir herüber, nicht ohne noch einmal zu betonen, wie sehr sie dieses kleinliche Misstrauen meinerseits schmerze.

Ich nahm den Ausweis. Und las den Text darauf.

Aha! Die Besitzerin dieses Ausweises hieß Paula Veronika Wachsmuth, wohnte offenbar in Berlin und war an einem 22. Juli geboren. Soso. Interessant.

Den 22. Juli kannte ich persönlich. Dieser Tag fiel regelmäßig in den Sommer. Das war ganz nett, denn meistens war am 22. Juli sehr schönes Wetter. Andererseits waren am 22. Juli die meisten der mir näher bekannten Kinder in meinem Alter, so sie noch nicht von ihren Eltern verlassen worden waren, mit ebenjenen unterwegs im Urlaub und konnten also nicht eingeladen werden. Zum Beispiel zu einer netten Geburtstagsfeier mit allem Drum und Dran.

Zum Beispiel zu *meiner* Geburtstagsfeier. Der 22. Juli war nämlich *mein* Geburtstag! Ich sah noch einmal hin: Das Jahr stimmte auch.

Ich gab Paula ihren Ausweis zurück. Und um nichts weiter sagen oder erklären zu müssen, tat ich, als würde ich elegant in Ohnmacht fallen. Doch Eleganz ist nun mal nicht meine Stärke. Ich stieß mir den Kopf an einem der Wackeltischchen, und dann wurde es dunkel um mich.

Fräulein Wachsmuth

Als ich wieder aufwachte, saß ich auf einem kleinen Sofa hinter der Theke des Gedächtniscafés. Jemand hatte ein paar Kissen unter meinen Kopf geschoben. Mir gegenüber saßen Paula und Tante Elke. Letztere hatte sich umgezogen und wirkte jetzt voll und ganz wie eine patente Frau Mitte dreißig.

»Na, habt ihr euch mittlerweile angefreundet?«, sagte ich. Es klang matt und so, als übte ich passende Sprüche für den Sammelband *Berühmte letzte Worte verlassener Kinder*.

»Klar«, sagte meine rosa Schwester. »Und Tante Elke hat mich auch davon überzeugt, dass ich mich bei dir entschuldigen muss.« Sie verdrehte wieder die Augen, was sie wirklich sehr gut konnte. »Natürlich waren wir nicht zusammengewachsen. Ich hab das bloß erfunden, um mich besser an dich ranmachen zu können. Im Grunde bin ich nämlich schrecklich schüchtern. Also hab ich mir sowas ausgedacht, um es uns beiden leichter zu machen.« Sie schloss mit einem »Hihi«.

Ob sich da vielleicht noch eine Lüge in dieser Beichte versteckte? Ich verscheuchte die Frage, weil mir davon schwindelig wurde. »Und die Narbe?«, sagte ich, während Tante Elke mir eine Hand auf die Stirn legte, um die Temperatur zu fühlen.

»Ich hatte ein Foto von dir. Da war sie drauf. Guck mal!« Damit krempelte Paula wieder ihren Ärmel hoch. Die Narbe war verschwunden. »Filzstift. Geht prima wieder ab.«

»Und woher hast du solche Fotos von mir?« Ich musste mich sehr bemühen, meine Stimme nicht allzu sehr zittern zu lassen.

Da schaltete sich Tante Elke ein. »Paula hat mir alles erzählt. Und bevor du dich weiter aufregst, solltest du dir erst einmal ihre Geschichte anhören. Wenn die stimmt, dann geht es dir, mein lieber Paulemann, wahrscheinlich noch vergleichsweise gut.«

Während sie das sagte, vollzog sich eine merkwürdige Veränderung auf Paulas Gesicht. Bislang hatte meine Schwester, von der rosafarbenen Ausstattung einmal abgesehen, auf mich den Eindruck eines cleveren und gewieften Mädchens gemacht. Mein gewesener Vater hätte sie wahrscheinlich eine »Göre« genannt. Jetzt aber hatte sie plötzlich verblüffende Ähnlichkeit mit den leicht kitschigen Heiligenfiguren, die man in Wallfahrtsorten kaufen kann.

»Bin ich denn würdig zu erfahren, worum es geht?«

Tante Elke meinte, Paula solle doch selbst erzählen, aber die wehrte das mit einer Handbewegung ab.

»Okay«, sagte Tante Elke. »Paula ist damals von Leuten aus Berlin adoptiert worden, die selbst keine Kinder kriegen konnten. Die Wachsmuths. Da hat sie es auch sehr gut gehabt.«

»Sehr«, hauchte Paula dazwischen.

»Aber der Mann ist leider krank geworden und gestorben, und später hat die Frau einen Inder kennengelernt.«

»Doktor Rabindranath Dasgupta«, sagte Paula, und es klang dunkel und schicksalhaft. »Ein sehr gebildeter Herr. Und ein Mann wie Sonnenschein mit einem Herzen aus purem Gold. Außerdem medizinischer Bademeister in leitender Position. Eigentlich wie geschaffen, um mein Stiefadoptivvater zu werden.« Sie verzog das Gesicht. »Nur hat er leider, was mich betrifft, etwas heikle Vorstellungen.«

»Musst du Sari tragen?«, rutschte es mir heraus. »Oder jeden Tag Bollywood-Filme gucken?«

»Paul!«, sagte Tante Elke.

Paula sah mich strafend an. »Du hast keine Ahnung. Dasgupta will, dass ich demnächst heirate. Seinen jüngeren Vetter, einen indischen Börsenmakler aus Patschulistan oder so ähnlich. Dafür bekommt Dasgupta zweihundert fette Rinder, beziehungsweise den Gegenwert in Aktien, und für mich als kleines Extra die Zusicherung, dass ich die Lieblingsfrau seines Vetters werde. Jedenfalls für die nächsten fünf Jahre.«

Ich überlegte. Als Frau eines indischen Börsenmaklers würde meine Schwester vielleicht nicht die schlechteste Figur machen. Ich stellte mir vor, wie sie den Haushalt in Patschulistan allmählich von indisch Gold auf berlinisch Rosa umstellen würde. Ein hübsches Bild. Andererseits sollte man sich im Interesse des Weltfriedens keine so weit reichende Irritation des indischen Subkontinents wünschen. Ohne es zu wollen, musste ich grinsen.

»Was grinst du!«, sagte Paula.

Mir ging ein Sprichwort durch den Kopf: Wer einmal lügt, dem glaubt man nicht. Schließlich hatte die siamesische Zwillingsgeschichte auch nicht gestimmt. »Ich grinse doch gar nicht.« Dabei bemühte ich mich, das Grinsen aus meinem Gesicht zu bekommen. Doch je mehr ich mich bemühte, desto weniger gelang es.

»Glaubst du mir etwa nicht?« Paula funkelte mich an. »Sag bloß, du Provinzschlafmütze weißt nicht, wie viele Mädchen in Berlin von ihren Vätern zwangsweise verheiratet werden. Da gibt's schon Polizisten, die sich bloß um solche Fälle kümmern.«

»Jedenfalls ist Paula von zu Hause weggelaufen«, sagte Tante Elke schnell. Dabei machte sie mir irgendwelche Zeichen, die ich allerdings überhaupt nicht verstand.

»Und ausgerechnet zu mir?«

»Kommt mir jetzt auch so vor, als hätte ich da einen Fehler gemacht.« Paula drehte sich mit Schwung zur Seite und schmollte.

Tante Elke machte mir wieder Zeichen, die ich wieder nicht verstand. »Es hat bei Paula zu Hause wohl einen Streit gegeben.« Und dann sagte sie etwas ohne Stimme, das ich ihr hätte vom Mund ablesen müssen. Leider kann ich nichts vom Mund ablesen.

»Hä?«, sagte ich, worauf Tante Elke sich kurz die Haare raufte.

Paula war inzwischen fertig mit Schmollen. »Ich geb's zu. Das war die mit Abstand blödeste Idee, ausgerechnet meine leiblichen Verwandten zu suchen und um Hilfe zu bitten. Denn was treffe ich hier: weggelaufene Eltern und ein unsolidarisches Weichei von Bruder!« Damit zog sie eines der Kissen hinter meinem Kopf hervor und begann damit auf mich einzuschlagen. Ich nahm ein anderes Kissen und schlug zurück.

In diesem Moment klingelten wieder die Glöckchen, und zwischen zwei Kissenschlägen konnte ich sehen, dass in der Tür des Gedächtniscafés zwei japanische Touristen standen, offenbar Freunde des Tanzes und der Malerei, die den weiten Weg nach Neustadt nicht gescheut hatten. Doch sie kamen nicht allein. Zwischen ihren Beinen flitzte Piet Montag herein. Beinahe ohne den Boden zu berühren durchquerte er das Café, und als er uns bei einer Kissenschlacht sah, begeisterte ihn das so sehr, dass er sofort mitmachen musste. Vielleicht schöpfte er Hoffnung, dass ich doch ein dufter Kumpel werden könnte.

Er schnappte sich das dritte Kissen. Kissenschlacht bedeutet für ihn allerdings, das Kissen zu schlachten. Hei, wie da zuerst die Fetzen und dann die Federn flogen. Das dritte Kissen war im Nu totgebissen und halb ausgeweidet, worauf der schreckliche Hund sich auf mein Lieblingssweatshirt stürzte, vermutlich in der Absicht, daraus ein modisches T-Shirt zu machen. Ich schüttelte ihn ab und rettete mein Sweatshirt und mich auf die Theke. Da wollte der Hund sich Paula packen, die saß aber bereits mit angezogenen Beinen auf einem Tisch und lachte fröhlich und quietschend.

Blieb ihm also bloß noch Tante Elke, um ein bisschen Spaß zu haben. Doch Tante Elke war ja allergisch oder aversorisch gegen alles Mögliche und also auch gegen Hunde! Das konnte sie auch noch sehr laut sagen, doch fliehen konnte sie nicht, weil sie einen schrecklichen Niesanfall bekam. Auch die japanischen Touristen flohen nicht, sie blätterten nur aufgeregt in ihren Reiseführern. Wahrscheinlich dachten sie, das hier sei eine künstlerische Darbietung, und jetzt wollten sie sich darüber informieren, ob und wenn ja welchen Sinn sie hatte.

Die nächsten zwei Minuten vergingen mit Knurren, Beißen, Lachen und sehr viel Niesen, alles etwas ungerecht verteilt auf Piet Montag, Paula und Tante Elke. Endlich gelang es mir, einen halben Kissenbezug über den Hund zu stülpen und ihn darin zurück auf die Straße zu tragen. Die Leine fand ich nicht mehr, die hatte er wohl gefressen. Also hängte ich ihn in seinem Sack an den Lenker eines geparkten Rollers. Was ich dabei insgeheim hoffte, bleibt mein Geheimnis.

Drinnen im Gedächtniscafé fand ich Tante Elke beim intensiven Heilatmen, wobei die zwei Japaner sie in einem fort fotografierten. Sprechen konnte die Arme nicht, und so begann ich unaufgefordert, Tausende kleiner Federn aufzusammeln. Noch immer vor sich hin lachend half mir Paula dabei, und so kamen wir uns, während wir über den Boden krochen, etwas näher, meine neue Schwester und ich. Das heißt, wir redeten einfach so miteinander, wie fast Vierzehnjährige miteinander reden, über dies und das. Paula hatte ihr Zartpiepsen oder Hauchflöten eingestellt und sprach jetzt nur noch mit leichtem berlinerischen Akzent.

»Deine Mama«, sagte ich endlich, so beiläufig wie möglich, »also deine Adoptivmutter, kann die dir denn nicht helfen?« Wir waren gerade bei Feder Nummer 2198.

»Ach, Mama! Die fällt aus. Die ist komplett durch den Wind. Das indische Experiment funktioniert einfach nicht. Sie hat sich ein paar Tage frei genommen und ist zu ihrer Freundin Gerlinde nach Ibiza gedüst. Die betreibt da ein esoterisches Strandcafé. Oder so was Ähnliches.«

»Und sie lässt dich allein, während du nach Indien verheiratet werden sollst?« Seit gestern war ich selbst ein Fachmann im Verlassenwerden, aber das hier konnte ich mir einfach nicht vorstellen.

»Na ja.« Mir schien, als huschten kleine dunkle Wolken über Paulas Wangen. »Mama weiß nichts von Guppys Heiratsplänen. Ich hab's auch nur per Zufall rausgekriegt und wollte sie nicht beunruhigen. Ich sag dir, wenn ältere Leute Beziehungsstress haben, muss man vorsichtig mit ihnen umgehen, sonst kippen sie seelisch aus den Latschen.«

Ich sagte: »Aha.« Mehr nicht. Dann hob ich weitere 289 Federn auf und fragte anschließend: »Woher weißt du eigentlich, wo ich wohne? Und wie bist du hierhergekommen?«

Die Wolken in Paulas Gesicht zogen sich zu einer Gewitterfront zusammen. »Lange Geschichte«, murmelte sie. Und dann sagte sie etwas, in dem zwar eindeutig die Worte »Detektiv« und »Mitfahrgelegenheit« vorkamen, das aber im Großen und Ganzen nur das eine bedeutete, nämlich: »Frag mich nicht!«

Also hoben wir weiter Federn auf, jetzt allerdings schweigend.

»Ich stecke tief in der Patsche«, sagte Paula endlich. Und was auch immer sie bislang gesagt hatte, das hier – das war bestimmt die Wahrheit! Plötzlich hörte ich tatsächlich die Stimme des Blutes. Und ich fand sie sympathisch. Ich erschrak darüber sehr und ließ mindestens 45 Federn fallen.

»Wenn deine, also meine Eltern weg sind, weiß ich nicht mehr, was ich tun soll«, sagte Paula.

»Wie viel Geld hast du noch?«

»Knapp zwölf Euro. Was fragst du? Soll das etwa heißen, ich robbe hier als hilflose Waise neben meinem Bruder auf den Knien, und der hat keine andere Idee, als mich anzupumpen?«

Das war ziemlich frech. Aber immer noch besser frech als rosa.

Meine Ex-Eltern

Und warum hatte ich nach Geld gefragt? Nun, von meinen Eltern habe ich gelernt, dass man in schwierigen Lebenslagen als Erstes fragt, wie viel Kohle noch in Greifweite ist. Das klingt unromantisch, doch wenn man meine Eltern kennt, versteht man, warum sie so denken. Noch vor vierzehn Jahren waren sie offenbar so arm, dass sie allenfalls mich ernähren konnten, nicht aber meine zwei Geschwister. Von dieser Armut reden sie auch heute noch manchmal, wenngleich nicht von meinen Geschwistern. Seit geraumer Zeit allerdings verdienen sie unabhängig voneinander eine Menge Geld.

Meine Ex-Mutter unterhält ein Geschäft, in dem es definitiv nur Sachen gibt, die absolut keiner brauchen kann und die so grauenhaft aussehen, dass man bei ihrem Anblick regelrecht erschrickt. Zum Beispiel: abschüssige Teller mit unappetitlichen Malereien drauf, von denen man nicht essen, und unanatomisch geformte Tassen, aus denen man zwar trinken kann, aber nur wenn man Freude daran hat, sich übel zu bekleckern. Oder Kerzenleuchter, die statt der Kerzen sich selbst verbrennen. Oder Serviettenhalter, die nichts und niemanden halten, dafür aber fehlerfrei die Nationalhymne von Transsilvanien spielen. Oder Tassen mit

Namen drauf, die allesamt falsch geschrieben sind. Hartmut mit zwei d oder Susanne vorne mit ß.

Trotzdem ist der Laden von morgens bis abends gesteckt voll, und die Leute kaufen Mamas Sachen in rauen Mengen. Über die Gründe für dieses rätselhafte Verhalten habe ich mehrere Theorien entwickelt. Eine davon besagt, dass die Leute Mamas Krempel kaufen, um ihn dann irgendwo klammheimlich einzustampfen, zu verbrennen, zu sprengen oder sonst wie zu pulverisieren. Gewissermaßen als eine Art ästhetischer Umweltschutz.

Eine andere Theorie geht davon aus, dass die Leute solche Sachen kaufen, um ihre Lieblingsfeinde zu ärgern. Man schenkt zum Beispiel jemandem, den man auf den Tod nicht ausstehen kann, eine Kaffeekanne in Form des ausgebrannten Atomkraftwerks von Tschernobyl, und dann besucht man diese Leute permanent, damit sie jedes Mal dieses Monstrum auf den Tisch wuchten müssen. Dabei sehen sie allmählich immer schlechter aus, wie moralisch verstrahlt. Am Schluss packen sie ihre Sachen, geben ihre bürgerliche Existenz auf und werden Schuhputzer in der Wüste.

Meine Lieblingstheorie aber ist, dass die Leute irgendwie Mitleid mit den Sachen haben. So wie man zum Beispiel Mitleid mit den struppigen Hunden im Tierheim hat. Sie holen sich deshalb für viel Geld diese traurigen Sachen ins Haus und trösten sie darüber hinweg, dass sie grauenhaft aussehen und zu nichts zu gebrauchen sind. Schon morgens zum Frühstück stellen sie zum Beispiel eine Glucke aus schmutzig braunem Bakelit auf den Tisch und lügen ihr vor, dass sie ganz prima als Eierwärmer funktioniert. Die Glucke zerquetscht derweil die Eier und kühlt sie auf minus zwei Grad, freut sich aber einen Ast. Jedenfalls glauben das die Leute und denken dann, sie hätten ein gutes Werk getan. Tatsächlich aber profitiert einzig und allein meine Mutter.

Mein gewesener Vater verdient auf eine noch viel lässigere Art und Weise sein Geld. Wenn man ihn fragt, sagt er, er sei Drehbuchautor für Fernsehserien. Allerdings stimmt das nicht so ganz. Mein Vater verfasst nämlich keine Drehbücher, in denen genau aufgeschrieben ist, was die Schauspieler sagen und wie sie sich bewegen sollen. Das machen andere. Er hingegen lässt sich die Serien im Ganzen einfallen. Er schreibt dann sogenannte Exposés, was so viel wie Entwürfe oder Pläne heißt. Lange Zeit hat er nicht einmal einen Computer besessen; seine Exposés hat er auf die Rückseite von Einkaufszetteln oder an den Rand von Bierdeckeln gekritzelt.

Meistens geht er so vor: Er denkt sich ein paar Hauptfiguren aus, die nicht besonders gut miteinander auskommen, obwohl sie dummerweise Verwandte oder Nachbarn sind oder in einer Wohngemeinschaft zusammenleben. Manche von ihnen sind auch unglücklich verliebt, und zwar immer in den oder die Falsche. Diesen Hauptfiguren legt er dann irgendein Problem ins Nest, worauf ihnen ihr sowieso schon nicht besonders heiles Leben stilvoll um die Ohren fliegt. Die eigentliche Fernsehserie besteht dann darin, dass die Haupt- zusammen mit ein paar Nebenfiguren zwölf Folgen lang versuchen, es nicht zu Landfriedensbruch, Vandalismus und Massenmord kommen zu lassen. Und ob man es glaubt oder nicht: Genau das wollen die Leute sehen. Die Serien meines Vaters brechen alle Einschaltquotenrekorde.

Seine letzte Erfolgsserie hieß »Ich heirate einen Angler«. Die Story lief so: Eine Tierschutzaktivistin hat aus Gründen, die vollkommen im Dunkeln bleiben, einen steinreichen Nichtstuer und Weltmeister im Andere-Leute-Langweilen geheiratet, dessen Herz weniger an seiner Frau und mehr am Fischefangen hängt. Früher hat dieser Mann die meiste Zeit irgendwo bis zum Bauch im Wasser gestanden und mit der Angel gewedelt. Doch jetzt praktiziert er seinen Fisch-Tick im eigenen Haus. Er hat Aquarien und Becken angelegt, damit er zum Fischen gar nicht mehr hinaus in die Natur muss. Die Tierschutzaktivistin kriegt derweil Nervenzusammenbrüche in Serie, besonders wenn sie Aale in ihrem Bett findet. Sie ruft ihre Eltern zu Hilfe, die aber auch nichts ausrichten können. Im Gegenteil: Am Ende von Folge zwei sitzen Schwiegervater und Schwiegersohn zusammen im Badezimmer und grillen Forellen in der Dusche.

Von dieser Serie habe ich übrigens ausnahmsweise nur die ersten beiden Folgen gesehen. Ich kann daher nicht sagen, wie es ausging. Es war mir diesmal ein bisschen peinlich, weil so viel von Liebe die Rede war. Ansonsten sehe ich gerne, was mein Vater erfindet. Und gerne sehe ich ihm auch beim Arbeiten zu. Er sitzt dann nämlich ganz locker in einem Straßencafé mitten auf dem Neustädter Markt und guckt sich die Leute an. Dabei denkt er sich aus, was ihnen so alles passieren könnte. Das heißt natürlich: in welche peinlichen und spektakulären Katastrophen sie geraten könnten. Alle paar Monate meldet sich mein Vater dann bei den Fernsehleuten und verkauft ihnen seine Serien im Sechserpack. Ich weiß ja nicht, was einmal aus mir werden wird, aber ich fürchte, auf so entspannte Art und Weise werde ich mein Geld nicht verdienen.

All das erzählte ich Paula, nachdem sie beim Stichwort »Geld« eine freche Bemerkung gemacht hatte. Schließlich hatte sie ja ein Recht darauf zu wissen, wie gut es mir bislang gegangen und wie pleite ich jetzt war.

»Schau an«, sagte sie. »Da wäre ich ja fast die Tochter reicher Leute geworden.« Sie dachte einen Moment nach. »Glaubst du, dein Vater hätte mir eine Rolle beim Fernsehen beschaffen können? Du, ich bin nicht unbegabt! Ich kann« – und sie wollte es an den Fingern aufzählen, aber ich unterbrach sie.

»Lass gut sein. Ich habe folgenden Plan: Wir gehen zu mir, also zu uns nach Hause, suchen das Geld, das unsere Eltern versteckt haben, ruhen uns ein bisschen von den Strapazen des heutigen Tages aus und überlegen dann ganz in Ruhe, wie es mit uns weitergehen soll.«

»Oh!«, sagte Paula sehr gedehnt. »Ein Plan!« Sie sprach dieses kleine und eher unattraktive Wort aus, als sei es der Name eines sagenhaften Schatzes, wozu sie ihm eine zweite Silbe verpasste: »Ein Pla-han.« Ich brauchte ein wenig Zeit, um zu begreifen, dass sie sich über mich lustig machte.

Zum Glück kam Tante Elke gerade einigermaßen erholt vom Heilatmen. Ich hatte sie ja mittlerweile als einen Menschen mit Sinn für die Realität kennengelernt. Ich schilderte ihr daher meinen »Pla-han« für die unmittelbare Zukunft, und sie fand ihn gut. Möglicherweise war sie allerdings auch einfach froh, uns und insbesondere den Hund Piet Montag aus dem Haus zu haben. Heilfroh sozusagen.

In der Tür des Gedächtniscafés nahm sie mich einmal in den Arm, dann gab sie mir einen Fünfzigeuroschein und ihre Visitenkarte. »Leider bin ich ab morgen wieder in Sachen Drescher und Mäher unterwegs. Vor Sonntag bin ich nicht zurück. Ruf mich aber sofort an, wenn sich in deiner Familienangelegenheit etwas Neues ergibt. Oder wenn du meine Hilfe brauchst. Wie bist du denn zu erreichen?«

Ich musste eingestehen, dass ich kein Handy besaß, da gab Paula Tante Elke die Nummer von ihrem verkratzten blauen Teil.

Wir verabschiedeten uns mit den besten Wünschen. Als Paula gerade nicht hinsah, sagte mir Tante Elke wieder etwas ohne Stimme. Und diesmal glaubte ich tatsächlich, von ihren Lippen einen Satz ablesen zu können. Er lautete: »Pass gut auf deine Schwester auf.« Aber das konnte ja unmöglich stimmen.

Der Roller mit dem eingesackten Piet Montag am Lenker stand übrigens noch genau da, wo er gestanden hatte. Zu meiner Überraschung war ich ganz froh darüber.

Such das Geld!

Zurück nach Hause nahmen meine Drillingsschwester, mein geschenkter Hund und ich wieder den Bus. Diesmal bekamen wir aber keine Belehrung über Tiertransporte zu hören, denn Paula hatte vorgeschlagen, den Hund im Kissensack zu lassen, und den schwenkte sie beim Einsteigen so lustig hin und her, dass der Busfahrer gar nicht sehen konnte, wie Piet Montag darin randalierte. Ohne weitere Probleme kamen wir zu Hause an.

Das Haus meiner Ex-Eltern liegt hinter einem Vorgarten, der bis auf die beiden Punk- und Hippiezwerge eher unauffällig ist. Dazu hat es eine unauffällige, um nicht zu sagen: nichtssagende weiße Fassade mit ein paar ziemlich langweiligen Fenstern. Drinnen ist es hingegen eher großzügig, um nicht zu sagen: üppig. Meine Eltern nennen das Understatement.

Paula hatte mich zwar, wie sie es formulierte, »versuchsweise observiert«, bevor sie mit mir in den Bus gestiegen war, vom Haus hatte sie aber wenig gesehen und von seinem Inneren natürlich gar nichts. Jetzt war sie erkennbar beeindruckt, versuchte es aber nicht zu zeigen. Stumm ging sie durch den Flur ins große Wohnzimmer, dort blieb sie mal hier und mal da stehen. »Na ja«, sagte sie schließlich, »Platz ist in der kleinsten

Hütte. Gibt's auch was zu essen? Ich hab nämlich Hunger.«

Als ich ihr dann die Küche und speziell den Kühlschrank zeigte, verlor sie allerdings ihren Humor. Ich selbst fand ja, dass wir wenigstens für die nächsten zwei bis drei Tage ausreichend versorgt waren, und ich argumentierte auch etwas verwegen in diese Richtung. Doch da eröffnete mir Paula, dass ihre Lieblingsgerichte in freier Reihenfolge Jägerschnitzel, Paprikaschnitzel, Wienerschnitzel und Schnitzel Natur seien. Zu Milchreis und dergleichen Süßkram hingegen habe sie eine gestörte Beziehung. Oder, wenn ich mich an die Wahrheit halten soll: Sie zeigte mit einem spitzen Finger in den Kühlschrank und sagte: »Igitt! So was esse ich nicht.«

Mir war klar, dass ich damit ein weiteres Problem hatte. Ich zählte kurz noch einmal alles zusammen und benutzte dabei meine Finger. Erstens: Meine Eltern hatten mich verlassen. Zweitens: Ein verhaltensgestörter Hund war mir als bester Freund ans Herz gelegt worden. Drittens: Ich besaß eine Drillingsschwester, die sich auf der Flucht vor einem indischen Bräutigam befand. Viertens: Ich war so gut wie pleite, und das Geld war gut versteckt. Und fünftens: Meine Schwester aß nur Fleisch und hatte Hunger.

Sie deutete etwas an, was man mit Messern macht. »Wenn ich nicht gleich was zu essen kriege, betreibe ich innerfamiliären Kannibalismus!«

Sie sah wirklich sehr hungrig aus. »Lass uns das Geld suchen«, sagte ich schnell und fing auch gleich damit an.

Als Erstes suchte ich in der Waschmaschine. Meine Eltern schienen das vermutet zu haben, denn in der Waschmaschinentrommel klebte wieder ein gelber Zettel: *Ne ne, hier ist kein Geld drin. Aber vielleicht freundest du dich bei dieser Gelegenheit ein bisschen mit diesem rätselhaften Gerät an, um das du bis jetzt einen solchen Bogen gemacht hast. Nur so viel sei gesagt: Es hat irgendwie mit deinen dreckigen Unterhosen zu tun. Die Gebrauchsanweisung liegt obendrauf, daneben die Adresse vom Waschsalon.*

Als Nächstes suchte ich hinter der Bettwäsche meiner Eltern im Schlafzimmerschrank, dann unter den Betten, dann in der Putzkammer und dann im Schuhschrank neben der Kellertreppe. Dabei wurde das Suchen allmählich beschwerlicher, weil immer da, wo ich mit der Hand hinfassen oder etwas umdrehen wollte, schon die Schnauze von Piet Montag war. Offenbar gibt es für Hunde nichts Schöneres auf der Welt, als etwas zu suchen, egal was und egal wo. Hauptsache suchen. Es kommt auch gar nicht so sehr drauf an, ob man die Sache, von der man nicht weiß, wie sie aussieht, findet oder nicht. Das Suchen dient vielmehr einem höheren Zweck, ist also eine Art Hundereligion.

Piet Montag war von Geburt an offenbar tiefreligiös und außerdem ein Freund der Regel, dass man alles, was man macht, auch schön gründlich machen soll. Ich wollte im Schuhschrank nur nachsehen, ob das Geld da versteckt war. Er hingegen wollte alle Schuhe herauswerfen und die Schnürsenkel fressen, als wären es Spaghetti. Ich wollte auch von der Putzkammer nichts als die Herausgabe der mir zustehenden Elternabfindungssumme. Piet Montag hingegen wollte, dass sämtliche Bewohner der Putzkammer ein wenig näher am Erdmittelpunkt leben sollten, wobei ihm die Schwerkraft freudig zu Hilfe eilte. Binnen weniger Sekunden lag nichts mehr, wo es gelegen hatte.

Überdies signierte Piet Montag alle Tuben mit dem Abdruck seines Gebisses. Auch die Tuben mit Schuhputzcreme, was ihn dazu veranlasste, eine kleine Zahnreinigung oder besser Zahnentfärbung vorzunehmen. Wie gut, dass in unserem Wohnzimmer ein ziemlich flauschiger und ziemlich weißer Teppich lag. Der tat ihm gute Dienste bei der Gebisspflege, machte allerdings danach den Eindruck, als hätte er einer verdreckten Planierraupe als Kettenabstreifer gedient.

Nach einer Stunde war ich fix und fertig. Ich sagte laut ein Wort, das man in amerikanischen Fernsehserien durch ein »Piep« ersetzen würde. Piet Montag würgte noch ein paar Flusen unseres ehemaligen Teppichs heraus, und Paula sagte: »Hunger!«

Einen Moment lang dachte ich an Flucht, doch dann sah ich, dass der Hund wieder etwas Unaussprechliches tun wollte. Zwar nur auf unserer Teppichleiche, trotzdem wollte ich das nicht zulassen. Seit fast vierzehn Jahren war ich das Objekt sogenannter Erziehungsmaßnahmen, daher war mir das Erziehen wohl in Fleisch und Blut übergegangen. Ich packte den Hund, da er schon einen etwas stieren Ausdruck in den Augen bekam, und trug ihn nach draußen in den Garten.

Dort standen Paula und ich dann Seite an Seite und sahen Piet Montag dabei zu, wie er sorgfältig prüfte, welches Stück vom Rasen meiner Ex-Eltern würdig genug sei, von ihm bekackt zu werden. Da er sich nicht entschließen konnte, drehten wir ihm den Rücken zu. Vielleicht schämte er sich ja vor uns, was mich allerdings überrascht hätte.

»Wir sind am Ende«, sagte Paula.

Ich war nicht so pessimistisch. Ich persönlich würde ja dank der Kühlschrankfüllung erst einmal nicht verhungern. Außerdem hatten wir ein Dach über dem Kopf. Und notfalls könnten wir uns mit einem Pappschild *Zwei Drittel Drilling, verstoßen und verkauft* in eine Fußgängerzone stellen und ein bisschen betteln. Ein halb verhungerter Piet Montag auf einer mottenzerfressenen Decke daneben könnte unsere Chancen auf den ein oder anderen Cent sogar erhöhen. Mir kam noch eine weitere Idee.

»Spielst du zufällig Blockflöte?«

Paula sah mich mit einem Blick an, der ins Mörderische spielte. »Spinnst du? Ich spiele Harfe.«

Und, wollte ich fragen, hast du die zufällig dabei? Aber Paula sah aus, als sei sie nicht zum Scherzen aufgelegt.

Ich selbst spiele übrigens auch nicht Blockflöte. Das heißt, ich spiele nicht mehr. Aber ich weiß aus meiner mehrjährigen Erfahrung als Blockflötenschüler, dass mein Spiel auf Erwachsene eine besondere Wirkung hat. So erinnere ich mich noch gut an die begeisterten Beifallsstürme der Eltern, die immer ausbrachen, wenn ich zu Ende gespielt hatte, beziehungsweise: *weil* ich zu Ende gespielt hatte. Möglicherweise könnte ich ja auf der Straße Geld dafür bekommen, nicht Blockflöte zu spielen oder wenigstens sofort damit aufzuhören.

Gerade war ich dabei, mir aus geschwisterlicher Solidarität ein Duo aus Harfe und Blockflöte vorzustellen, als aus dem Nachbargarten Schreie kamen, die mein Vater, der gerne etwas altmodische Wörter verwendet, sicher »markerschütternd« genannt hätte. Die Tonlage dieser Schreie kannte ich. So schrie nur Frau Glossbach. In den Jahren der Nachbarschaft hatte ich diese Schreie kennen und fürchten gelernt. Früher hatte Frau Glossbach meistens ihren Sohn Toni (Toni der Sohni) angeschrien, wenn der, ein typischer Halbstarker, wie meine Mutter gerne sagte, nachts um halb fünf mit einer halben Jacke, einem halben Moped, einer halben Freundin und einer kompletten Lebenskrise nach Hause gekommen war. Toni der Sohni aber hatte unlängst irgendeinen halbseidenen Beruf ergriffen und lebte seitdem in einem Land, das Frau Glossbach bis heute nicht auf dem Globus gefunden hatte.

Seitdem schrie sie wechselweise ihren Ehemann (Gerd der Gatte) oder ihren siamesischen Kater an, worauf der, gemeint ist jetzt der Kater, sich jedes Mal auf ein Volumen von acht Kubikmetern aufplusterte und nicht übel zurückkreischte. Gerd der Gatte blieb in solchen Fällen eher still, ging stattdessen in den hinteren Teil des Gartens und grub sich eins, vermutlich weil das so gut zu seinem Namen passte.

Jetzt aber kam das Glossbach'sche Geschrei eindeutig aus dem vorderen Teil des Gartens, in dem allerlei ganz besondere Rosen wuchsen, übrigens die einzigen Lebewesen, die einigermaßen sicher davor waren, von Frau Glossbach angeschrien zu werden, vorausgesetzt sie gaben sich mit dem Wachsen und Blühen recht viel Mühe.

Ich stürmte, wie man so sagt, an den Gartenzaun. Und sah die Bescherung. Piet Montag hatte vom Suchen einfach nicht lassen können und sich einen Weg in den Nachbargarten gebuddelt. Dort suchte er jetzt unser Geld unter den Glossbach'schen Rosen, fand es aber leider nicht. Dafür konnten sich die Rosen erstmals ihre Wurzeln begucken; es war allerdings zu befürchten, dass es das Letzte war, was sie in ihrem Pflanzenleben sahen.

Das Letzte, was sie hörten, war jedenfalls Frau Glossbach. Ich verstand nicht alles von ihrem Geschrei, aber es war darin auch von mir die Rede. Ich erkannte nämlich die Adjektive »verzogen«, »eingebildet«, »nichtsnutzig« und »faul«. Außerdem die Nomina »Stubenhocker« und »Trampel«.

Ich musste das aber vorerst auf sich beruhen lassen. Denn jetzt galt es, Piet Montag aus dem nachbarlichen Garten zu holen. »Komm, Hundilein!«, rief ich daher über den Gartenzaun. »Komm her, du süßes Knäuel. Sonst haut dich die nette Nachbarin zu Brei.«

Fraglich war allerdings, ob Piet Montag mich hören konnte, denn Frau Glossbach schrie lauter als ich. Sie war mittlerweile beim Zustand der Menschheit angekommen, unter besonderer Berücksichtigung der Benachteiligungen, denen Frauen mit Siamkatern ausgesetzt sind, wenn sie Vollidioten zu Nachbarn haben. Mir blieb also nichts anderes übrig, als über den Zaun zu klettern und Piet Montag eigenhändig zu fangen.

Dabei durfte ich dann feststellen, dass nach dem Suchen seine Zweitlieblingsbeschäftigung das Weglaufen-wenn-man-ihn-kriegen-will war. Wir lieferten uns ein interessantes Rennen, wobei der von Zierblumen eingerahmte Zierbrunnen im mittleren Teil des Glossbach'schen Gartens als eine Art Wendemarke diente. Nach sieben Runden hatte ich Piet Montag eingeholt, und der Zierbrunnen war zierblumenfrei. Ich bugsierte das unnütze Tier über den Zaun und sprang hinterher.

»Ach, guck mal da!«, sagte, als ich auf dem Hintern landete, eine im Gegensatz zu mir blitzsaubere Paula. Zu meiner Verwunderung konnte ich verstehen, was sie sagte, denn unsere Nachbarin war verstummt. Entweder hatte sie der Schlag getroffen, oder sie war ebenso wie Toni der Sohni ausgewandert. Egal, ich guckte in die Richtung, in die Paula zeigte.

Und da war ein Loch im Rasen. Piet Montag hatte wohl in unserem Garten noch eine Probegrabung unternommen, bevor er ausgebüxt war. Und was hatte er zutage gefördert? Eine Kassette.

Mit spitzen Fingern zog Paula sie aus der Erde. »Wir

sind reich«, sagte sie. Dann sagte sie etwas wie »knorke« und küsste mich von links auf die Nase, derweil zerrte der Hund an meiner Hose, vielleicht aus Freude über den Fund. Ich schüttelte ihn ab und sagte: »Ich muss euch jetzt wahrscheinlich enttäuschen.«

Paula runzelte die Stirn.

»Bitte nicht schimpfen!« Und dann begann ich die anstehende Beichte. Diese Kassette hatte ich nämlich selbst vergraben, als vor ein paar Jahren die D-Mark abgeschafft worden war. Klein und unverständig, wie ich war, hatte ich alle meine Sparbüchsen geplündert und das Geld in Sicherheit gebracht, um es vor der Abschaffung zu retten. Später, als ich begriff, was für ein Unfug das gewesen war, wollte ich es in Euro umtauschen. Doch da konnte ich mich leider nicht mehr daran erinnern, wo ich es vergraben hatte.

Paula sagte ein Wort, das ich nicht wiederholen kann, das aber unsere Lage treffend beschrieb. Dann öffnete sie die Kassette und zählte die lappigen Fünfer, Zehner und Zwanziger. »Fünfundneunzig.« Sie warf die Scheine wieder zurück. Einer fiel daneben und Piet Montag vor die Füße. Es war ein Zehner.

»Fünfundachtzig.« Ich schloss den Deckel der Kassette. »Immerhin mehr als nichts.«

Wir essen was

Den Rest dieses denkwürdigen Tages, des zweiten meiner von den Eltern verlassenen Existenz, verbrachten wir damit, es uns nach Möglichkeit gut gehen zu lassen. Ich hatte zwar noch einmal zaghaft vorgeschlagen, aus Sparsamkeitsgründen weiter den Kühlschrank zu plündern, aber damit kam ich bei Paula schlecht an. Ich schnappte mir daher das Telefonbuch und suchte ein Restaurant, wo man nach ihren Wünschen kochte. Es fand sich überraschend schnell, hieß *Das Schnitzelparadies* und lag gar nicht so weit von unserem Haus entfernt. Ich rubbelte noch einen Grasfleck aus meinem Lieblingssweatshirt, Piet Montag leckte sich selbst sauber (sogar an den unaussprechlichsten Stellen), dann gingen wir los. In der Bankfiliale um die Ecke tauschten wir die Mark in Euro, dazu hob ich den lächerlich geringen Betrag ab, der sich noch auf meinem Sparkonto langweilte. Insgesamt brachten wir es damit auf knapp einhundertvierzig Euro.

Wären meine Eltern nicht in Sachen Nahrungsaufnahme ziemlich pingelig, um nicht zu sagen, ein bisschen versnobt gewesen, dann hätte ich das *Schnitzelparadies* vermutlich längst gekannt. Tatsächlich musste man nur unser Viertel verlassen und ein Stück in den angrenzenden Wald gehen, schon stand man davor. Doch obwohl meine Eltern für ihr Leben gern in Restaurants gehen, waren wir niemals hier gewesen. Meine Eltern bevorzugen andere Lokale.

Und die haben schon ganz andere Namen. Sie heißen zum Beispiel *Bei Fred*, *Bei Su* oder *Bei Issi*. Oder sie haben Namen, die aus besonders alten und fremden Sprachen stammen. Bei Fred und seinen Freunden musste ich immer essen, was sich junge aufstrebende Modeköche ausgedacht hatten. In den anderen Lokalen gab es die Küche von Kulturen, die schon vor langer Zeit untergegangen waren, vermutlich wegen ihrer problematischen Essgewohnheiten.

Um mir die Lebensgeschichten von Fred, Su und Issi auszumalen, hatte ich immer vier bis sieben Gänge Zeit. Ich bin mittlerweile der festen Überzeugung, dass sie als Kinder von ihren Eltern beim Mittagessen auf grausame Art gequält wurden. Vermutlich hat man sie gezwungen, glitschiges Suppengrüngemüse zu essen, und zwar als Beilage zu schwarz verbrannten Frikadellen, in denen rohe Zwiebelstücke steckten. Kein Wunder, dass Fred, Su und Issi später beschlossen, sich für diese Quälereien zu rächen.

Zu diesem Zweck eröffneten sie schräg eingerichtete Speiserestaurants und ließen an den richtigen Stellen durchblicken, dass man hier gewissermaßen den letzten Schrei essen könne. Und dann kochten sie tatsächlich.

Wahrscheinlich machen sie es so: Sie schicken jemanden in den Supermarkt, wo er kaufen soll, was ihm gerade einfällt. Dann verbinden sie sich die Augen, werfen eine Auswahl der Sachen in einen Topf, kochen sie zehn Minuten auf kleiner Flamme, denken sich für das Resultat einen Namen aus und präsentieren es meinen Eltern als warme Vorspeise.

Anschließend lassen sie sich von erfahrenen Kantinenköchinnen einen anständigen Schweinebraten nach altem Hausrezept zubereiten. Den übergießen sie, wenn er fertig ist, mit kochendem Ahornsirup oder flambierter Himbeermarmelade, bis er unter Tränen zugibt, gar kein Schweinebraten, sondern Bœuf Sowieso an einer Soße Weißderschinder zu sein. Zusammen mit diesem Geständnis servieren sie ihn anschließend meinen Eltern als Hauptgang, nachdem sie ihn noch mit einigen Möhren aus der Dose und etwas zementartigem Kartoffelpüree beworfen haben.

Irgendwie ehrlicher, aber auch schlimmer waren die Speiselokale mit den unaussprechlichen Namen. Auch hier habe ich immer wieder versucht zu essen, was auf den Tisch kam. Aber es ging nicht. Entweder war es so scharf, dass ich noch Tage später mit heraushängender Zunge zur Schule gehen musste, weil mir das dicke und entzündete Ding einfach nicht mehr in den Mund passte. Oder es schmeckte so penetrant nach schlechtem Wetter, Missernten, Unterdrückung, Ausbeutung und Korruption, dass ich gewissermaßen auf der Zunge nacherleben konnte, warum die Kultur, die so gekocht hatte, untergegangen war.

Ganz anders war es im *Schnitzelparadies*! Ich sah es auf den ersten Blick. Das Lokal war nicht besonders liebevoll eingerichtet, tatsächlich stand hier nur, was man zur Nahrungsaufnahme unbedingt braucht: Tische und Stühle. Auch die Speisekarte war von großer Schlichtheit. Es gab ein Schnitzel in drei Größen mit den Namen *Lukullus*, *Vielfraß* und *Gargantua*. Dazu gab es drei Soßen, die zusammen mit den Schnitzeln fotografiert worden waren. Die braune Soße hieß *Jäger*, die beige *Rahm*. Die unregelmäßig rötliche hatte wohl früher einmal *Zigeuner* geheißen, aber das war durchgestrichen, und dafür stand jetzt *Exotik*. Als Beilagen gab es ausschließlich Kartoffeln, zwar in verschiedener Gestalt, doch alle frisch aus dem heißen Fett.

Paula fühlte sich hier tatsächlich im Paradies. Ich war noch dabei, Piet Montag unter den Tisch zu verfrachten, da schnippte sie schon nach der Bedienung. Sie bestellte das Schnitzel *Gargantua* und dazu von jeder der drei Soßen eine große Portion. Während sie bestellte, versuchte ich mich so zu verhalten, als gehörten wir nicht zusammen, aber das gelang mir nicht. Ich bat, mit meiner Bestellung noch etwas warten zu dürfen.

Innerhalb weniger Minuten stand vor Paula ein Schnitzel, das die Umrisse Frankreichs hatte sowie annähernd dessen Fläche. Der Teller, falls es denn überhaupt einen gab, war darunter nicht zu erkennen. Mir drängte sich die Frage auf, aus was für einem Tier man ein so gewaltiges Stück Fleisch schneiden könnte. Es fielen mir nur wenige Tiere ein, aber ich behielt meine Gedanken für mich, um Paula nicht den Appetit zu verderben.

Sie war nämlich hellauf begeistert von ihrem Schnitzel. Mit der braunen Soße zeichnete sie die Alpen ein; mit der roten markierte sie die großen Städte, während sie mit der beigen die Sandstrände am Mittelmeer andeutete. Als sie das Messer ansetzte, stand ich auf und sang die französische Nationalhymne. Dann bestellte ich bei der Bedienung ein Kinderschnitzel ohne alles. Es kam rasch und war kaum größer als Belgien.

Eine Stunde später waren wir wieder zu Hause, und ziemlich früh am Abend sagten wir uns Gute Nacht. Ich überließ Paula zu ihrem Entzücken das frei gewordene Schlafzimmer meiner Eltern mit dem stufenlos temperierbaren Wasserbett sowie das Elternbadezimmer mit der schneeweißen Wanne.

Piet Montag nahm ich sicherheitshalber zu mir. Bei der Verbindung Hund plus Elternschlafzimmer erschienen mir nämlich die bekannten Slapstickszenen vor dem inneren Auge: tollwütige Fetzereien und Orgien des Durcheinanders. Meinen Vater hätten sie vielleicht zu einer neuen Serie inspiriert, doch ich wollte sie lieber vermeiden. Offenbar rechnete ein Etwas in mir immer noch mit der Rückkehr meiner Eltern, beziehungsweise es hoffte darauf. Tatsächlich hatte ich sogar erwogen, vor dem Zubettgehen gründlich Staub zu saugen. Doch als ich den gelben Zettel auf dem Staubsauger kleben sah, ließ ich es bleiben.

Piet Montag benahm sich übrigens für seine Verhältnisse auffallend still und zurückhaltend. Vermutlich hatte er sich ein wenig überfressen. Immerhin hatte ihm

Paula, weil sie die dann doch nicht schaffte, große Teile der Normandie, die Provence und Elsass-Lothringen abgegeben. Und von mir hatte er fast das ganze Belgien bekommen. Als ich das Licht löschte, bekam ich noch einen kleinen Verzweiflungsanfall, aber Piet Montags Schnarchen beruhigte mich. Kurz darauf schlief ich ein.

Wir planen was

Am nächsten Morgen wirkte Paula verändert. Sie hatte sich aus den Beständen meiner Mutter neu eingekleidet, und da meine Mutter eine sehr zierliche Person ist, passten ihr die Sachen ganz gut. Mir, der ich wenig von diesen Dingen verstehe, wäre vielleicht gar nicht aufgefallen, dass sie jetzt anders angezogen war als gestern. Doch was auch ich nicht übersehen konnte, war, dass die Farbe Rosa bei ihrer neuen Auswahl überhaupt nicht mehr vorkam. Ich machte, bevor ich mir auf die Zunge beißen konnte, eine diesbezügliche Bemerkung.

»Ph«, sagte Paula. »Wer trägt denn Rosa außer dummen Puten?« Und dann verlangte sie nach einer scharfen Schere.

Die brachte ich ihr, und während ich unser Frühstück improvisierte, entfernte sie von ein paar Kleidungsstücken die Markenschildchen. »Mit Schildchen sehen die Sachen teuer aus«, sagte sie in mein fragendes Gesicht. »Und ohne Schildchen gut. Deine, Pardon, unsere Mutter hat doch sicher nichts dagegen, oder?«

Ich schüttelte hinter meinem Milchreis den Kopf.

»Danke. Und bevor wir aus dem Haus gehen, ziehst du dir was Seriöseres an, verstanden.«

Ich zupfte an meinem Lieblingssweatshirt und empfand ein unerwartetes und etwas zwiespältiges Gefühl von Geborgenheit. Tatsächlich war mein Lieblingssweatshirt auch meiner Mutter immer ein Dorn im Auge gewesen.

Den Rest unseres ersten Zwei-Drittel-Drillingsfrühstücks vertändelten wir mit der Frage, woher wir Futter für Piet Montag besorgen könnten. Der Hund sah nämlich schon wieder hungrig aus. Ich spendierte ihm versuchsweise eine Götterspeise, die er beinahe zusammen mit der Plastikschale gefressen hätte.

Schließlich aber gab es keinen weiteren Aufschub mehr, und endlich redeten Paula und ich darüber, was wir in unserer Familienangelegenheit unternehmen sollten. Paulas erster Vorschlag war, uns hier im Haus zu verstecken, das ausgegrabene Geld aufzubrauchen und uns anschließend bei einer Zeitung zu melden, um denen unsere Geschichte für zwei Millionen zu verkaufen.

Ich war schockiert. Das klang, als würde mein, also ihr Vater aus ihr sprechen! So stark war die Macht der Gene? Ich lehnte diesen Vorschlag sofort ab. Mag sein, dass ich übertrieben harmoniesüchtig bin. Aber ich wollte doch wenigstens einen Versuch unternehmen, uns eine neue Familie zu basteln.

»Pass auf!« Ich zählte es an den Fingern ab: »Wir sind so gut wie pleite. Meine, also unsere Eltern sind in der Südsee oder sonst wo, deine Stiefeltern fallen zu fünfzig Prozent aus und sind zu fünfzig Prozent gefährlich. Was bleibt da noch?«

»Das Rote Kreuz? Oder das Tierheim?«

»Unsinn! Uns bleiben noch die Stiefeltern unseres dritten Drillings. Die müssen wir finden. Und denen schmeißen wir uns dann an den Hals. Oder werfen uns ihnen vor die Füße. Egal! Die müssen uns jedenfalls retten. Dich vor deinem Inder und mich vor – na, keine Ahnung.«

»Vielleicht vor dem langsamen Tod durch das Fehlen frischer Unterwäsche?« Mürrisch rührte Paula in ihrem Milchreis.

Sie schien von meinem Plan nur mäßig begeistert zu sein. Womöglich schreckte sie die Vorstellung von einer weiteren und dazu noch weiblichen Ausgabe ihrer selbst. Mit einem trotteligen Bruder muss man ja weder Schönheitswettbewerbe noch solche um den besten Eindruck auf andere Leute austragen. Im Gegenteil, mit mir an der Seite glänzt man nur umso heller. Hingegen könnte eine Drillingsschwester eine gefährliche Konkurrentin sein.

Aber es war auch deutlich erkennbar, wie in Paula die Neugier zu arbeiten begann. Man kann dreizehnjährige Mädchen nicht mit einem Spiegel zusammen in ein Zimmer sperren, ohne dass sich die Entfernung zwischen Mädchen und Spiegel alsbald auf etwa zwanzig Zentimeter reduziert. Und ich spürte, wie die Aussicht auf eine Drillingsschwester Paula nicht mehr ruhig sitzen ließ.

»Na gut«, sagte sie endlich, stand auf und klopfte mit dem Löffel auf den Tisch. »Dann fragen wir Hochschmidt.«

»Wer ist denn, bitte schön, das?«

Paula zielte und warf den Löffel in die Spüle. »Stimmt! Kannst du ja gar nicht wissen. Hochschmidt ist der Privatschnüffler, der für mich rausgekriegt hat, wer du bist und wo du wohnst. Und wenn er das rausgekriegt hat, dann weiß er auch, wo unsere Schwester ist.«

Mir lief etwas über den Rücken. Mit Privatdetektiven hatte ich bei meinem Vorschlag zur Familienzusammenführung nicht gerechnet. Offenbar wurde es jetzt ernst. Passend dazu drückte sich Piet Montag an meine Beine.

»Wo wohnt denn dieser Hochschmidt?« Meine Stimme klang wie zehn, höchstens wie elf.

»Wo alle wohnen.« Paula schaute mich strafend an. »Natürlich im Internet. Los, schmeiß deine Kiste an! Wir schicken ihm eine Mail.«

Dieser Tag entwickelte sich nicht gut. Das Frühstück hatte noch ganz nett begonnen, immerhin erinnerte es ein bisschen an verflossene Familienzeiten. Aber jetzt musste ich meiner Drillingsschwester beichten, dass ich zu den null Komma vier Prozent der männlichen Bevölkerung unter achtzig gehörte, die keinen eigenen Computer besitzt, und überdies zu den null Komma vier Promille der Zwölf- bis Siebzehnjährigen, die sich nicht leidenschaftlich und ausschließlich für Computer interessiert.

»Waaaas?«, sagte Paula.

Ich versuchte ihr meine Vorlieben zu schildern. »Bücher sind doch auch was Schönes. Außerdem lerne ich

Zaubern mit meinem Zauberkasten *Der kleine Illusionist.*« Ich hob einen Finger. »Und ich mag intelligente Gesellschaftsspiele.«

»Das hier ist kein Spiel.« Paula stand auf. »Außerdem hast du keine Gesellschaft. Du hast mich, verstanden. Und entweder zauberst du jetzt einen PC mit Netzanschluss aus der Hosentasche – oder wir müssen ins Internetcafé.«

Das Gute an diesem Ausbruch war, dass ich jetzt sicher sein konnte, es geschafft zu haben: Paula hatte meinen eben erst entwickelten Plan, unseren dritten Drilling zu finden, zu ihrem eigenen gemacht. Und natürlich hatte sie sofort die Führung übernommen. Ich nahm es also mal wieder von der positiven Seite und ging voran in das Zimmer, das meinem Vater bis vor kurzem als Arbeitszimmer gedient hatte. Paula blieb in der Tür stehen und hielt sich am Rahmen fest. »Uff«, sagte sie; mehr nicht.

Über das Arbeitszimmer meines Vaters war vor knapp einem Jahr ein Fotobericht in der Zeitschrift *Leute Leute* erschienen. Zum Glück war ich damals in einem ansonsten eher mörderischen Feriencamp, so dass sich der größte Aufstand gelegt hatte, als ich zurück in meine Schulklasse musste. Dort wurde ich dann nur noch ganz wenig gemobbt. Tatsächlich kann ich niemandem übel nehmen, wenn er den Besitzer eines solchen Zimmers für verrückt erklärt. Ich verstehe sogar, wenn man das auf seine Nachkommen überträgt, obwohl es natürlich eine Ungerechtigkeit ist.

Das Arbeitszimmer meines Vaters ist vollgestopft mit seiner Sammlung misslungener Nachbauten. Es sind Tausende von ihm so genannter »Objekte«, die auf Regalen, in Kästen und Vitrinen lagern. Ich erklärte Paula, wie es zu der Sammlung gekommen war. Vom ersten Geld, das er mit dem Entwurf einer Seifenoper verdient hatte, kaufte mein Vater bei einem Straßenhändler eine Armbanduhr, der auch der größte Blödmann ansehen konnte, dass sie nicht von der berühmten Schweizer Firma stammte. Wahrscheinlich war sie in einer taiwanesischen Schwitzfabrik gefälscht worden. Sogar der Namenszug enthielt einen Schreibfehler.

Diese Uhr, die sich übrigens auch schwer damit tat, irgendeine Uhrzeit anzuzeigen, geschweige denn die richtige, band sich mein Vater ans Handgelenk und erklärte sie aus Spaß zu seinem Talisman. Doch es blieb nicht bei der falschen Uhr. Mein Vater hatte, wie man so sagt, Blut geleckt. Und seitdem sammelt er Dinge, die nachgeäfft und abgekupfert sind, wobei er diejenigen am liebsten hat, die am wenigsten aussehen wie das, wofür man sie halten soll.

Paula stand jetzt vor der Abteilung »Möchtegernbarbies« und gab kleine, erstaunte Laute von sich. Die Puppen sind allerdings auch die Hauptattraktion der Sammlung. Etwa hundert Plastikdamen stehen, sitzen, hocken oder lehnen hier eng gedrängt und wetteifern darin, wer am wenigsten wie sein Vorbild aussieht. Manche von ihnen müssen von Leuten entworfen worden sein, die niemals eine echte Barbie gesehen haben oder denen man sie durch eine Flüsterpost mit fünfzig Stationen beschrieben hat.

Sehr verschieden sind schon die Gesichter. Die echte Barbie ziert bekanntlich ein süßes Lächeln, das dazu verführen soll, ihr möglichst viele teure Barbiesachen zu besorgen. Ganz anders die Exemplare meines Vaters: Eine sieht aus, als hätte sie Bauchschmerzen, eine andere, als wünschte sie, alle hätten Bauchschmerzen. Eine guckt, als hätte sie versehentlich eine Matheprüfung bestanden, eine andere, als hätte sie sechs Richtige im Lotto, aber leider den Schein verloren. Wieder eine guckt, als hätte man ihr gerade den roten Knopf gezeigt, mit dem man die ganze Welt in die Luft sprengen kann.

Bemerkenswert sind auch ihre Kleider. Die Original-Barbie trägt nur maßgeschneiderte Designersachen. Die Kopien würden das wohl auch sehr gerne, und vielleicht wollten das auch ihre Hersteller, herausgekommen ist aber eine Mode, wie sie in schlechten Science-Fiction-Filmen oder in manchen Szene-Diskotheken getragen wird. Mit anderen Worten: Die Puppen sehen grauenhaft aus, bilden sich aber viel darauf ein.

Wer immer diese Sammlung bislang anschaute, bekam entweder einen Lachkrampf oder ästhetische Kopfschmerzen. Ganz anders Paula! Wie in sich selbst zurückgezogen stand sie vor den Plastikmonstern, voller Ergriffenheit und Ernst. Jedenfalls wagte ich nicht, sie anzusprechen. Schließlich sagte sie mit einer Stimme, die fast gläsern klang, den folgenden Satz: »Ach, sind die goldig!«

»Und was das Schönste ist«, platzte ich heraus, »sie gehören alle dir!«

Paula sah in meine Richtung, aber sie sah durch mich hindurch. Also legte ich nach. »Wer ohne Genehmigung der zuständigen Behörden seine Kinder verlässt, verliert alle Rechte an seinem Privateigentum. Du kannst dir also nehmen, was du möchtest.«

Paula machte ein Geräusch wie eine Katze, die sich von der Sonne den Bauch kraulen lässt. Und dann holte sie mit traumwandlerischer Sicherheit das mit Abstand grauslichste Stück der Sammlung aus dem Regal: eine besonders langbeinige Puppe mit einer bienenkorbförmigen Hochfrisur, die ein schwarzes Polyesterkittelchen mit falschem Pelzbesatz trug, dazu schwarze Schnürstiefel. Sie sah aus wie die perfekte Mischung aus einer Raubtierdompteurin und einer Lateinlehrerin. Und sie guckte einen an, als hätte man ihr die Peitsche gestohlen oder bei der Vokabelarbeit abgeschrieben.

Dieses kleine Monster setzte sich Paula auf die Schulter und grinste mich an. Ich grinste zurück. Wir sagten beide nichts, und einen Moment lang kam es mir vor, als hätten wir unser gesamtes Leben zusammen verbracht.

»Na, dann schalt ihn mal ein!«, sagt Paula endlich in die Stille.

Sie meinte natürlich den PC auf dem Schreibtisch meines Vaters. Ich tat es, immerhin wusste ich aus dem Informatikunterricht in der Schule das Nötigste über Computer.

»Und jetzt suchen wir den Hochschmidt«, sagte

Paula, mehr an die Lateindompteuse als an mich gewandt.

Ich kam ganz gut voran. Beim Ausdenken von Passwörtern hatte mein Vater offenbar seine hoch bezahlte Fantasie gezügelt, denn mit meinem und dem vollständigen Namen meiner Mutter, Birgitta mit doppelt-t und a am Ende, gelangte ich in alle Programme.

»Hochschmidt, wie man es spricht. Also mit dt.«

Es gab nur einen einzigen Eintrag. Eine Familie Hochschmidt bot Ferien auf dem Bauernhof in den Bergen an. Ich klickte mich auf die Seite. Sie war für mein Empfinden eher schlicht gestaltet. Man sah einen ziemlich normalen Bauernhof, dahinter ein paar ungenaue Berge. Dazu gab es einen Text, der versicherte, man könne bei Hochschmidts wohnen, essen, trinken und wandern, ohne von den Tieren des Bauernhofes mehr belästigt zu werden, als man das wünsche. Mir erschien die Hochschmidt-Seite wie der bescheidenste und einsamste Ort im ganzen Internet.

Mittlerweile waren Paula und ihre Dompteuse hinter mich getreten. »Das war ja auch zu befürchten«, sagten die beiden wie im Chor. Und auf mein fragendes »Was?«:

»Na, dass Hochschmidt keine Werbung für sich macht. Der Mann ist einfach zu geheim.« Paula kniff ein Auge zu. »Ich sage dir, Hochschmidt ist ein Genie. Der kriegt alles raus, und dazu muss er nicht einmal aus der Wohnung.«

»Und woher kennst du ein solches Genie?«

»Zufall. Der wohnt irgendwo bei uns in der Straße. Ich glaube, in Nummer zwölf. Ich hab ihn vom Sehen gekannt. Die Leute haben komische Sachen über ihn erzählt, aber ich fand ihn nett. Und als Mama abgerauscht war, hab ich ihn auf unserem Friedhof getroffen. Ich hab ihm alles erzählt, und da hat er gesagt: Warte einen Moment. Dann ist er gegangen und mit eurer Adresse und dem Foto von dir wiedergekommen. Der Mann ist der Größte.«

»Dann müssen wir wohl hinfahren und den großen Meister persönlich befragen.« Ich klatschte in die Hände. »Super! Ich steh auf Berlin. Außerdem kann ich bei der Gelegenheit deine Familie kennenlernen.«

Das sollte natürlich ein Scherz sein, aber Paula verstand ihn nicht. »Sag mal, hast du dich bei der Aufteilung von Gehirnmasse abseits gehalten? Ich kann mich doch nicht in unserer Straße sehen lassen. Wenn Dasgupta mich erwischt, verfrachtet er mich nach Indien. Und du kannst froh sein, wenn du nicht mit musst – als Elefantenfutter!«

»Dann suchen wir uns eben einen anderen Detektiv.«

»Kommt nicht in Frage!« Paula schaute noch strenger als die Dompteuse. »Ich will zu Hochschmidt. Wenn er dich im Handumdrehen findet, dann findet er auch unsere Schwester. Ich vertraue ihm. Und sonst keinem.«

Ich versuchte zu übersehen, dass das gegen mich ging. »Okay. Dann fahren wir nach Berlin, du hältst dich im Hintergrund, und ich regle die Sache mit Hochschmidt.« Ich klang wohl, als seien solche Abenteuer für mich der normale Alltag.

Paula und die Puppe sahen mich kritisch und dann einander fragend an. »Wahrscheinlich bleibt uns keine andere Wahl«, sagte Paula endlich. Nach einer längeren Denkpause nickte die Dompteuse. Dann gingen die beiden; zum Packen, wie sie sagten. Ich packte auch ein paar Sachen zusammen und nahm Abschied von meinen Glaselefanten.

Nach Berlin!

Wer von Neustadt nach Berlin will, muss dreimal umsteigen, wobei er zweimal Zeit genug hat, den Umsteigebahnhof zu besichtigen, während er beim dritten Mal furchtbar hetzen muss, um den Anschlusszug zu erreichen. Für junge und kräftige Menschen ist das einigermaßen machbar, und auch ich habe es zusammen mit meinen Eltern schon mehrfach geschafft. Allerdings trug dabei mein Vater unsere Koffer, meine Mutter sagte, wo es lang ging, und ich rannte bloß hinterher.

Jetzt aber flatterten mir die Nerven. Es waren nämlich nur noch wenige Minuten bis zum Schnellumsteigen, unser Zug hatte drei Minuten Verspätung, und außerdem musste ich mich um mein Gepäck sowie um Paula und Piet Montag kümmern.

Die beiden waren allerdings die Ruhe selbst. »Mach dir bloß nicht in die Hose«, sagte Paula nur, wenn ich hektisch auf die Uhr schaute. Und Piet Montag schlief seit Neustadt wie ein Steifftier im Sommerschlussverkauf.

Endlich rollten wir in den Bahnhof. Ebenso wie Paula trug ich meine Sachen in einem der Wanderrucksäcke meiner Eltern, wobei aus meinem Rucksack nichts, aus Paulas aber die Dompteuse hervorsah, als müsste sie kontrollieren, ob uns jemand folgte. Der Zug stoppte. Nach meiner letzten Rechnung hatten wir etwa fünfundzwanzig Sekunden Zeit, um von Gleis vierzehn zu Gleis zwei zu rennen.

Der Start glückte noch ganz gut. Piet Montag war beim Langsamerwerden des Zuges wach geworden, hatte kurz an einer Armlehne geknabbert und zeigte jetzt Bereitschaft, irgendwohin zu wollen, egal wohin, nur möglichst schnell. Auf dem Gang drängten wir uns mit dem Ruf »Achtung, bissiger Hund!« an einer Seniorenreisegruppe vorbei, und dann schossen wir, würde mein Vater sagen, über den Bahnsteig Richtung Treppe. Doch da passierte das Malheur!

Ich hatte nämlich beschlossen, den direkten Weg zu nehmen, der knapp links an einem Mülleimer vorbeiführte. Piet Montag aber zog es vor, die Treppe in einer leichten Kurve anzusteuern, die ein wenig rechts vom Mülleimer verlief. Beide passierten wir den Mülleimer in vollem Tempo – und wer jetzt glaubt, dabei könne doch nichts passieren, der glaubt das nur, weil ich noch nicht erwähnt habe, dass Piet Montag und mich eine Lederhundeleine verband, die wir zusammen mit einem Halsband am Morgen gekauft hatten.

Was ich nun beim Aufprall der straff gespannten Leine auf den Mülleimer durch das etwas größere Körpergewicht dem Hund voraushatte, machte Piet Montag durch seine momentan größere Geschwindigkeit wett. Ein Freund der Physik hätte sicher seine Freude daran gehabt, die entsprechenden Werte in eine Rechnung einzusetzen. Deren Ergebnis erfuhr ich aber auch so: Es war gleich null! Das heißt, urplötzlich saß ich auf dem Allerwertesten, und mein rechter Arm bat dringend um ärztlichen Beistand.

Auch Piet Montag war es nicht gut ergangen. Seine Schwanzspitze war ausnahmsweise am weitesten vorne, dazu lag der Hund auf dem Rücken und machte Bewegungen mit den Pfoten, als wollte er am Himmel kratzen. Vielleicht um zu sehen, ob das Blau auch echt war.

Mein Himmelsblau verdunkelte sich derweil, da Paula über mich gebeugt stand und die Dompteuse ihr mit strengem Lateinblick über die Schulter schaute. »Keine Müdigkeit vorschützen!«, blaffte sie. »Hoch mit euch. Pennen könnt ihr in Berlin.«

Natürlich kamen wir zu spät. Das heißt, wir erreichten Gleis zwei etwa vier Minuten nach der planmäßigen Abfahrtszeit des Zuges. Da der aber eine Viertelstunde Verspätung hatte, bekamen wir ihn doch. »Ich weiß nicht«, sagte Paula, »warum die Leute so oft auf die Bahn schimpfen. Klappt doch alles ausgezeichnet.« Und während Piet Montag und ich unsere schmerzenden Stellen massierten beziehungsweise leckten, nickte die Dompteuse dazu.

Das letzte Teilstück nach Berlin verbrachten wir im Speisewagen, wo Paula sehr konzentriert ein Schnitzel aß, während ich meinen gemischten Salatteller ein bisschen aufräumte. Ich habe in Spannungssituationen nie Appetit, allenfalls auf Milchreis oder Götterspeise mit Multivitaminsaft. Vor Paula aber wollte ich mir keine

Blöße geben, und daher tat ich, als würde ich essen. Natürlich hätte ich mir denken können, dass sie nicht darauf hereinfiel. Zwischen zwei Bissen sagte sie: »Iss anständig. Kommen harte Zeiten auf dich zu.« Dann bestellte sie noch ein Schnitzel, und das teilte sie sich mit dem Hund. Nachdem ich die Rechnung bezahlt hatte, besaßen wir noch knapp zwanzig Euro.

Wir erreichten Berlin am späten Nachmittag. Später Nachmittag in Neustadt bedeutet, die Menschen machen sich allmählich fertig fürs Bett. Später Nachmittag in Berlin bedeutet dagegen: Jetzt sind alle Berliner aufgestanden und denken heftig darüber nach, wie sie heute mal wieder die Nacht zum Tage machen sollen. Im großen Hauptbahnhof brauste und zischte und brummte und dampfte es nur so von der Energie der Berliner, und als geborener Neustädter kam ich mir vor wie ein Schaf, das irrtümlich in den Betriebsausflug eines Wolfsrudels geraten ist. Selbst Piet Montag, der doch noch gar keine Zeit gehabt hatte, ein so verschlafenes Mittelstadtschäfchen wie ich zu werden, wirkte ein wenig eingeschüchtert.

Ganz in ihrem Element war allerdings Paula. Schon auf dem Bahnsteig begann sie damit, vorsätzlich Leute anzurempeln, um sich dann über deren Blödheit zu beschweren. Offenbar war das ein Ritual, mit dem der Berliner nach längerer Abwesenheit seine Stadt begrüßt. In der großen Halle des Bahnhofes kaufte sie dann zwei belegte Brote, um sich gleich darüber zu beschweren, dass der Käse darauf nicht mehr frisch, sondern, Originalton Paula: »direktemang von jestern« sei. Worauf die Verkäuferin prompt zwei frische Brote schmierte und Paula ihr ein gewaltiges Trinkgeld gab. Ich stand derweil abseits und schnappte nach Luft. Als sie dann noch überflüssigerweise einen Polizisten in gut imitiertem türkischem Akzent nach der Uhrzeit gefragt hatte, schien Paula endlich zu Hause angekommen zu sein.

Im Untergeschoss des Bahnhofs warteten wir auf eine S-Bahn; der Hund verdrückte derweil die Brote. Nach kaum zehn Minuten Fahrt waren wir am Ziel, Paula ging voran. Es war ein ruhiges Viertel mit großen alten Häusern, wie es sie in Neustadt nicht gibt. Am Straßenrand wuchsen hohe Bäume. Piet Montag schien es hier zu gefallen. Jedenfalls begann er sofort, die Gegend beinhebend für sich in Besitz zu nehmen. Ich konnte nicht hinsehen, so peinlich war mir das.

»Achtung jetzt!« Paula stoppte, und beinahe wäre ich ihr auf die Hacken getreten.

Wir standen an einer Straßenkreuzung. Paula sah sich um und wirkte tatsächlich ein wenig aufgeregt. »Jetzt wird's gefährlich! Hier regieren Dasgupta und seine indischen Häscher. Was bedeutet: Du kannst jetzt mal zeigen, was du so draufhast. Ich verstecke mich inzwischen da.« Sie zeigte auf ein Gittertor in einer dunklen, brüchigen Mauer. »Dahinter ist unser Friedhof. Du findest mich beim Grab vom alten Bolle.« Ich musste noch einmal wiederholen, was ich zu tun hatte, dann gab mir Paula einen Klaps und verschwand.

Piet Montag hatte sich inzwischen ans Gehen an der Leine gewöhnt. Oder anders gesagt: Er hatte Spaß daran gefunden, mich hinter sich herzuziehen. Tatsächlich zog er mich auf direktem Weg in den Toreingang des Hauses Nummer zwölf. Hier sollte der geniale Hochschmidt wohnen. An der Wand hing eine große Tafel mit den Namen der Mieter, viele waren durchgestrichen und überklebt. Der Name Hochschmidt war nicht dabei. Meine Karriere als Drillings-Agent fing nicht eben gut an.

Ich sah mich ein bisschen um. Der Toreingang war hoch und breit genug, dass ein Pferdefuhrwerk hindurchgepasst hätte. Er führte zu einem Hinterhof, dort wuchs ein mächtiger Baum aus dem Kopfsteinpflaster, das sich hob und senkte wie Dünen am Strand. Um den Baum herum war eine Bank gebaut, unter einem kleinen Vordach standen ein paar Mülltonnen, und neben dem Eingang zum Hinterhaus hing ein großes Schild mit verschiedenen Verboten. Alles in allem war es ganz anders als mein Elternhaus – und irgendwie ziemlich gemütlich.

Die meisten Fenster zum Hof standen übrigens offen, und aus jedem drang eine andere Musik nach draußen. Es klang so furchtbar, dass es schon wieder schön war. Ein paar der Balkone waren vollgestellt mit Blumen und Pflanzen; es sah aus, als hätte man ein Stück Dschungel an die Wände geklebt. Ich stellte mir vor, wie es wäre, mit meinen Geschwistern in einem solchen Haus zu wohnen. Wahrscheinlich würden wir eine

Bande gründen und uns mächtig wichtig machen. Abends säßen wir dann auf unserem Dschungelbalkon im fünften Stock, guckten über die Stadt und planten neue Abenteuer.

Da riss mich jemand aus den Träumen. Es war ein sogenannter großer Junge. Er tippte mir von hinten auf die Schulter und sah auf mich herab. »Äj, was suchsdu hier?« Dazu machte er eine lässige Bewegung, die ich nicht kopieren könnte.

Nun kam es wirklich darauf an. Vielleicht war der Junge ja ein Spitzel des Inders. Ich durfte mich also nicht verraten. Andererseits wusste er hier sicher Bescheid. Zum Glück fiel mir eine der Serien meines Vaters ein. Sie hieß *Alle meine Nachbarn*. Darin gab es die Figur Robby, ein Achtzehnjähriger, der zwischen zwei Lebensplänen schwankt. Plan eins lautet: freundlich und hilfsbereit zu allen Nachbarn sein – Plan zwei hingegen: alle ganz langsam und gewissenhaft zu Tode foltern. Eine Zeit lang ist Robby die große Plage der Nachbarschaft, aber dann verständigen sich alle darauf, ihn zu ihrem Hausmeister zu machen, weil er in dieser Funktion seine beiden Lebenspläne gleichzeitig verwirklichen kann.

Die Erinnerung an diese Serie brachte mich in die richtige Spur. Ich stellte mir einfach vor, der große Junge sei Robby. »Sorry, äh«, sagte ich mit einer Stimme, die wahrlich nicht die meine war und es hoffentlich auch nie werden würde. »Top secret. Checkst du? Hab die Bullen am Hals.« Dabei schaute ich mich um wie die Aushilfsindianer bei den Karl-May-Festspielen, wenn sie Spähen spielen.

»Fett«, sagte der Junge. »Und zu wem willste?«

»Hochschmidt«, zischte ich zwischen den Zähnen und bemerkte dabei, wie schlecht sich der Name zischen ließ.

»Zu Bruno?«

Richtig, so hieß laut Paula dieser Hochschmidt mit Vornamen. »Mann, Klappe!«, rief ich. »Muss doch nicht ganz Berlin spitzkriegen!«

Man sah, dass es dem Jungen leidtat, mich beinahe verpetzt zu haben. Macht man ja auch nicht unter Kumpeln. »Okay«, sagte er. »Ich kann dir zeigen, wie du zu Bruno kommst. Äj, und was krieg ich dafür?«

Ich wollte schon zu meinem Portemonnaie greifen, um ihm zu zeigen, wie leer es war. Doch da spürte ich, wie mir etwas Keckes vom Magen in den Kopf stieg. Das musste an der Berliner Luft liegen. Ich deutete auf Piet Montag am anderen Ende der Leine und machte eine schwerwiegende Handbewegung. »Ich bin blank«, sagte ich zerknirscht, »aber ich brauch die Info. Ist lebenswichtig für mich. Du kriegst dafür den Hund.«

Der große Junge zog seine Stirn in Falten. Einen Moment lag dachte ich, er würde den Hund einfach nehmen, aber dann sagte er doch den Satz, den ich erwartet hatte: »Was issen das für einer, is der wertvoll?«

Ich atmete auf. »Klar. Das ist ein Fastkillretriever. Darf neuerdings nicht mehr gezüchtet werden. Von zehn Leuten, die so einen haben, überleben höchstens fünf.« Ich tätschelte Piet Montag den Kopf. »Der hier ist besonders menschenfeindlich.« Ich stellte meine Stimme auf weinerlich. »Der beißt praktisch jeden. Von dem trenne ich mich gar nicht gern.« Und damit drückte ich dem Jungen mein Ende der Hundeleine in die Hand.

Das heißt, ich versuchte es.

Aber er nahm es nicht. »Schon gut, schon gut. Muss doch nicht sein. Mache ich doch gerne«, sagte er stattdessen in einer Art Panik-Hochdeutsch, während er seine Hände auf dem Rücken versteckte. Das könne er nun wirklich nicht annehmen. Dann redete er noch etwas von »Kumpel in Not« und deutete dabei mit dem Kinn auf das Vorderhaus, wo ich eben vergeblich gesucht hatte. »Da wohnt der Bruno. Vierter Stock. Rechte Tür.« Und dann lief er davon, so schnell, dass es nun wirklich nicht mehr lässig aussah.

Ich wartete ein wenig, dann stieg ich hinauf in den vierten Stock, vorbei an Kinderwagen, Birkenfeigen, einem pensionierten oder scheintoten Rennrad und ganzen Regimentern von schief getretenen Turnschuhen. Hinter mir Piet Montag, der interessiert dreinblickte; offenbar hatte er wieder etwas Fressbares entdeckt. Ich nahm ihn kürzer an die Leine.

Oben angekommen, war ich irritiert. Während drei Türen des vierten Stocks Namensschilder und Macken aus hundert Jahren trugen, war die vierte, die rechte, schild- und makellos, dazu frisch lackiert. Sollte hier ein Detektiv wohnen? Ich drückte einen blank geputzten

Messingknopf, und es klang, als würde sich in der Wohnung eine Klingel von der Wand reißen. Piet Montag hob den Kopf und jaulte.

Anschließend geschah eine Zeit lang nichts. Dann öffneten sich sehr langsam die anderen drei Türen jeweils einen Spaltbreit, in dem, eines über dem anderen, mehrere Augenpaare sichtbar wurden. Ich versuchte mich unauffällig zu verhalten, indem ich den Anfang eines alten Volksliedes pfiff, das meine Mutter immer so gemocht hatte: »Ich weiß nicht, was soll es bedeuten, dass ich so traurig bin«.

Eine nach der anderen schlossen sich die drei Türen. Dafür öffnete sich die vierte mit einem plötzlichen Schwung. Ich fühlte mich an der Schulter gepackt und mitsamt der Leine und dem Hund ins Innere der Wohnung gezogen. Dabei stolperte ich und fiel in ein Nichts mit Holzboden.

Bruno Hochschmidt

Hier drinnen war es stockdunkel. Ich hörte, wie ein Riegel vorgeschoben wurde. Prompt fühlte ich mich wie in einem dieser Gefängnisfilme, die aus guten Gründen erst ab sechzehn freigegeben sind. Etwas Warmes und Fellbesetztes drückte sich an mich, das ich als Piet Montag identifizierte. Hatte der etwa Angst und suchte ausgerechnet Schutz bei mir? Bevor ich darüber nachdenken konnte, gab es ein paar knackende Geräusche und das Licht ging an.

»Willkommen«, sagte der Mann, der sich über uns beugte. Und: »Gestatten, mein Name ist Hochschmidt.« Er reichte mir die Hand und zog mich auf die Füße. »Sorry! Aber immer wenn es klingelt, fliegt die Sicherung raus.« Dann bat er mich mit einer lustig vornehmen Handbewegung in ein angrenzendes Zimmer.

Man hat bekanntlich gewisse Vorstellungen davon, wie ein Privatdetektiv aussieht und wie er so lebt. Hartgesottene, kantige und schweigsame Männer mit Kippe im Mundwinkel, versiffte Büros mit Rauchwolken und quietschenden Ventilatoren. Na ja, man kennt das. Und weil man das kennt, fiel ich aus allen Wolken. Denn Bruno Hochschmidt sah einwandfrei nicht aus wie die Privatschnüffler aus Film und Fernsehen, sondern eher wie ein Biologielehrer, der in seiner Freizeit sichere Krötenwanderwege anlegt.

Ganz anders als die verrauchten Schnüfflerhöhlen war auch sein Wohnzimmer, in dem ich jetzt wohl stand. Es sah aus wie die Wohnzimmer aus den Werbebeilagen der Tageszeitung, über die sich meine Eltern immer lustig machen. Oder, um es anders auszudrücken: Bei Bruno Hochschmidt war es echt gemütlich. Die Ledersessel passten im Gegensatz zu den teuren Sitzmöbeln meiner Eltern gut unter menschliche Pos, und der Fernseher stand da, wo man ihn sehen konnte, ohne sich den Hals zu verrenken. Ich setzte mich an einen Tisch, der genau die richtige Höhe hatte, und Hochschmidt stellte ein Glas Limonade vor mich hin.

»Schön, dass du da bist. Und wo ist Paula? Versteckt sie sich wieder bei Bolle?«

Woher wusste er das? Ich wollte fragen, doch weil ich trotz oder wegen des erstaunlich netten Eindrucks, den Hochschmidt bislang auf mich gemacht hatte, immer noch sprachlos war, nickte ich bloß und formte mich ansonsten zu einem stummen Fragezeichen.

Hochschmidt verstand mich auf Anhieb. »Ich weiß eine Menge.« Er zeigte aus dem Fenster, das zur Straße führte. »Der indische Masseur drei Häuser weiter ist komplett durch den Wind, seit die Kleine von seiner Freundin auf und davon ist. Er jammert in der ganzen Nachbarschaft herum. Und ich war auch in Sorge. Hab mir Vorwürfe gemacht, weil ich Paula gesagt habe, wo du wohnst.« Er schnippte mit den Fingern. »Andererseits war ich mir sicher, dass ihr beiden hier auftaucht.«

Ich merkte, dass ich wieder sprechen konnte. »Wieso haben Sie sich denn Vorwürfe gemacht? Sie haben Paula doch davor gerettet, nach Indien verschleppt zu werden.«

»Glaubst du denn wirklich alles, was sie sagt?« Hochschmidt sah mich an wie mein Erdkundelehrer, als ich ihm einmal Peru als die Hauptstadt von Mexiko verkaufen wollte. Und sofort fühlte ich mich in meinem Glauben an Paulas Geschichte wieder zutiefst verunsichert. Das gibt es doch gar nicht, dass man heutzutage zum Heiraten gezwungen wird, geschweige denn mit vierzehn! Das ist doch der blanke Unsinn! Ich fühlte, wie ich rote Ohren bekam.

Aber Paula war nun einmal meine Schwester, spätestens seit gestern Nachmittag. Und auch als langjähriges Einzelkind wusste ich, dass man seine Geschwister nicht bei der erstbesten Gelegenheit verrät.

»Und wenn es stimmt?« Ich gab mich so keck und selbstbewusst wie möglich. »Ist der Inder vielleicht zur Polizei gegangen?«

»Nein. Aber das wundert mich nicht. Bei der Polizei müsste er sagen, wo Paulas Mutter ist. Dann würde sie informiert, und das will er natürlich nicht, weil er nicht will, dass sie sich aufregt.«

»Das denken Sie! Vielleicht lässt er die Polizei aber auch aus dem Spiel, weil die nichts von seiner Heiratsverschwörung wissen darf.«

»Hm«, machte Hochschmidt, und ich fand, dass ich gerade als Bruder eine ziemlich gute Figur abgab. Paula hätte mich jetzt sehen sollen! Doch dann fuhr mir ein neuer Gedanke in mein Triumphgefühl. »Und woher wussten Sie, dass wir beide nach Berlin kommen würden?«

»Gestern Abend habe ich gesehen, dass deine Eltern verreist sind, offenbar für längere Zeit. Da ahnte ich, es zieht euch zwei nach Berlin.« Hochschmidt grinste. »Oder sagen wir, ich hab's gehofft.«

»Sie wissen von meinen Eltern?« Ich war ziemlich perplex. »Wissen Sie denn auch, dass die mich verlassen haben?«

»Verlassen?« Hochschmidt kratzte sich am Ohr. »Davon weiß ich nichts. Ich weiß nur, welche Flüge sie gebucht haben.«

Ich trank einen großen Schluck Limonade, dann erzählte ich Hochschmidt, was in den letzten zwei Tagen passiert war. Er hörte zu, das Gesicht zu einer ungläubigen Miene verzogen. Schließlich sagte ich: »Sie sind unsere letzte Rettung.« Das klang sehr dramatisch. Piet Montag sah aus, als schämte er sich für mich.

»Nun mach mal halblang«, sagte Hochschmidt.

Aber ich blieb dabei. Und dann erklärte ich ihm unseren Plan. »Wir haben nur noch diese Schwester. Die ist unsere letzte Chance auf eine Familie. Und Sie müssen uns die Adresse beschaffen.«

Hochschmidt schien zum ersten Mal überrascht. »Was weißt du denn von Pauline?«

Er kannte also auch unsere Schwester! Und sie hieß tatsächlich Pauline? Ich machte wieder meine Fragezeichen-Pantomime. Nichts wusste ich von ihr.

»Paula gegenüber habe ich sie nicht erwähnt«, sagte Hochschmidt. »Dafür war mir die junge Dame zu aufgeregt. Außerdem wusste ich nicht, ob deine Eltern dich aufgeklärt haben.«

Nun, das hatten sie keineswegs getan! Ich berichtete davon, wie Tante Elke mir und Paula Nachhilfeunterricht in unserer Familiengeschichte gegeben hatte.

»Na dann«, sagte Hochschmidt. »Befragen wir mal den großen Geist.« Er bat mich nach nebenan in ein kleines, gut aufgeräumtes Arbeitszimmer. In den Regalen standen sauber beschriftete Aktenordner. An den Wänden hingen Poster von einheimischen Tieren, darunter auch eines, das wie ein erwachsener Piet Montag aussah. Die Hälfte des Schreibtischs nahm ein riesiger, altmodischer Monitor ein. Ich konnte nicht mehr an mich halten und sagte, dass ich mir Privatdetektive und ihre Behausungen bislang etwas anders vorgestellt hatte.

Hochschmidt schaltete den PC an. »Ich bin doch kein Privatdetektiv. Aber wenn du Interesse an einer verkorksten Lebensgeschichte hast – damit kann ich dienen.«

Nun, Zeit dafür hatte ich jedenfalls, so langsam wie der PC auf Touren kam.

»Ich bin von Beruf eigentlich Bauer«, sagte Hochschmidt. »Das heißt, ich bin auf einem Bauernhof geboren. Aber ich habe schon als Junge lieber mit den Tieren trainiert, als sie bloß zu füttern und den Stall auszumisten. Und ich sage dir, ich war gut darin! Unseren Kälbchen habe ich beigebracht, paarweise nebeneinander Achten zu laufen. Unsere Hühner konnten ihre Eier der Größe nach ordnen und unser Hofhund mit seiner Kette Seilchen springen.«

»Donnerwetter.« Etwas anderes fiel mir dazu nicht ein.

»Ja, ich bin ein Naturtalent. Ich verstehe die Tiere.« Dabei zeigte Hochschmidt auf Piet Montag, der gerade prüfend mit der Zunge über den freundlich gemusterten Teppich fuhr, wahrscheinlich um ihn gleich zu fressen. »Das da ist zum Beispiel ein junger, vollkommen unerzogener Hund mit egoistischen Neigungen. Aber ich sehe auch, dass er über ganz außergewöhnliche Anlagen verfügt. So einen wie den findest du nicht oft. Und jetzt pass mal auf!«

Damit ging er in die Knie und flüsterte Piet Montag einen längeren Text ins rechte Ohr. Der Hund setzte sich dabei auf seinen Hintern. Gelegentlich schien er zu nicken. Schließlich nahm ihm Hochschmidt Leine und Halsband ab und flüsterte ihm einen unwesentlich kürzeren Text ins linke Ohr. Piet Montag verschwand daraufhin aus dem Zimmer. Vom anderen Ende der Wohnung hörte ich Geräusche wie von Schrank- und Kühlschranktüren, woraufhin der Hund wieder erschien, im Maul einen kleinen Henkelkorb, in dem eine Dose Hundefutter, ein kleiner Napf und ein Öffner lagen. Den Korb setzte er vor Hochschmidt auf den Boden, anschließend nahm er eine demütige Haltung ein.

Hochschmidt öffnete die Dose, füllte das Hundefutter in den Napf und stellte diesen vor Piet Montag auf den Boden. Der aber stürzte sich nicht, wie ich erwartet hatte, gierig auf das Fressen, sondern sah nur zu Hochschmidt auf, wobei ihm rechts und links zwei dicke Speichelfäden aus dem Maul fielen.

In der Zwischenzeit hatte sich der Computer endlich hochgefahren. »Mit zwanzig«, sagte Hochschmidt, »bin ich nach Amerika ausgewandert. Ich habe mich Bronco Highsmith genannt und in Los Angeles eine Agentur für Tierdressuren aufgemacht. Die Geschäfte liefen glänzend. Bald gab es keinen Hollywoodfilm mehr, in dem nicht mindestens ein von mir persönlich dressiertes Tier auftrat. Ich habe den Eichhörnchen beigebracht, Passanten im Park die Nüsse aus der Tasche zu stehlen. Ich habe schwarze Katzen darauf trainiert, vor hysterischen blonden Schauspielerinnen besonders bedrohlich auf alte Schränke zu springen. Und ich habe zweitausend Ratten darin ausgebildet, durch Abwässerkanäle zu rennen und dabei so zu tun, als wollten sie alles fressen, was sich ihnen in den Weg stellt.«

Der PC machte einen Ton, wie ich ihn noch nie von einem PC gehört hatte. Eine Art leises Stöhnen. »Aber dann«, sagte Hochschmidt, »kam die verfluchte Digitalisierung. Heute brauchen sie beim Film keine trainierten Tiere mehr. Jemand malt oder zeichnet die, und dann werden sie so in den Film kopiert, dass keiner die Täuschung merkt. Jetzt können sie, wenn sie wollen, einen Tiger im Straßencafé sitzen und geschmorten Lammrücken mit Messer und Gabel essen lassen, was nicht einmal ich ihm hätte beibringen können.«

»Wurden Sie arbeitslos?«, sagte ich ein wenig gestelzt, während es aus Piet Montags Lefzen wie aus Bergquellen floss, ohne dass er das Fressen vor sich auch nur anschaute.

»Kann man so sagen. Und nach Hause auf den Hof konnte ich auch nicht mehr, aus diversen Gründen. Ich wollte mich hier im alten Berlin verkriechen. Geld hatte ich noch, arbeiten musste ich eigentlich nicht, jedenfalls nicht sofort, und dann bin ich ausgerechnet in diese verdammte Bude hier geraten.«

»Wieso verdammt? Ist doch eine hübsche Wohnung.« Das meinte ich vollkommen ehrlich.

Hochschmidt tippte sich an die Stirn. »Das ist eine spießige Bleibe. Aber darum geht es nicht. Ich habe sie mit allem was drin war übernommen. Der Vormieter war ein bisschen hoppla-hopp ausgezogen. Ich wollte auch gleich alles rausschaffen lassen, vor allem diesen schrottreifen PC. Aber dann ist mir aufgefallen, warum mein Vorgänger so schnell die Kurve kratzen musste.«

Mittlerweile hatte der PC endlich die Startseite aufgebaut. Hochschmidt zeigte darauf, und ich sah sie mir an: Es war die streng geheime Begrüßungsseite des amerikanischen Geheimdienstes.

»Holla«, sagte ich. Mehr nicht.

»Das ist noch gar nichts!« Hochschmidt grinste. »Mein Vormieter war ein vollkommen harmloser Mensch, von Beruf Gärtner. Aber sein Freund war ein Meisterhacker, ein geniales, nur leider etwas finsteres Computergenie. Diesen scheinbar altersschwachen PC hier hat er zur besten Suchmaschine der Welt umgebaut. Mit dem kommt man in alle Melderegister, in alle Banken und Versicherungen, in alle Regierungen, in die NASA und die CIA und sogar in die geheimen Lieferpläne von ALDI.«

»Wow!«

Hochschmidt schüttelte den Kopf. »Von wegen! Als ich es begriffen hatte, war meine erste Idee, diesen Apparat sofort zu vernichten. Aber dann bin ich leider schwach geworden und habe hier alles so gelassen wie es war. Seitdem sitze ich vor lauter Langeweile jede Nacht vor dem Ding und schaue mir alle Geheimnisse der Welt an.«

Er machte eine komisch-traurige Geste. »Und das, obwohl sie mich gar nicht interessieren.«

»Mich würde schon so einiges interessieren.«

»Tatsächlich? Möchtest du zum Beispiel wissen, wo deine Eltern gerade sind?«

»Danke. Das weiß ich schon. Die sind in der Karibik.«

»Schauen wir doch mal.« Hochschmidt tippte mit zwei Fingern ziemlich flott auf der Tastatur. Listen und Tabellen erschienen. »Schau her. Geflogen sind sie.

Aber nicht in die Karibik, sondern nach Mallorca. Vorgestern Abend sind sie gelandet. Und jetzt«, er tippte wieder etwas ein, »sind sie im Hotel Hippocampo in Cala Millor. Vier Sterne mit Blick aufs Meer.«

»Sie beschwindeln mich«, sagte ich schwach.

»Keineswegs. Ich habe hier alles. Passagierlisten, Hotelregister, Mietwagenreservierungen. Du kannst mich fragen, was du willst.«

Aha! Ich stand also offenbar nicht im vierten Stock eines Berliner Altbaus, sondern in einer Art Filiale der göttlichen Allwissenheit. Mir wurde ein wenig schwindelig, sicherheitshalber setzte ich mich auf den Boden. Von Piet Montag musste ich allerdings Abstand halten, denn um den hatte sich mittlerweile ein Speichelsee gebildet, in dem er saß wie eine Brunnenfigur im Brunnen. Noch immer floss, ja plätscherte es aus seiner Schnauze, ohne dass er auch nur einen Blick vom großen Hochschmidt wandte.

»Ich will nur die Adresse meiner Schwester«, sagte ich.

»Aber gern.« Hochschmidt tippte wieder in die Tastatur. »Ich habe natürlich die kompletten Daten eurer Adoption einsehen können. Und siehe da! Hier hätten wir deine zweite Schwester. Pauline Elvira Müller, geboren am 22. Juli, adoptiert am 10. August desselben Jahres von Erika und Erich Schönewind, momentan wohnhaft in – Moment, zentrales Melderegister der Bundesrepublik Deutschland – Marseby an der Schlei. Veilchenstraße 28.«

Ich nickte einen Dank.

Hochschmidt tippte wieder etwas ein. »Der Stiefvater ist übrigens Direktor des Tourismusvereins, die Stiefmutter ist Oberstudiendirektorin und leitet das Jens-Uwe-Jensen-Gymnasium in der benachbarten Kreisstadt. Möchtest du vielleicht Fotos von ihnen sehen?«

Bevor ich »Nein!« brüllen konnte, erschienen schon die ersten Bilder. Die Neugier siegte, ich stand auf und sah sie mir an: Herr Schönewind mit Kapitänsmütze am Hafen, im Kreise seiner Mitarbeiterinnen vom Tourismusverein, Frau Schönewind mit ihrem Schulkollegium.

»Schade.« Hochschmidt schien weiter zu suchen. »Von der Kleinen gibt's wohl noch kein Foto im Netz.«

Na, da war ich aber froh. Blieb ja wenigstens noch eine Winzigkeit als Familienüberraschung. Immerhin sahen die Schönewinds genau so aus, wie man sich die Retter aus einem Patchwork-Familienschlamassel wünschte: biedere, rechtschaffene Leute, die sich nicht aus der Verantwortung stehlen. Ich sagte etwas Ähnliches und drückte Hochschmidt ziemlich ergriffen die Hand. Es hätte nicht viel gefehlt und ich hätte sie geküsst.

»Und da wollt ihr jetzt hin? An die Ostsee?«

»Klar.« Bloß raus aus diesem Viertel. Paula hatte gesagt, Dasgupta habe mehr Freunde in der Inder-Connection als ein Hund Flöhe.

Apropos Hund! Der saß noch immer an seinem Platz. Allerdings sabberte er nicht mehr, wahrscheinlich war ihm die Spucke ausgegangen.

Hochschmidt war meinem Blick gefolgt. »Ich hoffe, du denkst wegen dieser kleinen Konzentrationsübung nicht schlecht über mich. Wir Tiertrainer haben bei empfindsamen Leuten keinen guten Ruf. Aber ich dachte mir, du brauchst jetzt einen, der sich ein bisschen um dich kümmert. Statt dir dauernd auf den Geist zu gehen.« Er gab Piet Montag ein winziges Zeichen, worauf der Hund endlich, wenngleich für seine Verhältnisse geradezu gemessen und würdevoll, sein Futter verzehrte.

»Ab sofort«, sagte Hochschmidt sehr ernst, »ist er ein anderer Hund.«

»Und was muss ich tun?« Ich erwartete einen Grundkurs in richtiger Hundeführung.

»Nichts. Es ist viel leichter für einen Hund, einen Menschen zu verstehen, als umgekehrt. Ich glaube, er weiß ganz genau, was er für dich tun kann. Wart's nur ab, hab Vertrauen, dann ergibt sich alles wie von selbst.«

Ich bedankte mich noch einmal.

»Macht euch jetzt auf den Weg. Und vergiss nicht, die Kleine von mir zu grüßen.« Hochschmidt begleitete mich in den Flur, Piet Montag ging dabei zu meiner Verwunderung leinenlos neben mir her.

»Die Adresse der Schönewinds!« Hochschmidt hatte schon die Klinke in der Hand. »Warte, ich schreibe sie dir auf.«

»Nicht nötig.« Ich tippte mir an die Stirn. »Was man nicht aufgeschrieben hat, kann man auch nicht verlieren.« Hochschmidt lachte und schob mich ins Treppenhaus, worauf die drei anderen Türen sich ruckartig schlossen und dabei, wie am Gejammer erkennbar, mindestens drei Nasen einklemmten.

Auf der Straße konnte ich niemanden entdecken, der mir verdächtig vorkam. Trotzdem machte ich sicherheitshalber einen großen Umweg. Als ich schon glaubte, ich hätte mich verlaufen, übernahm Piet Montag die Führung, und kurz darauf drückten wir uns durch das Gittertor. Der alte Friedhof dahinter lag unter großen Bäumen und zwischen hohen Häusern. Soweit ich das feststellen konnte, war mir tatsächlich niemand gefolgt. Musste ich also nur noch das Grab von Bolle finden. Irgendwo hatte ich von diesem Bolle sogar schon einmal gehört. Wenn ich mich recht erinnerte, war es in einem Lied, wo es hieß, er habe sich trotz allem ganz köstlich amüsiert. Musste ich also nach einem Grab suchen, auf dem ein komischer Clown aus Marmor tanzte?

Glücklicherweise gab es eine Tafel, auf der stand, welche berühmten Leute wo genau begraben lagen. Dort fand sich auch Bolle, und wenn der sich in seinem Leben besonders amüsiert haben sollte, dann darüber, dass er der Besitzer eines großen Milchgeschäfts gewesen war. Sein Grab lag weiter hinten links, und ich machte mich auf den Weg, Piet Montag an meiner Seite wie ein mehrbeiniger beschweifter Schatten.

Als wir das Grab erreichten, dämmerte es über Berlin. Ich bemühte mich, leise zu sein. Man konnte ja nie wissen. Und weil ich so leise war, sah ich Paula, bevor sie mich hörte. Bolles Grab war ein mittelgroßer griechischer Tempel aus milchweißem Marmor mit einem kleinen Innenhof in der Mitte. Dort saß Paula auf einer Bank und passte, zu meiner Bestürzung, ganz gut ins Friedhofsbild, denn sie sah traurig aus. Ihre Füße hatte sie auf die Bank gezogen und die Beine mit den Armen umschlungen. Ihr Kopf lag auf den Knien. Den Rucksack trug sie noch immer auf dem Rücken, und die Lateindompteuse sah daraus hervor. Allerdings schien es mir, als würde die kleine Plastikfrau jetzt voller Mitleid auf ihre Herrin herabsehen.

Der Anblick war mir peinlich. Ich hatte mich mittlerweile an eine Schwester gewöhnt, die mich herumkommandierte, als sei das ihr wichtigster Lebenszweck. Nun werde ich wie die meisten Menschen nicht gerne herumkommandiert, aber ganz ohne Leute, die mir sagen, was ich tun und lassen soll, komme ich mir vor wie einer, der im schwerelosen Raum Servietten falten soll. Deshalb war ich jetzt auch ein wenig schockiert, als ich Paula wie ein Häufchen Elend vor Bolles Grab sitzen sah. Ich trat näher heran, räusperte mich, und da sie eine kleine Geste des Erkennens machte, setzte ich mich neben sie. Der Versuchung, ihr einen Arm um die Schultern zu legen, widerstand ich, nicht zuletzt, weil es mir der Blick der Dompteuse verbot.

Stattdessen sagte ich: »Hallo.«

»Lo«, machte Paula.

»Hast du Heimweh?«, versuchte ich es.

Sie nickte und mit ihrem Kopf ihr ganzer Körper.

Piet Montag setzte sich vor sie und legte seine rechte Pfote auf ihren linken Fuß.

»Dann gehen wir doch zu dir.« Ich bemühte mich um einen unbeschwerten Tonfall. »Vielleicht ist ja alles gar nicht so schlimm, wie du denkst. Vielleicht hast du deinen Stiefadoptivvater bloß irgendwie missverstanden.«

»Idiot«, sagte Paula. »Wir können nicht mal hier in der Gegend bleiben. Oder willst du mich in Indien besuchen?« Sie sah mich an. »Blödmänner kann man überall gebrauchen. Vielleicht kannst du meinem Mann helfen, seine Aktien zu stapeln. Oder du wirst Hufputzer für Elefanten.« Dazu machte sie eine unanständige Geste. Piet Montag wandte sich verschämt zur Seite.

Dieser Versuch war gescheitert. »Weißt du denn wenigstens, wo wir übernachten können?«

Paula schüttelte den Kopf.

Sie tat mir ehrlich leid. Sogar ein bisschen mehr, als ich mir momentan selbst leidtat, und das wollte in dieser Situation schon etwas heißen. Ich überlegte, es ihr zu sagen, ließ es aber. »Irgendwo müssen wir unterkriechen«, sagte ich stattdessen. »Unsere Schwester wohnt in einem Nest an der Ostsee, bis dahin schaffen wir es heute nicht mehr. Außerdem sind wir pleite.«

Paula schniefte. Der Hinweis auf unsere finanzielle Lage trieb ihr wohl endgültig die Tränen in die Augen. Tatsächlich besaßen wir ja nur noch ein paar Cent, und selbst wenn der offenbar geläuterte Piet Montag sie nicht fressen würde, reichten die allenfalls für ein stilvolles Verhungern auf einer Parkbank.

»Hast du keine Freundin, die anderswo wohnt? Oder wenigstens eine, die den Mund halten kann?«

»Nein. Die sind allesamt in Urlaub. Momentan kenne ich hier nur dich.«

»Da geht's mir etwas besser.« Ich sprang auf die Füße. »Ich habe hier eine Schwester und einen Hund.« Paula sah mich verwundert an. »Außerdem hat Berlin noch immer jedem Landei zu Füßen gelegen, wenn es nur hart genug gekocht war.« Das hatte jedenfalls mein Vater gesagt, nachdem er zum ersten Mal eine seiner Serien in Berlin verkauft hatte. Ich gab Piet Montag ein Zeichen. »Stimmt's, Tiger, oder hab ich recht?« Worauf der Hund sehr unternehmungslustig bellte.

»Wie bitte?« Jetzt schaute Paula immerhin wieder so, wie man als lebenskluge Schwester auf seinen geistig minderbemittelten Bruder und dessen unzurechnungsfähigen Hund schaut.

»Auf, auf!«, rief ich wie ein Musterpfadfinder. »Wir besorgen uns jetzt Geld und eine Bleibe. Und beides in der Luxusklasse.«

»Du spinnst«, sagte Paula. »Du verträgst die Luft in der Großstadt nicht.«

Doch ich nahm sie einfach bei der Hand, und im Schutz der Dämmerung verließen wir unerkannt den Milchmann Bolle in seinem Marmorpalast, den Friedhof zwischen den hohen, alten Häusern und überhaupt die ganze Gegend. Piet Montag schien ein wenig traurig zu sein. Ihm hatte es hier gefallen.

n letzter Buchstab

Nun gehst du zum ~~letzten~~ ersten Kapitel der mit n anfängt.

Wir machen Geschäfte

Als wir am Potsdamer Platz ankamen, war es dunkel geworden. Natürlich nur am Himmel, denn am Boden gab sich die Hauptstadt Berlin alle Mühe, auch noch die letzte Zigarettenkippe zu beleuchten. Der Potsdamer Platz funkelte und blinkte, und die Leute, die an uns vorbeiliefen, sahen alle aus, als seien sie sauer darüber, dass die Nacht mal wieder viel zu kurz sein würde für all das, was sie sich vorgenommen hatten.

Ich hatte dagegen nur einen einzigen Plan, und den hatte ich Paula immer noch nicht verraten, obwohl sie ihn zusammen mit ihrer Lateindompteuse seit mehreren Kilometern aus mir herauszufragen suchte.

»Nein«, hatte ich nur immer wieder gesagt, »dieser Plan ist so verwegen, dass du ihn nicht vorher kennen darfst. Sonst fehlt dir der Mut zum Mitmachen.« Als Antwort hatte mir Paula jedes Mal aufs Neue erklärt, was für eine Qual es war, mich als Bruder zu haben.

Jetzt waren wir fast am Ziel. Aber zuerst musste ich uns anmelden, wozu ich Paula um ihr verschrammtes Handy bat.

»Und was willst du damit?«

Ich deutete an, dass es ums Telefonieren ging.

»Ich hab's ausgeschaltet«, sagte Paula. »Sonst orten sie uns über diese blöden Funkmasten.«

Ich erwiderte, dass Polizei und Geheimdienst wahrscheinlich noch nicht in die Suche nach uns eingeschaltet seien. Anschließend führten wir eine kleine, aber scharfe Diskussion darüber, wie weltbewegend unser Fall eigentlich war. Aber die hätten wir gar nicht führen müssen, denn Paulas Handyakku erwies sich als leer. Wir suchten uns also eine Telefonzelle und fanden schließlich eine, die ganz verloren und vergessen in einer Ecke stand.

Zum Glück kannte ich den Namen des Mannes, dem mein Vater die meisten seiner Seifenopern verkauft. Er heißt Rüdiger Pototschnik, lebt meistens in Berlin und ist ein erfolgreicher Produzent. Sein Name taucht regelmäßig im Abspann der Serien mit den höchsten Einschaltquoten auf. Es heißt von ihm, er mache alles, was er anfasse, zu Gold. Im Falle meines Vaters stimmte das wirklich.

Natürlich besaß einer wie Pototschnik eine Geheimnummer, die er selbst kaum kannte, geschweige denn die Telefonauskunft. Aber von meinem Vater wusste ich, dass in seinem Büro Tag und Nacht gearbeitet wurde; und tatsächlich hatte ich nach einer Minute eine erstaunlich ausgeschlafen wirkende Frau am Telefon, die sich mit »Pototschnik Producing« meldete, wobei sie Pototschnik eher englisch, Producing aber eher schweizerisch aussprach. Paula hatte ihre linke Wange an meine rechte gedrückt, so konnte sie ganz gut mithören.

»Müller«, sagte ich. »Paul Müller.« Und als die Frau

eine stumme Frage durchs Telefon schickte, fügte ich hinzu: »Der Sohn von Ernst Wilhelm Müller aus Neustadt.«

»Ach, das Paulchen«, sagte die Frau, und Paula musste sich eine Hand auf den Mund pressen, um nicht losprusten zu müssen. »Was gibt's denn so spät noch?«

»Was Wichtiges.« Ich versuchte, in meine Stimme den Klang großer Geldsummen zu legen. »Ich bin hier in Berlin, im Auftrag meines Vaters. Und zwar top secret. Ich soll Ihrem Chef die bislang genialste Kreation des Hauses Müller vorstellen. Ich erwarte ihn dazu in einer halben Stunde in der Bar vom Hotel Adlon. Sagen Sie ihm, er soll pünktlich kommen, viel Geld mitbringen und allein sein, denn sonst habe ich Anweisung, das Geschäft mit jemand anderem zu machen.« Noch bevor die Frau mir antworten konnte, hängte ich den altmodischen Hörer in die Gabel.

»Alle Wetter«, sagte Paula. »Jetzt kommst du aber mächtig aus dem Quark.«

Ich hatte die Telefonzelle, in der es nicht so gut roch, rasch verlassen, mein Nachtschatten Piet Montag an meiner Seite. Mit einem Sprung war Paula wieder bei mir. Sie boxte mich leicht in den Magen. »Du bluffst! Stimmt doch, oder?«

»Stimmt nicht. Ich bluffe nicht. Ich habe ein gutes Blatt auf der Hand, beziehungsweise bei Fuß.« Ich zeigte auf den Hund. »Fällt dir an dem denn gar nichts auf?«

»Ach du je«, sagte Paula. »Das schöne Halsband. Und die schöne Leine! Hast du die etwa verloren?«

»Nein. Die brauchen wir nicht mehr. Das hier ist jetzt ein vollkommen anderer Hund.«

Piet Montag schien genau zu verstehen, was ich sagte. Im Schein der Straßenlaternen setzte er sich hin, sah Paula an und zog ein ernstes Gesicht.

Paula aber schien keine Veränderung an ihm zu bemerken. »Ist er gewachsen? Wäre ja kein Wunder bei seiner dauernden Fresserei.«

»Nein. Hochschmidt hat ihn verwandelt. Er ist jetzt innerlich gereift. Aber wart's ab.« Dass ich selbst nicht so genau wusste, was in dem Hund steckte, sagte ich lieber nicht.

Kurz darauf passierten wir das Brandenburger Tor, und dann standen wir auf dem roten Teppich, der zum Eingang des Hotels Adlon führte. Als Berlinerin wusste Paula natürlich, wo wir hier waren: am teuersten Ort dieser nicht eben billigen Stadt. Und das flößte ihr offenbar einen gewissen Respekt ein. Wir nahmen einander bei der Hand wie Hänsel und Gretel und gingen los Richtung Eingang, wobei wir dem Portier, einem zwei Meter langen Großadmiral, so lässig wie möglich zunickten. Ebenso lässig nickten wir uns durch das Foyer, in dem Teppiche lagen, die so weich waren, dass Piet Montags Pfoten darin verschwanden.

Es klappte alles ganz gut. Erst in der Bar, die von einem melancholischen Pianisten vollgeklimpert wurde, fingen wir uns einen der sattsam bekannten Ab-achtzehn-Blicke ein. Doch als ich dem Barkeeper sagte, wir warteten hier auf Rüdiger Pototschnik, zog er seinen Blick unter lebhaftem Bedauern zurück.

»Mir ist ein bisschen mulmig«, sagte Paula, als wir uns in zwei riesige Ledersessel warfen.

»Mir auch.« Aber, um meine Mutter zu zitieren: Da mussten wir jetzt durch.

Zum Glück dauerte es nicht lange, Pototschnik war pünktlich. Ich kannte ihn nur aus den Beschreibungen meines Vaters, aber als er zur Bar hereinkam, wusste ich sofort, dass er es war. Pototschnik hatte die Figur eines Langstreckenschwimmers, sein Kopf war auffallend stromlinienförmig und absolut haarlos. Hier und da glänzte ein bisschen Gold an seinem Körper. Sein Anzug sah aus, als sei er vom Flohmarkt. Wahrscheinlich hatte er ein Vermögen gekostet.

Pototschnik schaute sich kurz um, dann zog er eine seiner aalglatten Augenbrauen ein paar Millimeter nach oben, deutete eine knappe Verbeugung an und setzte sich zu uns. »Der kleine Müller?«, sagte er dabei. Auch seine Stimme war glatt und schlank.

»Si, certo.« Von meinem Vater wusste ich, dass Pototschnik italienischer Abstammung war. Und das hier neben mir sei eine gute Bekannte, »una amica vera«, vor der ich keine Geheimnisse hätte.

»Warum schickt dein Vater dich?«

»Aus Gründen der Geheimhaltung.« Mit einem Seitenblick sah ich, dass Paula daran arbeitete, möglichst routiniert und unbeteiligt auszusehen. Ich fuhr fort:

»Er hatte Angst, abgefangen und seiner Idee beraubt zu werden. Deshalb verhandele ich jetzt in seinem Auftrag.«

»Aha.« Pototschnik schlug mit vollendeter Eleganz ein Bein über das andere. »Und worum handelt es sich? Eine neue Serie vielleicht?«

Ich nickte verschwörerisch, nachdem ich mich ausgiebig nach allen Seiten umgesehen hatte.

»Worum geht es diesmal?«

Ich beugte mich vor, und er tat dasselbe. So saßen wir einander gegenüber, dass unsere Nasen sich beinahe berührten. »Tiere«, sagte ich leise. »Um genau zu sein: Hunde.«

»Kaufe ich nicht«, sagte Pototschnik ebenso leise. »Hunde sind vollkommen abgegrast. Alles durchgenudelt, von Lassie bis Rex. Nichts für Rüdiger Pototschnik.«

»Ich weiß«, sagte ich, immer noch knapp vor seiner Nase. »Aber ich biete katastrophale Hunde.«

»Brauche ich auch nicht.« Pototschnik lehnte sich wieder zurück. »Wenn ich Katastrophen will, gehe ich ins Trickstudio.«

Ich richtete mich auf. »Mir bekannt. Aber in Trickstudios sitzen Menschen. Und denen gehen nach meinem Dafürhalten allmählich die Ideen aus. Im Gegensatz zu meinem Hund. Wollen Sie vielleicht eine Demonstration? Damit könnte ich auf der Stelle dienen.«

Ich zeigte auf Piet Montag. Den hatte Pototschnik offenbar noch gar nicht bemerkt, was aber auch kein

Wunder war, da der Hund bislang mit Erfolg versucht hatte, den schwarzen Porzellanhunden, die in der Bar herumstanden, zum Verwechseln ähnlich zu sehen. Jetzt ließ er die Zunge heraushängen, um dem Produzenten den Unterschied zu zeigen.

»Dieses halbstarke Fellbündel?« Pototschnik redete jetzt in einer Lautstärke, die nicht mehr verschwörungsgeeignet war. »Das ist nicht dein Ernst!«

»Allerdings ist er das.« Ich sprach jetzt ebenfalls laut und in die Richtung von Piet Montag. »Das da ist der definitiv katastrophenverliebteste Hund der Welt. Der mischt so einen Laden wie den hier besser auf als jedes Trickstudio. Und vor allem: preiswerter.«

Pototschnik sonderte daraufhin ein ziemlich brutales Lachen ab, das wenig zu seiner eleganten Erscheinung passte. Derweil verfrachtete Piet Montag seine Zunge wieder ins Maul und schickte mir einen Blick, der sagte: »Ich habe verstanden. Du kannst mir vertrauen.«

Worauf ich bloß nickte.

»Dein Vater hat eine Meise«, sagte Pototschnik.

»Mag sein. Aber die fliegt verdammt tief.« Und ich schnippte mit den Fingern.

In diesem Moment sprang Piet Montag ansatzlos auf die Lehne eines Sessels, in dem ein Herr im schwarzen Anzug saß, an seinem Drink nippte und seine tief dekolletierte Begleiterin verträumt angrinste.

»Na, du Kleiner«, sagte der Mann. Darauf schnappte Piet Montag ihm die Perücke vom Kopf und stopfte sie in den Ausschnitt der Begleiterin. Dann nieste er mit aller Kraft in den Drink, so dass der kahle Mann und die blonde Frau mit dem haarigen Dekolleté ordentlich geduscht wurden.

Noch bevor die beiden sich beschweren konnten, war Piet Montag schon bei einem anderen Mann, der gerade seine Rechnung bezahlen wollte und dazu sein offenes Portemonnaie in der Hand hielt. Der Hund entriss ihm ein Dutzend Geldscheine, biss ein paarmal darauf herum und schleuderte sie dann hoch in die Luft, von wo sie als hübscher Konfettiregen zu Boden schaukelten.

Während das ehemalige Geld den dicken Teppich erreichte, sprang Piet Montag auf den Tresen der Bar, wo der Barkeeper gerade ein mittelgroßes Bierfass an die Zapfanlage anschließen wollte. Doch dazu kam er nicht, Piet Montag verjagte ihn mit einem Knurren, dann machte er sich an dem Fass zu schaffen, schließlich stieß er es um, sprang hinauf und rollte damit zirkusreif zum anderen Ende des Tresens. Dort machte er geschickt kehrt, und es rührten sich unter den Gästen schon Hände zum Beifall.

Auf der Mitte des Tresens aber schoss plötzlich ein kräftiger Bierstrahl aus dem Fass, traf die Flaschenbatterie an der beleuchteten Spiegelwand hinter der Bar und verwandelte dort alles, was er traf, in einen Haufen bunter Splitter. Unter gefährlichem Zischen platzten dabei der Reihe nach die Glühbirnen an der Spiegelwand, und ihre Explosionen zauberten kleine Regenbögen an die Decke der Bar. Der Barkeeper schwenkte derweil aus einem Seitenraum ein weißes Handtuch.

Als seine rollende Bierkanone erschöpft war, sprang Piet Montag mit einem gewaltigen Satz auf den Flügel des Barpianisten. Der Mann, etwa ein Meter sechzig groß und nur unwesentlich weniger breit, flüchtete mit erstaunlicher Geschwindigkeit, worauf der Hund wie ein Gummiball über die Tasten hüpfte. Wer wollte, konnte in seinem Spiel ein paar berühmte Musicalmelodien erkennen, hier in der Fassung für Klavier und vier Pfoten. Eine beschwingte Begleitmusik zur Vernichtung des Spirituosenbestandes vom Hotel Adlon.

Deutlich konnte ich übrigens erkennen, dass auch Rüdiger Pototschnik so dachte, obwohl er sich nicht dazu äußerte und nur ganz lässig die Getränkekarte als Schutz vor dem Splitterregen über seinen Kopf hielt.

Die letzte Melodie glaubte ich als die von *Old Man River* zu erkennen, was wiederum gut ins Bild gepasst hätte, weil sich die Bar ziemlich rasch in eine alkoholische Sumpflandschaft verwandelte, in der die schweren Ledersessel wie gestrandete Dampfer standen. Auf einen dieser Sessel, in dem eine vornehme Dame saß, sprang jetzt Piet Montag. Die Dame trug einen großen schneeweißen Pelzschal, den sie sich halb übers Gesicht gezogen hatte. Piet Montag beroch den Schal, und mir schwante, dass er sich jetzt als Gegner des Pelztragens outen würde, jedenfalls des Tragens fremder Pelze.

Das tat er auch, indem er der Dame den Schal entriss, ihn sich selbst über den Rücken warf und damit auf einen Beistelltisch sprang. Was er dort veranstaltete, konnte man mit ein wenig Fantasie als das mitreißend rührende Theaterstück *Sterbender Eisbär auf schmelzender Scholle* verstehen. Wer es sah und begriff, würde sicher in seinem ganzen Leben keinen Pelz mehr tragen, ja nicht einmal einen Rasierpinsel aus Tierhaar benutzen. Von einigen Ledersesseln glaubte ich sogar reuiges und mitleidiges Schluchzen zu hören.

Als der Eisbär verröchelt war, schlüpfte Piet Montag aus dem Fell. Er nahm noch kurz den Beifall für seine Darstellung entgegen, dann gesellte er sich wieder zu uns, während über der Bar die letzten Glühbirnen zerknallten.

»Ist gekauft«, sagte ein von unten her bis zu den Knien und von oben bis zur Brusttasche durchweichter Rüdiger Pototschnik.

»Ist aber teuer.« Ich ruderte ein bisschen mit der Getränkekarte, weil unsere Sessel allmählich auseinanderdrifteten.

»Ich sehe, was teuer ist«, sagte Pototschnik. »Und ich kaufe, was teuer ist. Nur eine Frage noch. Seit wann ist dein Vater in der Tierbranche?«

Ich hob eine Hand. »Sorry, Pototschnik, ich habe Sie belogen. Mein Vater ist aus dem Geschäft. Ab sofort verhandeln Sie mit mir. Müller zwo hat übernommen.«

»Aber exklusiv.« Der Produzent verzog keine Miene.

»Ich brauche ein Doppelzimmer und zehntausend in bar als Anzahlung.«

»It's a deal«, sagte Pototschnik, worauf wir uns die Hände schüttelten wie die ganz schlimmen Gangster.

Als wir dann aufstanden, um zu viert in Richtung

Foyer zu waten, betraten ein Hotelangestellter, ein Polizist und ein Feuerwehrmann in die Bar. Alle drei zogen sie grimmige Gesichter und begannen, nach den Schuldigen zu fragen.

»Jetzt aber kein Stress«, sagte Pototschnik tadelnd. »Die Rechnung geht an mich.« Worauf er eine seiner Visitenkarte lässig vor sich auf den Boden warf. Die leichte Strömung aus Whisky und Gin trieb sie in Richtung des Angestellten, der sie aufnahm, ansah und sich dann so tief verbeugte, dass seine Nase beinahe im Alkohol verschwand.

Verschnaufpause

Die allermeisten Menschen auf der Welt sehen ein Zimmer im Hotel Adlon bestenfalls auf Fotos, und selbst der Anblick dieser Fotos macht, dass sie sich klein, unbedeutend und vor allem grenzenlos arm vorkommen. Um wie viel stärker dieser Eindruck ist, wenn man selbst und lebendig in einem solchen Zimmer steht, durfte ich jetzt erfahren. Auch Paula war beeindruckt, aber das hinderte sie nicht daran, umgehend von dem angebotenen Luxus Gebrauch zu machen.

Zuerst nahm sie in der riesengroßen und blendend weißen Wanne ein Bad, woran, wie ich durch die geschlossene Tür hörte, auch die Lateindompteuse teilnehmen durfte. Ich begrüßte das innerlich, denn wie alle ihresgleichen aus der Sammlung meines Vaters roch sie etwas plastikmuffig. Nach einer Stunde erschienen die beiden im weißen Bademantel, der im Fall der Dompteuse aus einem oben aufgeschnittenen Waschlappen bestand. Zusammen verbrachten wir dann eine staunende Viertelstunde vor der Minibar, die ihren Namen zu Unrecht trug, da man mit ihrem Inhalt eine mittlere Geburtstagsfeier hätte ausrichten können. Die Dompteuse interessierte sich dabei lebhaft für die Sammlung winziger Flaschen mit hochprozentigen

Schnäpsen, aber Paula verbot ihr jeden Konsum. »Das schadet ihrer Figur«, sagte sie zur Erklärung.

Dann beschloss sie, auch Piet Montag einer gründlichen Reinigung zu unterziehen. Ich fürchtete schon, es würde wieder so eine unerfreuliche Szene geben wie im Badezimmer meiner Eltern. Aber wie seit den Hochschmidt'schen Einflüsterungen nicht anders zu erwarten, ließ sich der Hund geduldig einseifen und abspülen. Schließlich trug auch er einen weißen Bademantel, in dem er sich erkennbar wohl fühlte und ruhig vor sich hin trocknete. Nur als Paula ihn mit einem Duftwasser besprengen wollte, lehnte er das sehr entschieden ab.

Eigentlich waren wir alle todmüde. Aber Paula wollte nicht schlafen, denn das hätte geheißen, sich von all dieser Pracht zu trennen. Und ich durfte nicht schlafen, denn ich musste doch unsere nächsten Schritte planen. So lagen wir schließlich zu dritt bäuchlings nebeneinander auf dem Matratzendiscountlager, das mir als Bett dienen sollte. Vor uns kniete unsere strahlend saubere Begleiterin und hielt eine Karte des nördlichen Deutschland, auf der ich nach einigem Suchen Marseby an der Schlei fand.

Ich zeigte es Paula. Die Schlei ist eigentlich kein Fluss, eher ein ziemlich schmaler See, vielleicht auch eine extrem langgestreckte Bucht an der Ostsee. An ihrem Ufer liegen kleine Örtchen mit ulkigen Namen. Wir starteten den Zimmer-PC und klickten uns in ein Internetlexikon. Marseby war eine winzige Stadt, eher ein großes Dorf, das sich mit dem Tourismus einigermaßen über Wasser hielt, wenn ich mir diesen mittelmäßigen Kalauer erlauben darf. Zum großen Teil bestand es aus Hafen, und wir sahen dann auch, als wir uns auf dem Satellitenbild näher heranzoomten, eine Menge weißer Boote mit weißen Segeln auf dem Wasser.

Sofort konnte ich mir auch Paula in Gestalt unserer Pauline auf einem solchen Boot vorstellen, doch als ich noch näher heranzoomte, löste sich das Segelrevier von Marseby in lauter nichtssagende bunte Pixel auf.

»Hübsch da«, sagte Paula und gähnte.

»Unsere neue Heimat. Das heißt: vielleicht.«

»Willst du denn wirklich nicht ins Filmgeschäft?«, sagte Paula zum einundzwanzigsten Mal, seit wir uns von Pototschnik verabschiedet hatten. Sie legte sich wieder auf mein Bett, und zum einundzwanzigsten Mal strich sie zuerst über Piet Montag und dann über den Umschlag mit dem Logo von Pototschniks Firma, aus dem die zehntausend Euro dauernd herausquellen wollten. Worauf ich ihr zum einundzwanzigsten Mal erklärte, dass solche Entscheidungen noch warten müssten.

Paula darauf, zum einundzwanzigsten Mal: »Warum denn?«

Und ich, wie gehabt: »Klar können wir jetzt ein bisschen Karriere machen. Als Herrchen und Frauchen vom Superhund. Klasse! Aber so was geht schneller vorbei als ein Schnupfen. Und dann stehen wir wieder auf der Straße.« Ich ließ mich rückwärts aufs Bett fallen.

»Wir sind noch nicht mal vierzehn. Zwei verstoßene oder beinahe verkaufte Kinder. Was wir brauchen, ist ein richtige Familie. Leute, die uns zwingen, regelmäßig gesunde Sachen zu essen. Leute, die unsere Wäsche waschen und uns überreden, uncoole Sachen zu tragen, damit wir uns nicht erkälten. Und Leute, die uns erklären, warum es besser ist, zur Schule zu gehen, als sich bei einem Superstar-Casting zu melden.«

Ich machte eine kleine Pause, weil mir momentan keine weiteren Vorzüge einer kompletten Familie einfallen wollten. »Und Leute, die uns daran erinnern, unsere Handys aufzuladen«, sagte ich noch, aber da hörte ich neben mir ein sanftes Schnarchen. Paula war eingeschlafen, zusammengerollt auf meinem Bett und in ihrem Bademantel. Dabei hielt sie Piet Montag im Arm, dessen schwarze Schnauze ein wenig aus dem weißen Plüsch hervorsah. Ich trollte mich auf das andere Riesenbett, löschte die drei Dutzend Lampen im Zimmer per Fernbedienung und schlief auch bald ein.

Und ich träumte.

Ich träumte, wir seien dreißig Jahre alt. Ich selbst besaß eine Segelschule mit Segelbootverleih in Marseby an der Schlei. Das Geschäft lief prima, ich verdiente gut, ohne allzu viel arbeiten zu müssen. Paula gehörte das Restaurant *Zur heiteren Muschel* in unmittelbarer Nähe meiner Segelschule, ein stets gut besuchtes und stimmungsvolles Lokal, dessen weiß-blaue Einrichtung gut zu meinen weißen Booten passte. Und wieder etwas weiter hatte unsere Schwester Pauline ihr Büro; sie war die Chefin der Hafenmeisterei und sorgte dafür, dass in der Gegend um Marseby alle Schifffahrtsregeln genauestens eingehalten wurden.

Abends, wenn die letzten Gäste gegangen, die letzten Boote vertäut und die letzten Regeln befolgt worden waren, trafen wir drei uns regelmäßig in der *Heiteren Muschel.* Dort saßen wir dann auf der Terrasse nahe am Wasser, neben uns Piet Montag, ein stattlicher schwarzer, nur leicht ergrauter Hund inmitten seiner Hundekinder und Hundekindeskinder, schwarz und stattlich wie er. Und dann lachten wir gemeinsam sehr herzlich darüber, dass die Leute in der Stadt schon redeten, man solle doch Marseby in Müllerby umbenennen, weil es seinen Reichtum und sein Wohlergehen nur den Müller-Drillingen verdanke.

Unsere Eltern träumte ich mir übrigens auch hinzu. Sie waren unlängst von ihrer sogenannten Weltreise zurückgekehrt, abgebrannt, verdreckt, desillusioniert und knapp über fünfzig. Jetzt waren sie froh und dankbar, dass sie bei ihren Kindern kleine Aushilfsjobs gefunden hatten, um ihre spärliche Rente aufzubessern. Unser Vater schrubbte zwölf Stunden pro Tag eklige grüne Algenschmiere von meinen weißen Booten, wobei ihm Gespräche mit meinen Kunden untersagt waren, während meine Mutter in Paulas Küche praktisch alle anfallenden Arbeiten verrichtete, ohne dabei Einfluss auf die Ausstattung des Restaurants nehmen zu dürfen.

Als ich am nächsten Morgen, dem vierten Tag meines

großen Abenteuers, gegen halb zehn erwachte, hatte ich wegen dieses Traums ein sagenhaft schlechtes Gewissen. Gerne hätte ich weitergeschlafen und vielleicht etwas Elternfreundlicheres geträumt, aber der Hotelzimmer-PC meldete mit einem sanften Gong, dass zwei Nachrichten für mich vorlägen. Paula schlief noch. Ich stand leise auf und bekämpfte das schlechte Gewissen mit einem Glas Multivitaminsaft aus der Minibar.

Dann las ich die Nachrichten. Nummer eins stammte von Pototschnik. Er bestätigte schriftlich unsere Vereinbarungen und bat um ein baldiges Treffen, bei dem er alles festzurren wollte, so seine Formulierung. Allerdings sollten wir uns an einem anderen Ort treffen. Er schlug sein Jagdhaus außerhalb von Berlin vor, sicherheitshalber. Offenbar war die Rechnung für die Bar im Adlon selbst für Pototschnik'sche Verhältnisse etwas happig gewesen.

Die zweite Nachricht stammte von Mr. Allwissend, alias Bronco Highsmith, alias Bruno Hochschmidt. »Ist es hübsch im Adlon?«, schrieb er. Offenbar hatte er sich in den Hotelcomputer gehackt und uns dort gefunden. Meine Eltern, so teilte er mir weiter mit, hätten übrigens auf Mallorca am hoteleigenen Strand zwei Liegestühle für drei Wochen gemietet, inklusive kaltem Getränkeservice. Nur für den Fall, dass es mich interessiere.

Ich antwortete ihm, dass er sich irren müsse. Meine Eltern würden doch eine Weltreise nicht ausgerechnet auf Mallorca beginnen! »Man kann eben nicht alles wissen«, schrieb ich ihm. »Und bei einem Namen wie Müller sind Verwechslungen an der Tagesordnung. Für mich bleibt es jedenfalls dabei: Meine Eltern sind Schnee von gestern – wir fahren jetzt zu unserer Schwester und bauen uns eine neue Familie.«

Ich zögerte einen Moment, dann schrieb ich noch hinzu: »Wenn Sie etwas machen können, um uns dabei zu helfen, dann tun Sie es ruhig.« Ich schickte die Nachricht ab, und statt der sonst üblichen Bestätigung erschien auf dem Bildschirm, von lustigen Smilies umringt, der Satz: »Don't call us, we call you.«

Ich weckte Paula und erzählte ihr von den Nachrichten. Kurz darauf klopfte es diskret an der Tür. Ich öffnete, und ein freundlicher Angestellter bat uns, doch bitte auf dem Zimmer zu frühstücken. Es gebe im Hotel nämlich Menschen, die unser Anblick an durchlittene Ängste erinnern könnte.

Wir waren einverstanden. Auf einem silbernen Wagen wurde uns eine Art Frühstücksparadies ins Zimmer gerollt, das, wie mir auffiel, erstaunlich viele rosafarbene Sachen enthielt: Rhabarbermarmelade, Lachs, Schinken, Melonenscheiben und Würstchen in zarten Streifen. Paula schien es nicht zu bemerken; vielleicht war sie einfach zu hungrig. Piet Montag hatte man eine fahrbare Frischfleischtheke vor die Schnauze gerollt, wahrscheinlich um ihn milde zu stimmen. Er bedankte sich auch artig und fraß sich sehr manierlich durch das komplette Angebot.

Ich selbst hatte mal wieder keinen Hunger; also

schmierte ich Brote mit Dauerwurst und hartem Käse und packte damit unsere Rucksäcke voll bis an den Rand. Es war ja keineswegs sicher, wann wir demnächst wieder etwas zu essen bekommen würden. Und unser Vermögen wollte ich am liebsten gar nicht angreifen. Wer konnte denn schon sagen, wofür solche Streuner und Familiensucher wie wir demnächst ihr Geld brauchen würden?

Unser Auszug aus dem Hotel Adlon eine Stunde später vollzog sich still und leise. Ein Bediensteter begleitete uns zu einem Hinterausgang und bat uns im Namen der Direktion, bei unserem nächsten Besuch in Berlin anderswo abzusteigen. Wir versprachen es.

Zum Hauptbahnhof gingen wir zu Fuß, vorbei am Parlament und am Haus des Bundeskanzlers. Das Gebäude erinnerte mich an eines der Hindernisse auf dem Minigolfplatz in Neustadt. Man muss mit dem Ball eine Öffnung in seiner Mitte treffen; gelingt einem das, dann rollt der Ball aus dem Hindernis hinaus direkt ins Loch. Wir gingen gerade am Tor der Bundeskanzlerei vorbei, als ein großer schwarzer Wagen vorfuhr, dem ein offenbar indischer Staatsmann in Turban und Sari entstieg, worauf er von lauter Schwarzfräcken freundlich begrüßt wurde.

»Los, komm!« Paula begann zu laufen, die Lateindompteuse in ihrem Rucksack hatte Mühe, sich festzuhalten! »Die verhandeln schon über mich.«

Ich war mir da nicht so sicher. Dennoch lief ich auch, der Hund an meiner Seite. Auf der Brücke über die

Spree hielt Paula an, und ich sah, wie sie ihr Handy in den Fluss warf.

»Wir hätten einen neuen Akku kaufen können«, sagte ich außer Atem, als ich bei ihr angekommen war. »Oder ein Ladegerät. Wir sind ja wieder flüssig.«

Sie sah ihrem Handy hinterher. »Ich will nicht, dass sie uns finden.«

Ich grinste. »Wir haben's ja auch nett zusammen.«

»Idiot«, sagte Paula, und über solchen Gesprächen erreichten wir den Bahnhof.

Marseby an der Schlei

Eine halbe Stunde später saßen wir in einem Zug, der uns auf direktem Weg nach Marseby an der Schlei bringen sollte. Das war ebenso angenehm wie erstaunlich, allerdings hielt dieser Zug an allem, was auch nur entfernt nach Bahnhof aussah, und außerdem noch zwischendurch, womöglich so, wie es dem Lokführer gerade in den Kram passte. Es dauerte und dauerte. Paula bekam wieder Hunger und teilte sich meine Stullen aus dem Adlon mit Piet Montag.

»Eigentlich«, sagte sie mit vollem Mund, »mache ich mir nichts aus Hunden.« Dabei kraulte sie Piet Montag unter dem Kinn, an einer Stelle und auf eine Art und Weise, die ihn offenbar in Trance versetzte. »Hunde riechen schlecht, sie verlieren Haare, und dauernd machen sie unappetitliche Sachen.«

»Schade«, sagte ich. »Dabei sind sie doch alle ein wenig rosa.«

Paula schluckte und sah mich aus ihrem rückenfeindlich geformten Regionalbahnsessel fragend an. Ich machte ein Zeichen, worauf Piet Montag ebenfalls schluckte und anschließend seine tiefrosa Zunge so weit zum Maul heraushängen ließ, wie das überhaupt möglich war.

Paula schaute ihn an. »Ich hasse Rosa«, sagte sie.

Dann tröstete sie den Hund mit einer Stulle. Den ganzen Rest der Strecke fuhren wir schweigend.

Es war später Nachmittag, als wir in Marseby an der Schlei ankamen. Der Bahnhof war für die Touristen hübsch herausgeputzt. Allerdings versuchte er, mehr nach Hafen als nach Bahnhof auszusehen, was zu einigen geschmacklich bedenklichen Details geführt hatte. Manche davon hätten meiner Mutter vermutlich gefallen, etwa der von Muscheln umrahmte Fahrkartenautomat oder das rustikale Fass, aus dem man touristische Informationsbroschüren fischen konnte.

Vor dem Bahnhof saßen wir eine Weile auf einer Bank, die wie ein Boot aussah. Vielleicht war es auch ein Boot, das hier als Bank seinen Dienst tat. Wir warteten auf Piet Montag, der sich geweigert hatte, das versiffte Klo in der Regionalbahn zu benutzen, und jetzt irgendwo tat, was Hunde eigentlich nirgendwo tun dürfen. Ich studierte derweil den Stadtplan von Marseby, hatte dabei aber so meine Schwierigkeiten, weil sich zwischen mich und den Plan ein Schwesternkopf schob.

»Da«, sagte Paula. Die Veilchenstraße lag am Stadtrand von Marseby, nicht allzu weit von der Schlei entfernt. »Und wie machen wir's?«

Bevor ich antworten konnte, dass meine Familienpläne genau vor dieser Frage endeten, redete sie auch schon weiter. »Wir machen es so, wie ich es mit dir gemacht habe.«

Ich pfiff durch die Zähne. »Wieder die siamesische

Masche? Wieder der Filzstifttrick? Wir wissen doch gar nicht, ob sie auch irgendwelche Brandflecken im Pelz hat.«

»Quatsch! Wir passen sie ab und wanzen uns ran. Und dann erzählen wir ihr die ganze Geschichte. Ehrlich währt am längsten.«

Das erstaunte mich aus ihrem Mund, aber einen besseren Plan hatte ich nun wirklich nicht. Also machten wir uns zu dritt auf den Weg. Piet Montag, der seit seinem Bad im Adlon aussah, als hätte er doppelt so viel Fell, ging dabei ein paar Schritte voraus. Kannte er etwa die Richtung? Wer weiß, vielleicht kannte er sie ja wirklich. Oder es roch für ihn bereits nach Müller.

Marseby war übrigens entschieden hübscher als sein Name. Hätten seine Bewohner bloß nicht unter dem Zwang gestanden, ihre Häuser und Vorgärten irgendwie marinemäßig aufzuhübschen, hätte man es richtig nett finden können. Ich erinnerte mich an meinen Traum. Vielleicht könnte Pauline später Regeln erlassen, die es verbieten, im Vorgarten Anker aus Stiefmütterchen zu pflanzen, Gartenzwerge in Form von Seebären oder Gartenlaternen in Form von Minileuchttürmen aufzustellen.

Die Veilchenstraße machte übrigens keine Ausnahme von diesem bedenklichen Brauchtum. Und auch das Haus Nummer 28, das Heim der Schönewinds, hielt sich leider nicht zurück. Doch als wir vor der Tür zum Vorgarten standen, fiel mir auf, dass der hiesige Stiefmütterchenanker an den Rändern ausgefranst war und die Gartenseebären windschief standen, während aus dem Minileuchtturm Kabel ragten, an denen offenbar Wasserratten geknabbert hatten.

»Und jetzt?«, sagte ich. Schon seit unserer Ankunft in Marseby spürte ich, wie die größere Energie für unser Familienabenteuer wieder von meiner Schwester ausging. Wer weiß, vielleicht hatte ja Paul Müller gestern Abend seine Lebensration an Abenteuerdynamik in weniger als einer Stunde vollständig aufgebraucht.

»Wir pirschen uns näher ran«, sagte Paula, und Piet Montag machte uns vor, wie das ging. Er kroch wie eine Katze unter der Vorgartentür hindurch und war von da an nur noch ein unauffälliger beweglicher Fleck am Boden. Wir taten es ihm so gut wir konnten gleich und erreichten so den Garten hinter dem Schönewind'schen Haus. Zusammen mit Piet Montag robbten wir auf eine Terrasse, von der aus wir um einen offenen Kamin herum ins große Wohnzimmer sehen konnten.

»Siehst du, was ich sehe?«

Ich sah es, aber mir hatte es die Sprache verschlagen. Auch die Lateindompteuse in Paulas Rucksack konnte nur nicken.

Denn tatsächlich, da saß sie! Beziehungsweise, da saß auf einem bläulichen Sofa ein Mädchen, das nach Größe und Haarfarbe durchaus unsere Schwester Pauline sein konnte. Leider saß sie mit dem Rücken zu uns, und wir bekamen keine Gewissheit. Was außer zu sitzen sie tat, war nicht zu erkennen. Mir schien, dass sie sich mit Absicht und nach Kräften langweilte. Jedenfalls bewegte sie sich nicht. Nicht einmal zu atmen schien sie, sie saß da wie versteinert.

Und wir glotzten ihr auf den Rücken. Paula schlief nach einer Viertelstunde der linke Fuß ein, mir der ganze Hintern. Man glaubt das nicht, aber das gibt es, und es fühlt sich miserabel und krank an. Nur Piet Montag schien das Warten nichts auszumachen. Gelegentlich reckte er seine Nase. Vielleicht erkannte er unsere Schwester am Geruch.

Endlich bewegte sich das Mädchen, das wir so stark im Verdacht hatten, Pauline zu sein. Und jetzt sahen wir ihr zwar immer noch nicht ins Gesicht, aber sie spiegelte sich seitlich in einem Spiegel, dem man einen Rahmen aus geflochtenem Tauwerk verpasst hatte. Und von einer Sekunde auf die andere gab es keinen Zweifel mehr. Das konnte nur Pauline sein.

»Sie sieht dir ähnlich«, flüsterten und zischten Paula und ich gleichzeitig. Das heißt, Paula zischte und ich flüsterte es.

Und die Wahrheit war: Wir hatten beide recht. Paula und ich sahen uns ja nicht allzu ähnlich, jedenfalls waren wir nicht zu verwechseln. Doch würde man mit einem dieser lustigen Computerprogramme mein Gesicht langsam in Richtung Paula oder ihres langsam in meine Richtung zerren, dann käme mit Sicherheit irgendwo in der Mitte das Gesicht von Pauline heraus.

Oder mit anderen Worten: Sie war die fehlende Verbindung, das *Missing Link*. Paula und ich konnten zusammen über die Straße gehen, ohne dass man un-

bedingt auf nahe Verwandtschaft hätte wetten müssen. Aber mit Pauline zusammen würden wir aussehen wie eineiige Drillinge mit kleineren Macken.

»Ach du Schande.« Paula dachte offenbar genau dasselbe wie ich. »Aber das war ja irgendwie zu erwarten.« Womit sie natürlich irgendwie recht hatte.

»Was machen wir?«, flüsterte ich.

Paula pfiff einmal tonlos. »Familienzusammenführungs-Triathlon. Anklopfen, Reingehen, Karten auf den Tisch.«

Ich wollte mich schon vom Terrassenboden erheben, wonach mein Hintern auch dringend verlangte, da ging plötzlich die Haustür, und eine Frau trat ins Wohnzimmer, die ich eindeutig als Erika Schönewind identifizieren konnte, Schulleiterin des Dingsbums-Gymnasiums in der Kreisstadt. Und sofort begannen die beiden mit etwas, das aussah wie die Probe zu einer Theateraufführung. Was genau sie sagten, konnten wir durch das Fenster nicht hören, aber welche Stücke dadrinnen geprobt wurden, bekamen wir durch das heftige Gestikulieren der Hauptdarstellerinnen ganz gut mit. Es waren, in dieser Reihenfolge: *Die unwillige Tochter*, *Die verzweifelte Mutter*, *Die bockige Zicke* und *Die Gymnasialdirektorin am Rande des Wahnsinns.*

Als die Stücke durchgespielt waren, begannen die Hauptdarstellerinnen wieder von vorne, wobei allerdings Frau Schönewind allmählich die Lautstärke dermaßen steigerte, dass wir ein paar Fetzen von ihrem Text aufschnappen konnten. Hier eine kleine, aber re-

präsentative Auswahl: »bringst mich zur Verzweiflung«, »hab ich doch alles«, »kannst du mich«, »da macht und tut man«, »nicht meine Schuld«. Und immer wiederkehrend: »dann geh doch«. Es war dann allerdings Frau Schönewind selbst, die das Haus verließ, nicht ohne den Versuch, es durch das Zuschlagen der Eingangstür zum Einsturz zu bringen.

Was wir daraufhin beobachteten, war sehr erstaunlich. Denn falls wir erwartet hatten, unsere Restdrillingin würde sich jetzt wie eine beleidigte Prinzessin auf der blauen Sofalehne ausheulen, sahen wir uns getäuscht. Kaum war ihre Adoptivmutter verschwunden, griff sie nach einem bläulichen Rucksack und hüpfte aus dem Zimmer, als probte sie für einen Auftritt der Volkstanzgruppe *Die fröhlichen Ostsee-Möwen.*

»Ihr nach!« Paula schlich voran, dann folgte Piet Montag, als Letzter ich. Meinen komplett ins Koma gefallenen Hintern hätte ich gerne auf der Terrasse liegen lassen, so sehr beschwerte er sich, als wir uns in Bewegung setzten, aber es ging nicht anders, er musste mit. Im Vorgarten platzierte Paula die Lateindompteuse mitten in eine Gruppe von Gartenseebärzwergen, worauf diese aussahen, als wollten sie in Panik flüchten. »Du hältst jetzt die Augen auf!«, befahl Paula der Puppe, dann ging es weiter.

Am Ende der Veilchenstraße waren wir bis auf etwa zehn Meter an Pauline herangekommen. Um Tarnung waren wir gar nicht bemüht, denn unsere Schwester hüpfte immer noch vor sich hin wie einer, der nichts

Böses ahnt und infolgedessen Umdrehen für Zeit- und Energieverschwendung hält. So zockelten wir hinter der hüpfenden Pauline her durch halb Marseby, bis zum Hafen, wo es wirklich eine Segelschule und ein hübsches Restaurant mit Seeterrasse und sogar eine Hafenmeisterei gab. Na prima!, dachte ich bei mir.

Pauline hüpfte auch hier noch. Und als sie schließlich auf einen der Anlegestege für die Segelboote hinaushüpfte, mussten wir aufpassen, dass wir von dem elend wackelnden Ding nicht ins Wasser der Schlei geworfen wurden. Ich fühlte mich sofort seekrank.

Am Ende des Steges angekommen, kletterte Pauline in ein Boot, das nicht aus weißem Kunststoff war wie die anderen im Hafen, sondern ganz aus dunklem Holz. Es sah aus, als sei es einmal sehr schön gewesen, aber leider vor langer Zeit gesunken und kürzlich erst vom Meeresgrund geborgen. Die Scheiben der Kajüte waren blind, die Metallteile hatten Rost angesetzt, und die Reling war verbogen. Überall an Deck lag Werkzeug herum.

Pauline verschwand in der Kajüte, und sofort rumorte es darin. Auf unserem neuen Beobachtungsposten, der sich zu meiner Erleichterung allmählich wieder beruhigte, konnten wir diesmal zwar nichts erkennen, dafür aber jedes Wort verstehen. Und so hörten wir, dass auch hier, wenngleich mit kleinen Varianten, dieselben Kassenknüller des großen Familientheaters gegeben wurden wie in der Veilchenstraße: *Die unwillige Tochter, Der verzweifelte Vater, Die bockige Zicke* und

Der Tourismusdirektor am Rande des Wahnsinns. Diesmal war es allerdings Pauline, die wütend abrauschte. Dabei schlug sie die Kajütentür zu, als wollte sie den armen Kahn wieder versenken.

Uns sah sie nicht, jedenfalls nicht ins Gesicht, da wir gerade mit dem Rücken zum Boot standen und uns alle drei wie rasend für ein Dutzend Möwen interessierten, das sich seinerseits für Marseby an der Schlei interessierte. Als der Steg dann wieder so stark schwankte, dass ich um meine Gesundheit fürchtete, drehten wir uns um und sahen ihr hinterher, wie sie, lustig, lustig, zurück in Richtung Veilchenstraße hüpfte.

»Was bedeutet das?«, sagte ich, als sie außer Sichtweite war. »Hat unsere Schwester Spaß am Zanken? Ist sie zoffsüchtig?«

Paula und Piet Montag sahen mich mitleidig an. »Ach, du Lämmchen, du. Man sollte meinen, du würdest dich allmählich ein bisschen besser im Leben auskennen.«

»Tu ich nicht. Und will ich auch gar nicht! Mir reicht's allmählich. Mir stehen all diese menschlichen Katastrophen bis hier.« Ich machte eine entsprechende Handbewegung. »Warum bloß bleiben die Leute nicht alle brav in ihren Zimmern und machen sich gegenseitig keine Probleme? Warum diese Reisen und Trennungen und der ganze Streit?«

Darauf sagte Paula zu meinem Erstaunen nichts. Sie nickte nur, nahm meine Hand und zog mich in das Hafenrestaurant, als dessen Besitzerin ich sie im Traum gesehen hatte. »Komm was essen«, sagte sie. »Das hilft.«

Drinnen im Restaurant war es nicht blau-weiß wie in meinem Traum, sondern eher hölzern-rustikal. Dazu feierte die maritime Dekorationswut von Marseby hier die fröhlichsten Exzesse. Es hingen Netze von der Decke, in denen bestaubte Fische schliefen, es standen Tonnen und Bojen herum, und die Speisekarten hatten die Form von Steuerrädern. Den Kunden meiner Mutter hätte das wahrscheinlich gefallen.

Ich allerdings lief hier Gefahr, einen melancholischen Anfall zu bekommen. Paula spürte das wohl; daher zog sie mich gleich wieder hinaus auf die Terrasse. Wir setzten uns an die Balustrade, die wie eine Reling aussah.

»Also, dann hör mal gut zu!« Paula sprach in einem Tonfall, in man kleinen Kindern den Sinn des Lebens erklärt. »Was wir da eben gesehen haben, das war einerseits unsere Schwester und andererseits ein klassischer Zankapfel.«

»Ein bitte was?«

Doch da kam die Bedienung, und Paula bestellte durch mehrmaliges Tippen auf verschiedene Punkte der Speisekarte.

»Ein Zankapfel«, sagte sie, als die Bedienung kopfschüttelnd abgezogen war, »ist etwas, um das sich die Leute streiten. Der Fall hier ist leider sonnenklar. Die Schönewinds leben offensichtlich in Trennung. Erkennbar am verwahrlosten Zustand ihres Vorgartens und daran, dass Vater Schönewind auf einem Boot wohnt. Mir scheint, er repariert es. Vermutlich hat er sich eine kleine Meerjungfrau angelacht und plant mit der eine Weltumseglung.«

»Woher weißt du das alles? Wir haben doch –«

Mit einer Handbewegung brachte mich Paula zum Schweigen. »Eindeutige Anzeichen, mein Lieber. Unsere Herzenspauline ist bei ihren Adoptiveltern eine giftige Kratzbürste, ansonsten aber guter Dinge. Klarer Fall von Verzankapfelung.«

»Das ist nicht wahr.« Was ich meinte, war: Das darf nicht wahr sein.

Paula winkte ab und fuhr fort: »Ich wette mal, die Katastrophe steckt noch in Phase eins. Die Eltern haben sich vorläufig«, dabei zog sie mit einem spitzen Zeigefinger ein Augenlid herunter, »also nur auf Probe getrennt. Vielleicht weiß die Frau Direktorin noch nichts von der Meerjungfrau. Unsere Schwester reagiert jedenfalls absolut typisch. Sie zickt! Das macht man so in Phase eins. Davon kriegen die Eltern ein schlechtes Gewissen. Schließlich sind sie ja schuld am hysterischen Zustand ihres armen Kindes.«

Die Bedienung brachte jetzt ein halbes Dutzend Würstchen, die sich Paula und Piet Montag teilten. Soll ich sagen: geschwisterlich?

»Und Phase zwei?« Ein mir angebotenes halbes Würstchen lehnte ich entschieden ab. »Was ist Phase zwei?«

Paula musste erst zu Ende essen. Dann gab sie mir Bescheid. »In Phase zwei wird sich Pauline mal mit dem einen, mal mit dem anderen Elternteil versöhnen, damit die beiden glauben, es ließe sich doch noch etwas machen, um das beschädigte Seelchen der Herzenstochter zu reparieren.«

Nun wurde etwas gebracht, das laut Bedienung auf den Namen *Schnitzel Seemannstrost* hörte. Ich konnte mir den Trost gut vorstellen, den dieser gigantische Fleischlappen für Menschen spendete, die tagelang nur von verdorbenem Fisch gelebt hatten. Mich allerdings tröstete nur zu hören, dass Paula und Piet Montag versicherten, den Seemannstrost alleine verdrücken zu wollen.

»Und Phase drei?« Ich hatte das Gefühl im Bauch, nie wieder etwas essen zu können, geschweige denn zu wollen.

»Denk selber nach!«, sagte Paula mit vollem Mund. Immerhin legte sie kurz die Gabel beiseite und machte mit der freien Hand die Geste des Geldzählens.

Ich verstand. In Phase drei beutet das Scheidungskind hemmungslos das schlechte Gewissen der Scheidungseltern aus und bereichert sich an deren Beziehungsstress. »Das darf nicht sein! Davor müssen wir unsere Schwester retten.« Ich klang wie Prinz Eisenherz.

»Vergiss uns nicht«, sagte Paula durch sehr viel Seemannstrost hindurch. »Wie du siehst, geht hier gerade unsere letzte Hoffnung auf etwas Familienglück flöten.«

Damit hatte sie recht. Uns hatte ich momentan ganz vergessen.

»Aber jetzt tu mir eine Liebe«, sagte Paula. »Iss was, mein Junge.« Worauf wie aufs Kommando die Bedienung mit einem verbitterten Gesichtsausdruck eine Portion Milchreis vor mich hinstellte sowie ein Glas, dessen Inhalt ich an der sanft orangeblaugrünen Färbung als Multivitaminsaft erkannte. Zu meinem großen Erstaunen schmeckte mir beides wie eh und je.

Ein Fall von Bestechung

Allmählich wurde es Zeit für uns, aus dem Hafenrestaurant zu verschwinden, zumal die Bedienung schon ein Gesicht machte wie die Plakate mit den Gesetzen zum Schutze der Jugend, die in Lokalen meistens neben dem Klo hängen. Ich zahlte also notgedrungen die enorme Rechnung aus unserem Pototschnik-Schatz, danach schlenderten wir wieder zum Wasser hinunter. Abend wollte es werden über Marseby. Sterne erschienen am dunklen Himmel, um sich in der Schlei zu spiegeln, was sich die auch still und friedlich gefallen ließ.

Ich musste gähnen. »Wo pennen wir eigentlich?« Vermutlich ausnahmsweise nicht in einem Fünfsternehotel.

»Von wegen pennen«, sagte Paula. »Wir gehen in die Offensive.«

Wir standen übrigens wieder mitten auf dem Steg, an dessen Ende Schönewinds Boot lag. Zum Glück wackelte er diesmal nicht, obwohl gerade eine junge Frau ihn betreten hatte und in unsere Richtung kam. Paula deutete verstohlen mit dem Kinn. »Und wenn stimmt, was ich ahne, dann beginnt unsere Offensive in weniger als einer halben Minute.« Ich war perplex, aber zu müde, um zu protestieren.

Derweil ging die junge Frau, die mich sehr an eine der besseren Barbie-Nachbauten meines Vaters erinnerte, zierlich stöckelnd an uns vorbei. Paula machte ein Hinterher-Zeichen, und wir folgten ihr. Als sie Schönewinds Boot erreichte, sprach Paula sie von hinten an.

»Auf ein Wort, Gnädigste!«, sagte sie im bedeutsam flüsternden Tonfall der Hellseherinnen auf dem Jahrmarkt. »Es geht um Ihr Schicksal.« Die junge Frau, die wohl noch nie in ihrem Leben so angesprochen worden war, blieb stehen und drehte sich um. Paula winkte sie mit einem gekrümmten Zeigefinger vom Boot weg ans Ufer, und vermutlich aus schierer Neugier folgte ihr die junge Frau. Piet Montag und ich schlichen über den dunklen Steg hinterher.

Unter einer Laterne machte Paula halt. Sie legte zwei Finger an ihre Schläfen und kniff die Augen zusammen. »Ich sehe, ich sehe, dass Gnädigste momentan die ehebrecherische Freundin von Herrn Erich Schönewind sind.« Über ihren raunenden Tonfall hätte ich beinahe laut gelacht.

»Ich muss doch sehr bitten«, sagte die junge Frau.

»Kannst du, Gnädigste.« Paula öffnete die Augen wieder und wechselte den Tonfall von Hellseherin zu Bandenchefin. »Kannst du gerne, Puppe, aber auf dem Bitten-Ohr ist mein Hasso leider taub.« Sie gab Piet Montag ein Zeichen, wahrscheinlich sollte er jetzt möglichst gefährlich aussehen. Doch der Hund setzte sich bloß auf seinen Hintern und legte den Kopf ein wenig schief.

»Mit dem Süßen da willst du mir drohen?«, sagte die junge Frau. Worauf Piet Montag seine Zunge zeigte und mit dem Schwanz auf den Boden klopfte. »Der ist doch niedlich.«

»Der sieht nur so aus. In Wirklichkeit ist er verdammt gefährlich. Ein Wink von mir, und er sitzt dir an der Kehle.«

»Hilfe«, sagte die junge Frau. Es war eindeutig ironisch gemeint.

»Also los.« Paulas Stimme zitterte ein wenig. »Bist du's oder bist du's nicht? Antworte mit Ja oder Nein!«

»Wenn ihr es so wollt, dann von mir aus: ja.« Die junge Frau zog eine Grimasse. »Wird das hier ein Clip fürs Internet?«

Paula überhörte die Frage. »Bist du dir denn des Unmoralischen deines Tuns bewusst?« Sie machte Schlitzaugen. »Weißt du, dass du gerade das Glück einer demnächst fünfköpfigen Familie zerstörst?«

»Nein. Oder war das jetzt die falsche Antwort?«

Piet Montag winselte kurz.

»Okay, von mir aus«, sagte die junge Frau. »Ich bin, was immer ihr wollt. Aber nur, wenn ich den Hund mal streicheln darf.«

»Kommt nicht in Frage.« Paula fuhr fort, als hätte sie alles auswendig gelernt: »Selbsterkenntnis ist der erste Schritt zur Besserung. Und weil du hier ein Geständnis deiner Missetaten abgelegt hast, können wir dir guten Gewissens ein großzügiges Angebot machen. Du kriegst«, sie schien einen Moment lang im Kopf zu rechnen, »9967 Euro und 13 Cent cash auf Kralle. Und dafür nimmst du den nächsten Zug, fährst irgendwohin, verdrehst dort anderen verheirateten Männern den Kopf und lässt dich in Marseby dein Lebtag nicht mehr sehen. Verstanden?«

»Tolle Story!«, sagte die junge Frau. »Sehr spannend. Na, dann mal her mit der Kohle!«

Ich reichte ihr den Umschlag, und ohne hineinzusehen, steckte sie ihn ein. »Ihr seid großartig. Sehr überzeugend. Ich hoffe, ihr kriegt dafür einen Preis.« Sie lachte, dann verschwand sie in der Hafennacht.

»Und denk dran!«, rief ihr Paula hinterher. »Wir wissen immer, wo du bist.« Hätte sie genau gewusst, was Bruno Hochschmidt so alles wissen konnte, dann hätte noch etwas mehr Überzeugung in ihrer Stimme gelegen.

Wir waren kaum wieder alleine, da ging mit einem Quietschen eine Tür, und vom Ende des Steges kam ein Mann auf uns zu. Im Schein der Laterne erkannte ich ihn: Es war Erich Schönewind. Er trug einen grauen Pullover, dazu eine alte verwaschene Jeans. Seine Hände rieb er sich mit einem schmutzigen Lappen. Er war unrasiert und sah sehr müde aus. Unter seinem linken Arm klemmte ein riesiger Schraubenschlüssel.

Das also war er, der von uns auserkorene Chef unserer neuen Patchwork-Familie. Ich sackte ein wenig in mich zusammen. Denn urplötzlich hatte ich das Gefühl, ziemlich viel Geld für nichts und wieder nichts ausgegeben zu haben. Ich sah zu Paula und Piet Montag. Die beiden schauten ähnlich belämmert drein wie ich. Es ist eben nicht jedermanns Sache, sich einen neuen Vater aus dem Überraschungsei zu pulen und dann gleich vor Begeisterung Purzelbäume zu schlagen. Und außerdem hatten wir ihm ja vielleicht gerade das Glück seines Lebens abgekauft.

»Hallo Kinder!«, sagte Schönewind, als er uns sah. »Was tut ihr denn hier? Es ist doch schon spät.«

»Wir retten gerade Ihr Seelenheil«, sagte Paula, aber es klang nicht besonders überzeugt.

»Hoppla.« Schönewind lachte kurz. »Habt ihr es auch eine Nummer kleiner?«

Paula verdrehte die Augen, und Piet Montag begann wieder zu winseln.

»Aber mal im Ernst.« Doch weiter kam er nicht. Es schien, als hätte sich sein Blick in Paulas Gesicht festgehakt. »Donnerwetter«, sagte er endlich. »Du siehst meiner Tochter so was von ähnlich.« Er trat noch einen Schritt heran. »Kennst du die vielleicht, sie heißt Pauline.«

»Nie gehört den Namen.«

»Seltsam.« Schönewind verstaute seinen Lappen umständlich in der Hosentasche. »Und habt ihr hier vielleicht eine junge Dame gesehen? Auf die warte ich nämlich.«

»Jawohl!« Paula stand stramm und grüßte wie ein Soldat. »Damit können wir dienen. Die hat uns gesagt, wir sollen dem Herrn Kapitän ausrichten, er kann mit seinem Seelenverkäufer mal ruhig dahin segeln, wo der Pfeffer wächst.«

»Wie bitte?« Schönewind fuhr sich mit der Hand über die Stirn und ließ dabei eine schmutzige Spur zurück.

Ich war sehr gespannt, was Paula jetzt tun würde. Aber offenbar war ihr der Schneid abhandengekommen. Sie grüßte noch einmal, was lässig aussehen sollte, es aber nicht tat. Dann gab sie mir ein Zeichen, und wir machten uns schnell davon. Was uns Schönewind noch nachrief, verstanden wir schon gar nicht mehr.

Pauline Zankapfel

Die Nächte am Wasser sind bekanntlich feucht. Das ist nicht so angenehm, wenn man, wie wir mal wieder, obdachlos und pleite ist. Doch schlimmer noch als die Kälte fraß das Gefühl an uns, dass wir hier in Marseby auf die Verliererstraße geraten waren. Denn niemand von uns, Piet Montag wohl eingeschlossen, glaubte noch daran, dass wir uns den Kapitän Erich Schönewind gerade zum neuen Adoptivvater gemacht hatten. Eher war wohl so etwas wie das Gegenteil der Fall, wie immer dieses Gegenteil aussehen mochte. Weil uns nichts Besseres einfiel, schlenderten wir durch die stille Marsebyer Nacht zurück zur Veilchenstraße.

Zuerst sammelten wir die Dompteuse wieder ein. Die Seebärenzwerge rings um sie herum standen jetzt ordentlich in der Reihe und sahen aus, als warteten sie auf das Kommando, durch brennende Reifen zu springen, aber vielleicht kam mir das in der Dunkelheit auch nur so vor.

»Aha. Ich höre, Pauline ist allein zu Haus.« Paula lobte unsere Begleiterin für ihre Späherarbeit. Anschließend kamen wir wieder unbemerkt in den Garten.

»Geisterstunde«, flüsterte mir Paula zu. »Mit anderen Worten: Zeit für unseren nächsten Auftritt.«

Offenbar war sie, während wir uns zitternd durch die Nacht geschwiegen hatten, zu einem Entschluss gekommen. Auf meine Nachfrage gab sie ihn preis.

Dazu legte sie mir einen Arm um die Schultern. »Ist doch so: Haben wir eigentlich Lust, uns in die Familie Schönewind einzuschleichen?« Sie beantwortete ihre Frage selbst. »Ne, haben wir nicht. Also reißen wir eben unsere Pauline Zankapfel aus ihrem Nest und versuchen zu dritt, etwas Besseres zu finden. Pardon, zu viert natürlich.« Sie tätschelte meine Schulter, um zu zeigen, dass sie mich nicht vergessen hatte.

»Und das schaffen wir?«

»Etwas Besseres als die Schönewinds finden wir überall. Außerdem haben wir den Hund. Den können wir immer noch ans Kino verkaufen.« Sie sah Piet Montag böse an. Offenbar hatte sie ihm seine vornehme Zurückhaltung bei ihrer Bestechungsaktion am Hafen noch nicht verziehen.

Ich war, ehrlich gesagt, nicht so ganz einverstanden. Was hätten wir davon, wenn wir unsere Streunertruppe um ein weiteres Mitglied vergrößerten? Aber einen anderen oder gar einen besseren Vorschlag hatte ich auch nicht. Außerdem wartete Paula einen Einspruch meinerseits gar nicht erst ab. Sie robbte über die Terrasse zu einem Kellerabgang, von dort winkte sie uns zu sich. Piet Montag befahl sie, im Garten zu bleiben und Schmiere zu stehen, mich schubste sie durch eine Tür ins Dunkel. Leise, leise arbeiteten wir uns zuerst ins Parterre und dann in den ersten Stock hinauf, wo wir

Paulines Mädchenzimmer vermuteten. Tatsächlich stand ihr Name in bunten Buchstaben halbkreisförmig an die Tür geschrieben. Wir klopften.

»Hau ab!«, kam es von drinnen. »Ich will dich nicht sehen. Du bist an allem schuld. Wenn du nicht –«

Paula öffnete rasch die Tür, zog mich mit ins Zimmer, schloss die Tür wieder, stellte sich vor Paulines Bett und legte ihrer Schwester einen Finger auf den Mund. Falls die noch etwas sagen wollte, blieb es ihr im Halse stecken. Schlagartig nahm sie die Farbe von Kreide an, und ihre Augen wurden so groß, dass die Pupillen sich in dem vielen Weiß drum herum beinahe verliefen.

Ich konnte mir ihren Schock ganz gut vorstellen. Da stand jetzt vor ihr eine kleine Sammlung von Varianten ihrer selbst. Vielleicht fühlte sie sich wie in einem Albtraum, aus dem man gerne aufwachen würde, es aber leider nicht kann.

Paula setzte sich zu ihr aufs Bett. »Musst keine Angst haben.« Sie strich ihrer Schwester übers Haar, als sei die vier und hätte Bauchweh. »Am besten ist, da sagst jetzt nix und hörst der lieben Paula mal ein bisschen zu. Das da«, damit zeigte sie auf mich, der ich immer noch verlegen an der Tür stand, »ist übrigens Paul. Der tut keinem was.«

Und dann erzählte sie Pauline eine professionelle Kurzfassung von dem, was am und nach dem 22. Juli vor vierzehn Jahren mit uns dreien passiert war. Ihre indische Affäre handelte sie ebenso kurz ab wie den

Umstand, dass meine, also unsere Eltern ihrem Freiheitsdrang nachgegeben und sich auf irgendwelche Inseln geflüchtet hatten.

»Das alles ist auch gar nicht so wichtig«, sagte sie schließlich. »Wichtig ist, dass wir Geschwister sind und zusammengehören.«

»Dafür habt ihr keine Beweise!« Das war der erste Satz, den Pauline sagen konnte, und sie sagte ihn mit einer festeren Stimme, als ich es ihr in dieser Situation zugetraut hätte. »Ich bin Pauline Schönewind, Tochter von Erich Schönewind, dem Tourismuskapitän, und Erika Schönewind, der Gymnasialdirexe! Und ich hab vielleicht nicht das schönste Leben auf der Welt. Aber gegen eure Räubergeschichte werd ich es nun wirklich nicht eintauschen.«

»Wow!« Paula sah hinauf zur blau gestrichenen Decke, an die kleine goldene Sterne gemalt waren. »Die Schönewinds haben ihr also nicht mal verraten, dass sie nicht ihr Eigengewächs ist. Da sind wir aber tief ins Fettnäpfchen getreten. Was sollen wir jetzt bloß machen?« Mit dieser Frage wandte sie sich an mich.

»Ich denke –« Weiter kam ich nicht.

»Richtig! Genau meine Meinung.« Paula beugte sich zu Pauline hinunter. Das Folgende sagte sie langsam und eindringlich: »Du musst die Schönewinds vergessen.« Sie tippte sich an die Brust. »Hier, meine Liebe. Hier spielt die Musik. Deine Familie, das sind ab jetzt wir beide. Und sonst keiner, verstanden! Reiß mal die schönen Augen auf und erkenne, wohin du gehörst.

Und dann pack deine Koffer und folge uns nach. Zusammen sind wir stark!« Damit fasste sie Pauline bei den Schultern und schüttelte sie wie ein Kissen.

Doch unsere Schwester ließ sich nicht so leicht aus der Fassung bringen. Sie machte sich los und setzte sich auf. »Quatsch!«, sagte sie. »Drillinge. Adoptionen. Inder und Inseln. Hört euch doch mal selber zu. Ihr redet nichts als Blödsinn!«

»Tun wir nicht. Wir haben eindeutige Beweise.«

Aber Pauline hörte gar nicht mehr zu. Ein Grinsen war auf ihr Gesicht geflogen. »O Mann! Bin ich jetzt in *Versteckte Kamera*?« Sie sah sich suchend im Zimmer um und winkte probehalber mal dem Schrank und mal ihrem kleinen Fernseher zu, wahrscheinlich weil sie dort die Kameras vermutete. Dazu zog sie sich mit einer damenhaften Geste ihre Bettdecke bis hoch zum Kinn. Die Ähnlichkeit mit ihrer Schwester war jetzt überwältigend.

»Zicke!« Paula klang resigniert. »Das hier ist nicht *Versteckte Kamera*, das ist dein Leben.«

Pauline grinste und winkte noch einmal in die Runde, aber da partout kein Fernsehfuzzi zur Tür hereinkommen und »Überraschung!« quietschen wollte, begann sie uns wieder kritisch zu mustern. »Ihr verschwindet jetzt besser. Ihr gehört in eine Klapsmühle, und ich brauche meinen Schlaf.«

»Damit du morgen wieder fit bist und so richtig kräftig mit deinem Herzenspapi zanken kannst?« Paula war ganz rot im Gesicht geworden. »Um ihn davon abzubringen, mit seiner Meerjungfrau die Ostsee unsicher zu machen?«

Pauline schlug die Decke zurück und zog die Knie an die Brust. Sie trug einen Schlafanzug mit Ankerverzierung. Ich versuchte, anderswohin zu gucken. »Was meinst du denn damit?«, sagte sie.

Paula schnippte mit den Fingern. »Willst du gar nicht wissen. Und falls doch: Um die kleine Freundin deines Papis mach dir mal keine Sorgen mehr. Die haben wir bestochen. Die wildert jetzt in einem anderen Jagdrevier.«

»Wen habt ihr bestochen? Wer wildert jetzt anderswo?«

Paula beschrieb unsere kurze Hafenbekanntschaft mit ein paar Worten.

»Glückwunsch!«, sagte Pauline. »Das ist Christiane, die Tochter vom Hafenwirt. Die ist zu Besuch aus Berlin, wo sie mehr Freunde hat als Haare. Und außerdem ist sie Papas Patenkind.«

»Oh!«, sagte Paula. Mit ihren Fingern machte sie etwas, was aussah, als sei sie verlegen. So hatte ich sie noch nie gesehen. Sie ließ ihre Gelenke knacken, und es lief mir eiskalt über den Rücken.

»Aber das ist ja auch alles egal!« Paula zeigte mit einem ihrer frisch durchgeknackten Finger auf Pauline. »Du, meine Liebe, bist hier garantiert das nächste Scheidungskind, auch wenn dein Paps noch ein bisschen im Hafen bleibt und an seinem Bötchen werkelt. Ich kenne Männer wie deinen Schönewind. Die haben die Lebenskrise und segeln nur noch von einer Katastrophe in die nächste.«

»Quatsch«, sagte Pauline. »Alle Menschen haben mal Stress miteinander. Warum nicht auch meine Eltern. Und außerdem geht euch das gar nichts an. Das ist mein Leben.«

»In dem du bloß noch der Zankapfel bist.«

»Und wennschon.« Pauline sah so resolut und selbstbewusst aus, wie man das in einem Schlafanzug mit Ankerverzierung gerade noch kann. »Ihr habt mir jedenfalls nur komische Märchen anzubieten.«

Da kam mir eine Idee. Ich deutete auf den offenbar brandneuen Laptop, der auf Paulines kleinem Schreibtisch unter dem Fenster stand. »Kann man damit ins Netz?« Das war natürlich eine überflüssige Frage. Das Ding sah aus, als könnte man damit eine Mondlandung steuern.

»Finger weg!«

Ich tippte auf das Gerät. »Gib uns eine Chance. Eine nur. Check einfach mal kurz deine Mails. Danach hauen wir ab. Ehrenwort.«

Pauline sah uns abwechselnd lange an. Dann stieg sie langsam aus dem Bett und schaltete den Laptop ein. In atemberaubender Geschwindigkeit fuhr er hoch, und gleich sagte eine alberne Quietschmädchenstimme: »Sie haben acht neue Nachrichten.«

»Ruf die eine auf, die von einem Absender kommt, den du nicht kennst.«

Pauline zeigte mir einen Vogel. »Damit ich mir ein

schickes Virus einfange, das meine Festplatte anknabbert? Na danke!«

»Bitte«, sagte ich. Dabei sah ich ihr fest in die Augen. Und ich versuchte alles Brüderliche in diesen Blick zu legen. Sie war immerhin meine Schwester. Wir hatten neun Monate zusammen in meiner Mutter zugebracht. Viel Platz konnte da nicht gewesen sein, jedenfalls zu wenig, um sich dauerhaft aus dem Weg zu gehen, besonders wenn man berücksichtigt, dass Paula auch noch dabei war. Wir mussten also einmal ganz gut miteinander ausgekommen sein. Schön, das war vierzehn Jahre her, aber irgendetwas war ja vielleicht von damals zurückgeblieben.

Und das war es tatsächlich. »Na gut«, sagte Pauline. Sie rief eine Mail auf; und wie ich es mehr gehofft als erwartet hatte, stammte die von Hochschmidt. Sie enthielt einen kurzen Gruß und einen Link. Ich nickte Pauline aufmunternd zu, sie zögerte, dann klickte sie ihn.

Zu dritt trat wir näher heran und sahen, wo wir jetzt waren: im Archiv des Standesamtes von Neustadt, Abteilung für Adoptionen. Langsam zogen Aktenseiten über den Bildschirm, bis sie beim 22. Juli vor vierzehn Jahren anhielten. Und hier stand es, leicht flimmernd, schwarz auf weiß: Paula Müller, abgegeben an das Ehepaar Wachsmuth aus Berlin, Pauline Müller, abgegeben an das Ehepaar Schönewind aus Marseby.

Ohne dass ihre Schwester sie daran hinderte, blätterte Paula zurück zu unseren Geburtsurkunden. »Guck doch mal!«, sagte sie in einer Stimme, die ich bislang selten von ihr gehört hatte. Und dann las sie vor: »Pauline, geboren 22. 7. um 7 Uhr 12. Paula, geboren 22. 7. um 7 Uhr 21.« Sie legte Pauline einen Arm um die Schultern. »Du bist die Älteste von uns. Du bist unsere große Schwester. Ohne dich können wir doch gar nichts machen.«

»Und ich?«, sagte ich.

Paula schaute zuerst auf die Akten, dann bekam ich einen bösen Blick. »Paul Müller, geboren 22. 7. um 7 Uhr 56. Du bist unser Nesthäkchen. Also halt dich bitte bedeckt, wenn ältere Menschen miteinander reden.«

Pauline sagte eine Zeit lang nichts. Sie starrte nur auf den Laptop. Dann wand sie sich aus Paulas Arm. Genau konnte ich es nicht sehen, aber ich glaube, sie hatte Tränen in den Augen.

»Vielleicht habt ihr ja recht«, sagte sie endlich. »Aber was bitte schön hab ich von euch? Demnächst ist mein Geburtstag. Dann krieg ich von meinem Vater ein eigenes Boot. Und von meiner Mutter die Jeans, die ich immer schon haben wollte. Verdammt noch mal, ich bin vierzehn! Jemand muss für mich sorgen, meinetwegen auch die Schönewinds. Mir doch scheißegal!« Damit warf sie sich aufs Bett und drehte uns den Rücken zu. Wenn sie weinte, konnte sie es ziemlich gut verbergen.

Paula machte mir ein Zeichen, und wir schlichen uns wieder aus dem Zimmer und aus dem Haus. Auf der Terrasse erwartete uns Piet Montag. In seiner Miene stand geschrieben, dass er wusste, was passiert war. Vielleicht hatte er es gehört, vielleicht konnte er es auch von unseren Gesichtern ablesen.

Wir wollten gerade aufbrechen, da hielt auf der anderen Seite des Hauses ein Auto. Es war die Gymnasialdirektorin, die sich, kaum war sie im Haus, mit unserer Pauline das letzte Wortgefecht für den heutigen Tag lieferte, das beide stilgerecht mit mehrmaligem Türenschlagen beendeten. Danach wurde es wieder ruhig.

»Und nun? Was machen wir?«

»Pennen wie die Penner!«, sagte Paula. Also zogen wir zum Bahnhof und schliefen dort den Rest der Nacht. Paula auf der Bank, die ein Boot war, Piet Montag und ich in dem Boot, das eine Bank war.

Der kranke Hund

Der fünfte Tag meines Abenteuers drohte der schlimmste von allen zu werden. Gestern waren wir immerhin noch mit zehntausend Euro in der Tasche in einem Sternehotel wachgeworden. Doch jetzt waren wir pleite, und es weckte uns ein Bahnhofsangestellter mit der Ankündigung, wenn wir und unser Köter nicht schnellstens Leine zögen, würde er uns behandeln wie den anderen Dreck, den die blöden Touristen ihm dauernd in seinen schönen Bahnhof kippten.

Piet Montag und ich tauschten Blicke darüber, ob es mal wieder Zeit für einen seiner kleinen Spezialauftritte sei, aber wir kamen zu dem Ergebnis, dass wir uns nicht verausgaben sollten. Einen so miserablen Tag wie diesen hieß es vorsichtig beginnen. Nach kurzer Morgenwäsche im Bahnhofsklo lungerten wir daher mal hier und mal dort im schönen Marseby herum.

Natürlich diskutierten wir darüber, wie es jetzt mit uns weitergehen sollte. Doch es fiel uns nichts Rechtes ein. Paula hatte bloß Hunger. Am Ende kramte ich sogar meinen alten Vorschlag wieder aus, gegen Spenden Blockflöte zu spielen beziehungsweise nicht zu spielen. Paula lehnte das ab, doch es brachte sie auf eine Idee. »Soll der Hund es richten«, sagte sie. Offenbar wollte sie Piet Montag eine zweite Chance geben.

In Marseby hatte mittlerweile das touristische Leben begonnen. Paula ging voraus zur Uferpromenade, und aus dem Hinterhof eines Souvenirgeschäftes organisierte sie einen wackligen Stuhl. Den stellte sie vor die kleine Mauer, hinter der die Schlei begann. »Einverstanden?«, sagte sie zum Hund, und der sprang als Antwort auf den Stuhl, wo er sich wieder in eine schwarze Porzellanfigur verwandelte.

»Was wird das?«, wollte ich wissen.

»Keine Ahnung. Wart's einfach ab.« Paula postierte sich neben dem Hund wie ein Leibwächter neben einem Prominenten. Die Lateindompteuse klemmte sie auf die Stuhllehne, von wo sie alles mit ihrem Klassenarbeitsblick überwachte. Ich schaute kopfschüttelnd zu.

Lange dauerte es nicht, da blieben die ersten Passanten stehen, ein Paar im mittleren Alter. »Führt ihr etwas vor?«, sagte der Mann, ein blasser Kahlkopf mit Brille. »Oder übt ihr Stillhalten fürs Guinness-Buch der Rekorde?«

»Keins von beiden. Wir sind eine offizielle Touristenattraktion.« Mit einer pompösen Geste deutete Paula auf Piet Montag. »Wir präsentieren den großen Harrasani, den wahrscheinlich intelligentesten Hund der Welt.«

»Das ist interessant«, sagte der Mann. »Was kann er denn für Tricks?«

Jetzt wurde es brenzlig. Paula stammelte ein wenig. »Äh, das wissen wir nicht. Oder mit anderen Worten:

praktisch alle. Sie können frei wählen. Nur fünf Euro pro Trick.«

Der Mann kniff die Augen zusammen. »Ich bezahle doch nicht die wahrhaft gesalzenen Preise von Marseby, um dann hier an der Uferpromenade auf dermaßen unintelligent bettelnde Kinder zu treffen. Der Tourismusverein sollte mal etwas strenger bei der Auswahl seiner Abzocker sein.« Über diesen selbst gebastelten Witz musste der Kahlkopf dann auch sehr lachen. Seine Frau wollte ihn weiterziehen, vielleicht weil ihr seine Lache peinlich war.

»Moment!«, rief ich schnell. »Wenn Sie wollen, können wir auch anders. Halten Sie dem Hund zwei Geldscheine hin. Er nimmt immer den größeren.«

Der Kahlkopf wieherte. »Ziemlich bescheidener Trick! So was kann man doch dem dümmsten Hund beibringen.«

»Ich bin noch nicht fertig. Sie halten die Scheine natürlich in der verschlossenen Hand. Der Hund riecht den größeren Schein.«

Der Kahlkopf zog die Augen zu Schlitzen zusammen. »Und wenn er sich irrt? Was dann?«

Ich überlegte. Ja, was dann? Doch da schnippte Paula mit den Fingern. »Dann bekommen Sie von uns den gleichen Betrag obendrauf! Wenn er recht hat, gehört der Schein allerdings uns.«

»Spinnst du?«, sagte ich durch die Zähne. »Wir sind pleite!« Die Dompteuse hatte die Hände vors Gesicht geschlagen.

Aber Paula winkte nur ab. Der Kahlkopf hatte auch tatsächlich schon sein Portemonnaie gezückt, und mit dem Rücken zu uns gewandt fummelte er daran herum, obwohl ihn seine Frau davon abhalten wollte. Wir hörten noch etwas wie »größenwahnsinnige Blagen«, dann drehte er sich um und streckte uns, beziehungsweise Piet Montag, seine beiden krampfhaft zu Fäusten geballten Hände hin.

»Achtung!« Paula rief es so laut, dass ein paar Passanten stehen blieben. »Der große Harrasani erkennt jetzt einzig durch seinen unvergleichlichen Geruchssinn den größeren Schein in der Hand dieses reizenden Gentleman. Kommen Sie und schauen Sie! Das sehen Sie nicht überall. Achtung! Der große Harrasani beginnt. Ich bitte um Konzentration.«

Und wie aufs Wort begann Piet Montag, abwechselnd und mit geschlossenen Augen an den Fäusten des Kahlkopfs zu schnuppern. Zwischendurch warf er den Kopf in den Nacken und leckte sich ausgiebig die Nase. Immerhin, es sah nicht schlecht aus, was er da machte. Und wir hatten ja, wie ich rasch im Kopf berechnete, eine Chance von fünfzig Prozent. Endlich entschied sich der Hund, indem er stilvoll eine Pfote auf die linke Faust des Kahlkopfs legte und dazu einmal seriös bellte.

Jetzt kam es drauf an! Möglicherweise müssten wir im nächsten Augenblick unsere acht Beine in die Hand nehmen und Fersengeld geben. Anderes Geld hatten wir ja seit der blödsinnigen Bestechung nicht mehr dabei.

»Verdammt!« Der Kahlkopf öffnete die linke Faust, und darin lag ein eng zusammengefalteter Zehner. In der anderen hatte er einen Fünfer. Paula nahm den Zehner und knickste dabei wie eine Brautjungfer. Dass sie so etwas konnte, hätte ich nicht geglaubt. Es sah grauenhaft aus, passte aber nicht schlecht zu unserer Vorführung.

»Das war natürlich Zufall«, sagte der Kahlkopf. »Ich bestehe auf einer Revanche.«

»Selbstverständlich.« Paula war jetzt ganz in ihrem Element, ebenso wie unsere Plastikbegleiterin, die jubelnd die Arme in die Luft streckte. »Der große Harrasani ist bekannt für absolute Ehrlichkeit und beste Manieren. Kommen Sie, meine Damen und Herren! Kommen Sie und sehen Sie selbst!«

Tatsächlich traten etliche weitere Passanten hinzu, während der Kahlkopf wieder hektisch in seinem Portemonnaie zugange war. Endlich hielt er Piet Montag seine Fäuste hin, die Knöchel weiß vor Anspannung.

Ich hatte erwartet, dass der Hund wieder seine große Nummer geben würde, aber wahrscheinlich war er ebenso hungrig wie Paula, und nach jeweils einmaligem Schnuppern legte er unserem Kunden eine Pfote auf die rechte Faust.

»Nein!«, schrie der Kahlkopf, und wir waren um zwanzig Euro reicher. Offenbar war der Mann ein Spieler, jedenfalls hatte er noch nicht genug, aber seine Frau zog ihn energisch weg.

Seine Stelle nahm ein älterer Seebär ein. »Wolln doch ma säjn«, sagte der Seebär durch ziemlich viel Bart hindurch und hielt Piet Montag zwei Fäuste entgegen, auf deren linke eine Landkarte von Patagonien tätowiert war, während die rechte ein Verzeichnis der Fährverbindungen über die Schlei aufwies. Beide Fäuste rochen meterweit nach Fisch, und ich ließ den Mut sinken. Piet Montag aber biss herzhaft in die linke, und die zehn Euro, die daraus fielen, gehörten uns.

Der nächste Kandidat, Typ Surflehrer mit Interesse an Kunst, verlor auch einen Zehner. Es folgte eine Boutiquenbesitzerin mit ultralangen violetten Fingernägeln, der Piet Montag mehrmals verträumt und genüsslich über die Hand leckte, bevor er einen Fünfziger daraus zog. Ich hatte Mühe, unser Geschäft zu organisieren, denn halb Marseby stand jetzt bereits Schlange, um seine Barschaft an den großen Harrasani zu verlieren.

Doch bevor wir zu Großverdienern wurden, bekam ich einen Schubs von Paula. »Achtung, die Staatsmacht!« Tatsächlich schlenderte eine Polizistin die Uferpromenade entlang, und rasch teilte ich dem spielsüchtigen Marseby mit, dass die Vorstellung für heute zu Ende sei. Mit hundert Euro in bar kratzten wir, wie man so unschön sagt, die Kurve in Richtung Hafenrestaurant, wo Paula, noch etwas außer Atem, sich gleich die Frühstückskarte bringen ließ.

Eine halbe Stunde später gaben sie und Piet Montag nur noch kleine Laute der Sattigkeit von sich, während ich mich anstrengte, meinen Milchreis vollständig auszulöffeln.

»Erstaunlich«, sagte Paula endlich. »Wie ungleich bei der Herstellung von Drillingen doch die Fähigkeiten und Eigenschaften vergeben werden.« Ich dachte schon, sie meinte damit unsere in der Tat erheblich voneinander abweichenden Essgewohnheiten, aber da hatte ich mich geirrt.

»Da bin ich, Pardon«, sie musste wegen eines kleinen Rülpsers kurz unterbrechen, »ein patentes, selbstständiges, munteres, zupackendes Mädchen, aufgeschlossen und freundlich zu jedermann – und diese Pauline Zankapfel, zusammengebastelt aus dem gleichen Erbmaterial unserer Eltern, ist eine charakterschwache, haltlose und geldgierige Zicke. Was sagst du dazu, Herr von Brüderchen?«

Schon um zu vermeiden, dass Paula demnächst auch meinen Charakter derart analysierte, nahm ich Pauline rasch in Schutz. »Nun komm! Wir wissen doch beide, wie übel das ist, von seinen eigenen Leuten im Stich gelassen zu werden. Da kann man doch verstehen, wenn sie sich an das klammert, was sie hat.« Dazu machte ich eine Klammerbewegung. »Der Spatz auf dem Dach«, wollte ich einigermaßen poetisch schließen, aber Paula schnitt mir den Vergleich ab.

»Quatsch! Wir liefern unserer großen Schwester eine bessere Zukunft auf dem Silbertablett, und gnädige Frau ziehen es vor, von Heuchelei und Erpressung zu leben. So sehe ich den Fall.«

»Nein«, sagten wir.

»Und eure neue Schwester? Wie ist die so?«

»Zickig«, sagte Paula. »Die will nichts von uns wissen.«

Ich wollte das ein wenig korrigieren, kam aber nicht zu Wort.

»Ich verstehe«, sagte Hochschmidt. »Aber eine Chance habt ihr noch. Vielleicht kommt eure Schwester ja auf den Hund.« Und bevor wir etwas sagen konnten, legte er auf.

»Das hat uns noch gefehlt«, sagte Paula, als wir wieder aus der Telefonzelle quollen. »Der alte Zyniker. Und verraten hat er uns auch.«

»Wieso denn das?«

»Na, von wem soll Guppy denn sonst wissen, wo wir sind?« Paula trat heftig gegen einen unschuldigen kleinen Stein.

»Aber er hat uns auch gewarnt.«

»Eben, der Mann ist ein Zyniker.« Und wieder musste ein kleiner Stein dran glauben.

Schweigend schlenderten wir die Uferpromenade hinunter. Paula schwieg erkennbar aus Wut. Ich hingegen schwieg, weil mir Hochschmidts letzter Satz nicht aus dem Kopf wollte. Ich überlegte hin und her. Was hatte er uns damit sagen wollen: »Vielleicht kommt eure Schwester auf den Hund«? Als Zyniker hatte ich ihn nicht kennengelernt. Im Gegenteil, bislang war er doch unser guter Geist gewesen. Warum dann dieser Satz?

Ich grübelte und grübelte, da beugte sich neben mir

eine Frau zu Piet Montag hinunter, um ihm mit den Worten »Was für ein süßer Hund. So einen möchte ich auch!« über den Kopf zu streicheln. Piet Montag schien das zu mögen und schnurrte eine Antwort. Endlich wurde die Frau von ihrem Begleiter mit dem Versprechen weitergezogen, man werde demnächst mal darüber reden.

»Vielleicht kommt eure Schwester auf den Hund.« Was sollte das bedeuten?

Natürlich! Ich schlug mir an die Stirn. Darauf hätte ich auch früher kommen können. Und dann erzählte ich Paula, wozu mich Hochschmidts Satz inspiriert hatte.

»Schau mal einer an, unser Nesthäkchen«, sagte sie, als ich fertig war. Ohne Vorwarnung wurde ich wieder mal geküsst. Ich ertrug es wie ein Bruder und informierte dann Piet Montag. Während er zuhörte, leckte er sich die Lefzen. Offenbar fand er meinen Plan delikat.

Zwei Stunden später lagen wir auf der Veilchenstraße gut versteckt hinter einem Lieferwagen, etwa zwanzig Meter entfernt vom Eingang zum Schönewind'schen Haus. Bei unserer Ankunft hatten wir Pauline mit ihrer Adoptivmutter zanken gehört, danach war sie in Richtung Hafen abgerauscht, von wo wir sie jetzt zurückerwarteten.

»Ob auch wirklich nichts schiefgeht?« Paula kämpfte offenbar mit einem kleinen Anflug von Zweifel.

»Es kann nichts schiefgehen. Es ist ein Test. Wenn sie ihn nicht besteht, können wir sowieso auf sie verzichten. Also gewinnen wir immer.«

»Stimmt«, sagte Paula. Und dann: »Achtung! Sie kommt.«

Tatsächlich hüpfte unsere Schwester gerade in die Veilchenstraße. Vielleicht hatte sie ihren Adoptivvater dazu überredet, ihr neben dem Boot auch noch eine Bootsbesatzung und einen eigenen Hafen zu kaufen. Jedenfalls schaute sie ziemlich zufrieden drein, bis sie genau auf Höhe des Hauses Nummer 28 ein beleidigtes Gesicht zog und schlagartig aussah, als hätte sie die letzten sieben Nächte durchgeweint. Doch bevor sie mit dieser Fleppe in ihr Elternhaus treten konnte, begann, präzise auf die Sekunde, der Auftritt von Piet Montag in seiner neuen Rolle als *Der kranke Hund*.

Pauline wollte gerade die Gartentür nach Art der Schönewinds ins Schloss schmettern, da schleppte sich aus einem Holunderbusch ein verdreckter, verlauster und auf den Tod abgemagerter, ehemals schwarzer, jetzt aber staubgrauer Junghund. Er hinkte auf mindestens einem Bein, und sein linkes Ohr sah eingerissen aus. Wir hatten ihm zwar bei den Vorbereitungen zusehen und bestaunen dürfen, wie er sich in verschiedenen Formen von Dreck gewälzt hatte. Aber wie ihm das mit dem Ohr gelungen war, ohne sich dabei zu verletzen, das war sein Geheimnis geblieben.

Kein Geheimnis machte er jetzt allerdings aus seiner jämmerlichen Verfassung, denn er heulte und jammerte, als steckte er im Rachen eines Wolfs, während er sich mühsam über die Veilchenstraße schleppte.

»O Hundilein!«, rief Pauline, als sie ihn sah. »Armes Hundilein! Was fehlt dir denn?«

Ein Drittel Frauchen, dachte ich bei mir. Paula knuffte mich, offenbar hatte ich zu laut gedacht. Ich stellte also das Denken und vorsichtshalber auch das Atmen ein.

»Armes, armes Hundi!«, rief derweil Pauline weiter. »Komm doch zur Pauli, da kriegst du ein schönes Fresschen.«

Der ausgemergelte Hund aber wich vor seiner vermeintlichen Retterin wie panisch zurück, wobei ihm etwas Rotes aus dem Maul floss. Vermutlich zerbiss er gerade die Beeren, die er aus dem Nachbargarten gestohlen hatte.

»Brauchst keine Angst vor der Pauli zu haben!«

Nein, Angst war hier nicht im Spiel. Nur ein Trick, der schon anfing zu funktionieren. Denn als Piet Montag jetzt weiter heulend und jammernd die Veilchenstraße hinunterhumpelte, ließ Pauline ihre Zankapfelei stehen und liegen und lief ihm hinterher. Paula und ich folgten den beiden in sicherem Abstand.

Piet Montag wusste, was er tat. Und er machte es gut. Gelegentlich blieb er stehen, manchmal legte er sich hin und ließ Pauline so nahe an sich herankommen, dass sie mit ausgestreckter Hand ein wenig seinen Kopf streicheln konnte. Doch dann raffte er sich wieder hoch und floh weiter, wie von einem unsichtbaren, aber nichtsdestoweniger tödlichen Feind gehetzt. So erreichte er den Bahnhof, Pauline knapp hinter ihm, dann folgten wir. Jetzt kam es auf äußerste Präzision an!

Piet Montag humpelte jammernd durch das Empfangsgebäude. Pauline blieb auf seinen Fersen, immer noch rufend und bettelnd, was ihr üble Blicke der Passanten einbrachte. Manche dachten wohl, sie selbst hätte den Hund so zugerichtet. Diese Blicke schien Pauline zu verstehen, was sie ziemlich unsicher machte. Sie schaute starr vor sich hin und bemerkte daher gar nicht, wie dicht wir ihr schon folgten.

Auf die Sekunde pünktlich betraten wir den Bahnsteig. Rechts fuhr gerade der Nachmittagszug nach Marseby ein, links stand abfahrbereit ein anderer, mit dem man Marseby in jede erdenkliche Richtung verlassen konnte. Rechts quietschte es, Türen öffneten sich. Links wurde schon gepfiffen. Piet Montag, der Hund mit den tausend Wehwehchen, sprang nach links in die letzte offene Tür, Pauline hastete ihm hinterher. Derweil trat von rechts ein kleiner Mann im gut sitzenden grauen Anzug auf den Bahnsteig. Er hatte auffallend dunkle Haut und leuchtend schwarze Augen.

»Dasgupta«, sagte Paula. Einen Moment lang blieb sie stocksteif stehen, ich musste ihr einen Schubs geben, sonst hätten wir es nicht mehr durch die sich zischend schließende Tür in den abfahrenden Zug geschafft. Dort gingen wir gleich in Deckung. Nach ein paar Minuten sah ich vorsichtig aus dem Fenster. Draußen zog nur noch die uns sattsam bekannte Schlei vorbei. Ich gab Paula ein Zeichen.

Sie kam vorsichtig hoch. »Das war Maßarbeit.« Mir schien, sie zitterte noch ein wenig. »Los, weiter jetzt!«

Im letzten Abteil des Waggons fanden wir Piet Montag und Pauline. Letztere bemerkte uns freilich gar nicht, weil sie viel zu sehr mit dem Wunder beschäftigt war, das sich gerade unter ihren Händen vollzog. Piet Montag lag auf ihrem Schoß, und jedes Mal, wenn sie ihn streichelte, verschwand eines seiner vielen Gebrechen. Schon hatte er wieder ein glänzendes schwarzes Fell, blendend weiße Zähne, blitzend braune Augen und vier ganz gesunde Beine.

Paula und ich warteten noch ein paar Minuten, dann traten wir betont gleichgültig in das Abteil und warfen uns in die Sitze. Mehr als ein »Hi« hatten wir für unsere Schwester nicht übrig.

Sie aber war vollkommen verwandelt. »Oh!«, rief sie. »Ihr seid es! Wie schön! Schaut doch bloß. Ich habe einen Hund gerettet. Und seht mal, wie sehr er mich mag!«

Tatsächlich leckte Piet Montag sehr eifrig die Hand, die ihn streichelte, während er von uns so gut wie keine Notiz nahm. Dabei sah er der Streichlerin in die Augen, als befände sich dort alles, was ein Hund auf dieser Erde erhoffen kann.

»Schön für dich«, sagte Paula und schaute dabei aus dem Fenster, als gäbe es dort etwas Aufregenderes zu sehen als das in einem fort blaue Wasser.

»Es ist wunderbar, richtig gemocht zu werden«, sagte Pauline.

»Wir mögen dich übrigens auch.« Ich gab Paula einen Stoß, und sie machte eine beiläufige, aber zustimmende Handbewegung.

»Wohin fahrt ihr?«

»Nirgendwohin«, sagte Paula schroff.

Also war es an mir, der freundliche Drilling zu sein. »Wir sind gerade mit ziemlich knapper Not Paulas indischem Stiefadoptivvater entkommen. Du erinnerst dich vielleicht, er will sie an seinen Cousin verheiraten. Wahrscheinlich wird sie die nächsten Jahre bis zu ihrer Volljährigkeit auf der Flucht und im Untergrund verbringen.« Ich machte eine kleine Geste der Ergebenheit. »Und ich habe mich ihr angeschlossen. Lieber lebe ich auf der Straße, als in unserem blöden Bungalow an Melancholie zu sterben.«

»Und an falscher Ernährung.« Das sagte Paula zum Glück sehr leise.

Pauline machte eine Hundestreichelpause. »Also haben dich deine Eltern wirklich verlassen?«

»Unsere Eltern«, verbesserte ich. »Ich war wohl das letzte Drittel Klotz an ihrem Bein. Das sind sie jetzt los. C'est la vie.«

Pauline schüttelte den Kopf. »Und da wollt ihr euch noch ein Scheidungskind aufhalsen?« Damit meinte sie wohl sich selbst. »Und einen minderjährigen Hund?« Damit meinte sie Piet Montag, der mittlerweile drauf und dran war, sich mit ihr zu einer mystischen Einheit zusammenzukugeln.

»So sind wir nun mal.« Paula sprach immer noch in Richtung Fenster. »Ganz blöd im Kopf vor lauter Familiensinn. Außerdem bist du die Älteste von uns. Wir haben uns eben sonst was Tolles von dir versprochen.«

Sie wedelte mit den Armen in der Luft. »Vielleicht haben wir gedacht, du wirst unsere Anführerin und holst uns im Alleingang aus dem Schlamassel.«

Darauf wurde es ganz still im Abteil, viel stiller, als es normalerweise in einem fahrenden Zug sein kann. Es war eine schöne, eine gehaltvolle, ja, eine meditative Stille, in der sich so mancherlei entwickeln kann. Doch da platzte leider der Schaffner herein und wollte unsere Fahrscheine sehen. Wir hatten natürlich allesamt keine, und beim Nachzahlen ging viel von dem Geld drauf, das uns Piet Montag am Morgen verdient hatte. Als der Schaffner wieder verschwunden war, versuchte es die Stille noch einmal, und mir schien, sie tat es mit Erfolg.

»Wie der wohl heißt?«, sagte Pauline endlich. Sie meinte natürlich den Hund, der mittlerweile auf ihrem Schoß eingeschlafen war, was ich übrigens für vollkommen echt hielt.

»Der heißt – aua!« Es gelang mir, Paula zum Schweigen zu bringen, indem ich ihr dezent, aber kraftvoll auf den Fuß trat.

»Der heißt«, sagte ich schnell, »wie du willst. Denk gar nicht lange drüber nach. Nenn ihn so, wie es dir gerade in den Kopf kommt.«

Und Pauline dachte wirklich kaum eine Sekunde nach, bevor sie sagte: »Dann heißt er Pablo!«

»O ja.« Paula rieb ihre Zehen. »Ganz wunderbarer Name.«

»Also, wenn ihr wollt«, sagte Pauline, »dann komme

ich mit euch. Und natürlich der Hund.« Sie machte eine Pause. »Aber nur, wenn ihr das wirklich wollt.«

»Klar wollen wir!«

Pauline reichte mir ihre Hand. Ich drückte sie.

Und Paula schaffte immerhin ein ziemlich begeistertes Nicken.

Wieder in Berlin

In den nächsten Stunden rumpelte der Zug gemütlich Richtung Binnenland und Hauptstadt Berlin. Von unserem allerletzten Geld hatten wir uns aus dem Zugbistro versorgt, und so saßen wir, jeder eine lauwarme Limonade und ein labberiges Sandwich in der Hand, nebeneinander im Abteil.

»Und ich heiße wirklich Müller?«, sagte Pauline mit vollem Mund. »Das ist ja furchtbar.«

»Stimmt.« Paula verschüttete vor Lachen etwas Limonade. »Aber immer noch besser als Schönewind.«

»Oder als Wachsmuth«, sagte ich. »Außerdem muss es bei Müller nicht bleiben. Wir sind ja nicht nur auf der Flucht, sondern auch unterwegs zu einer neuen Familie. Und wer weiß, wie die dann heißen wird.«

»Na, das nenne ich mal Freiheit!«

»Ach, Freiheit«, sagte Paula. »Das ist bloß ein anderes Wort für: nix mehr zu verlieren.«

Pauline sah an sich herunter. »Apropos verlieren. Ich habe überhaupt keine Sachen dabei. Außer dem, was ich anhabe.«

»Kein Problem«, sagte Paula mit gespielter Heiterkeit. »Soweit ich sehe, bist du nur unwesentlich dicker als ich. Also können wir täglich tauschen. Da hast du dann schon doppelt so viel.«

»Ich fange an zu begreifen, wie ihr denkt.« Pauline gab Pablo den Rest ihres Sandwichs. »Aber dieser Zug kommt demnächst auch mal an. Und bis dahin müssen wir gewisse Entscheidungen treffen, nicht wahr? Also, wohin sollen wir gehen? Und was sollen wir tun?«

Ich streckte die Beine aus. »Denken wir mal logisch: Wenn es niemanden gibt, der uns wirklich haben will, und wenn wir die, die uns haben wollen, nicht mögen, dann müssen wir ein Bedürfnis nach uns wecken. Wir müssen uns interessant machen. Noch sind wir irgendein Ramsch, für den niemand einen Cent ausgeben würde. Also müssen wir den Leuten klarmachen, dass es cool ist, uns zu haben.«

»Hä?«, sagte Paula. »Spinnst du? Ich bin doch kein Ramsch.«

»Ich spreche in Bildern.«

»Das merke ich, mein Lieber. Aber ich hasse Bilder, in denen ich eine schlechte Figur mache!«

Ich stand auf und platzierte mich vor die Abteiltür. »Pass auf! Ich gebe dir ein Beispiel. Stell dir vor, niemand mag rosafarbene Jeans.«

»Das kann ich mir vorstellen.«

»Ich auch«, sagte Pauline.

»Gut. Und jetzt stell dir vor, von einem Tag auf den anderen tragen die süßesten Jungs aus diesen Boy Groups rosafarbene Jeans.«

»Ich hasse Boy Groups«, sagte Paula. Pauline lachte.

Hätten sie etwas weniger schmuddelig ausgesehen, hätte ich in die Polster gebissen. »Von mir aus Hollywoodstars!«, schrie ich. »Oder Spitzenfußballer! Models! Skilehrer! Rennfahrer! Mir doch vollkommen egal!«

»Reitlehrer?«, sagte Paula. »Geht dein Beispiel auch mit Reitlehrern?«

»Ja. Wenn es unbedingt sein muss.«

»Okay, jetzt kann ich's mir vorstellen.«

»Danke«, sagte ich. »Also dein Reitlehrer trägt auf einmal rosafarbene Jeans. Und wie denkst du jetzt darüber? Würdest du jetzt rosafarbene Jeans kaufen?«

»Hör auf«, sagte Paula. »Ich bin doch nicht blöd. Außerdem hab ich längst verstanden, was du meinst. Aber kannst du mir sagen, wie wir irgendjemandem klarmachen sollen, dass es hip ist, so eine Gurkentruppe wie uns drei bei sich aufzunehmen?«

»Wir sind wirklich nicht erste Wahl«, sagte Pauline. »Aber der Hund ist doch niedlich. Vielleicht finden wir jemanden, der sich für ihn interessiert und uns als Beigabe akzeptiert.«

Mir war nicht ganz klar, ob sie es ernst meinte. Paula und ich tauschten einen etwas panischen Verschwörungsblick. »Einverstanden«, sagten wir im Chor. »Dann ist der Hund eben unsere letzte Rettung.« Worauf wir zu dritt ein bisschen lachten, vermutlich jeder aus einem anderen Grund.

Doch ziemlich schnell wurden wir wieder ernst. Wir gingen unsere Möglichkeiten durch, allerdings blieb am Ende der gar nicht so langen Liste unserer Chancen nichts als ein großes Fragezeichen. Paulas Adoptivmutter fiel wegen Flucht und Abwesenheit aus, ebenso meine Eltern. Dasgupta war gefährlich, und die Schönewinds waren erst einmal aus dem Spiel.

Von Pototschnik schließlich durften Paula und ich vor Pauline gar nicht reden. Denn sonst würde noch herauskommen, dass der zum Pablo mutierte Piet Montag den kranken Hund bloß gespielt hatte und in Wirklichkeit ein Lockvogel gewesen war. Nein, aus seiner Pablo-Existenz führte jetzt kein Weg mehr zurück, wenn wir unsere frisch eingefangene Schwester nicht gleich wieder verlieren wollten.

Pablo sah das offenbar genauso. Seitdem er auf Paulines Schoß eine Art zärtliches Dauerparken zelebrierte, hatte er einen dermaßen rührend naiven Hundeblick aufgesetzt, dass ich mittlerweile annahm, auch der sei vollkommen echt. Vielleicht hatte er sich wirklich verliebt. So etwas soll ja vorkommen.

Schließlich erwähnte ich noch Bruno Hochschmidt, dessen Fähigkeit, alles zu wissen, auch Pauline schon per E-Mail kennengelernt hatte.

»Toll«, sagte Paula. »Der hat bestimmt eine Datei mit den Adressen von kinderlosen Ehepaaren, die blöd genug sind, sich nach vierzehnjährigen Drillingen die Augen auszuweinen.«

Nun, das vielleicht nicht. Aber vielleicht könnten wir wenigstens bei ihm übernachten. Ganz so gefährlich war die Gegend ja nicht mehr, denn Dasgupta würde heute bestimmt nicht mehr aus Marseby zurückkommen. Der musste erst nach Paula suchen. Und da uns wirklich nichts Besseres einfiel, entschieden wir uns für eine weitere Nacht in Berlin.

Paula war dabei etwas mulmig zumute. Pauline dagegen war alles egal, solange sie Pablo bei sich hatte. Und ich für mein Teil war zu müde, um mir alle Katastrophen auszumalen, die uns demnächst wieder zustoßen könnten. Draußen wurde es dunkel, und auch wir dämmerten nur noch so vor uns hin.

In Berlin weckte uns der Schaffner. Wir taumelten verschlafen auf den Bahnsteig, dann trotteten wir durch die wiederum glänzend beleuchtete Berliner Nacht. Fürs S-Bahn-Fahren reichte es leider nicht mehr.

»Sollen wir nicht vorher anrufen?« Pauline hatte offenbar bei ihren Schönewinds einwandfreie Manieren gelernt.

»Ne, lass nur«, sagte Paula. »Hochschmidt ist eine Nummer für sich.« Dass sie über diesen allenfalls mittelguten Witz lauthals lachte, zeigte, wie müde und erschöpft sie war.

Nach einer knappen Stunde erreichten wir die Gegend um den alten Friedhof. Zur Sicherheit beobachteten wir das Hochschmidt'sche Haus ein paar Minuten lang von der anderen Straßenseite. Als Paula glaubte, keine indische Mafia zu sehen, stiegen wir die vier Treppen hinauf. Endlich geschafft? Von wegen! An Hochschmidts Tür klebte, schon von weitem sichtbar, ein gelber Zettel.

Hier also auch? Ich konnte mich nicht mehr rühren, teils vor Müdigkeit, teils vor Schreck.

Paula litt hingegen nicht an Gelber-Zettel-Angst. Sie las uns laut vor, was auf dem Ding geschrieben stand. Es waren nur zwei Wörter: *Unbekannt verzogen.*

Ich war, obwohl ich doch eigentlich gar nichts Besonderes erwartet hatte, maßlos enttäuscht. Dazu schauten mich meine Schwestern auf eine Art und Weise an, die mir sagte, wen sie dafür verantwortlich machten, dass wir jetzt kurz vor Mitternacht vollkommen ratlos in einem Berliner Treppenhaus standen.

Wütend riss ich den Zettel von der Tür, dabei bemerkte ich, dass sie gar nicht richtig ins Schloss gezogen war. Als ich sie antippte, öffnete sie sich mit einem jämmerlichen Quietschen. Ich trat in die dunkle Wohnung, mir hinterher die Umrisse von zwei Mädchen und einem Hund. Langsam gewöhnten sich meine Augen an die Dunkelheit. Ich fand die Schalter und machte in allen Zimmern Licht.

Wir sahen uns um. Die Wohnung schien mir unverändert. Alle Möbel waren noch an ihren Plätzen, die Pflanzen noch auf den Fensterbrettern und die Bilder noch an den Wänden. Eigentlich fehlte nur einer: Bruno Hochschmidt.

»Na toll!« Paula setzte sich mitten im Flur auf den Boden.

Pauline inspizierte das Schlafzimmer. Dort war das große Doppelbett frisch bezogen.

Mir kam ein Gedanke. Auch die Küche schien eben erst verlassen. Der Kühlschrank hing noch am Strom; ich öffnete ihn, und siehe da: Er war gut genug gefüllt, um uns vier über die nächsten Stunden zu bringen. Es war sogar Milchreis darin, wenngleich eine Sorte, die ich nur in Notfällen esse. Ich teilte es den Mädchen mit.

»Wisst ihr, was ich glaube? Hochschmidt hat uns erwartet.«

»Sonst noch was?«, sagte Paula.

Ja, richtig, da war noch was. Ich ging ins Arbeitszimmer. Auch der PC war noch da, und die nächsten Minuten verbrachte ich damit, ihm zuzusehen, wie er sich gemächlich hochschaukelte. Doch wie jetzt weiter? Mit meinem Computerlatein war es ja nicht so weit her, dass ich diese Monstermaschine hätte bedienen können.

Doch da hatte sich Pauline schon an mir vorbeigedrängt. »Du suchst eine Nachricht?«

Genau das tat sie dann selbst. Aber nach ein paar Minuten zuckte sie die Achseln. »Der Kasten hier ist mausetot. Dem haben sie sogar die Festplatte rausgeschnitten. Der kann höchstens noch das kleine Einmaleins.«

»Such bitte weiter.« Ich konnte nicht glauben, dass Hochschmidt uns so wortlos verlassen hatte.

»Nix«, sagte Pauline. »Nix und wieder nix.«

Ich sah mich in dem Zimmer um. Und was mir eben entgangen war: Das Foto, das einen erwachsenen Piet Montag, Pardon, einen erwachsenen Pablo zeigte, hing als einziges ein wenig schief an der Wand. »Da«, sagte ich.

Inzwischen war Paula wieder zu uns gestoßen. Sie lupfte das Bild an, und ein Brief fiel zu Boden. Sie öffnete ihn und las: *Hallo, ihr drei Müllers. Sorry, ich musste abhauen. Sie haben den Weg zurück zum PC meines Vormieters gefunden. Da half nur noch die Flucht. Aber ich war es sowieso leid, allwissend zu sein. Da kommt man sich vor wie der liebe Gott und ist in Wahrheit ein armes Würstchen in einer Wüste aus Bits und Pixeln. Passt gut auf euch auf! Und wünscht mir Glück.*

»Oje«, sagte Pauline. Paula nickte nur, und unser Pablo hatte sogar etwas feuchte Augen bekommen. Vielleicht war für ihn der Verlust tatsächlich am schwersten. Immerhin hatte Hochschmidt ihn gewissermaßen vom Saulus zum Paulus gemacht.

Kurz darauf saßen wir zu einem kleinen Nachtmahl in der Küche versammelt. »Oh, Milchreis!«, hatte Pauline begeistert gerufen, als der Inhalt des Kühlschranks auf den Tisch gekommen war. »Und sogar meine Lieblingsmarke!« Ich war ziemlich verblüfft, aber dann hatte ich ihr auch meine Ration überlassen. Mir stand der Sinn sowieso mal wieder nicht nach fester Nahrung, also knabberte ich bloß an meinem Multivitaminsaft.

»Wir haben was vergessen«, sagte plötzlich Paula, die durch den Verzehr dick belegter Brote rasch wieder zu Kräften kam. »Beziehungsweise jemanden: nämlich unsere Tante Elke. Eigentlich wäre die als Stiefadoptivmutter doch ideal.« Sie zählte es auf: Tante Elke war im richtigen Alter, sie hatte einen anständigen Beruf, und sie machte einen patenten Eindruck.

»Nicht doch!« Ich klärte die unwissende Pauline auf. Tante Elke war nicht einmal unsere Tante, sondern bloß eine Cousine unserer Mutter. Außerdem musste sie wegen einer sogenannten Multiplen Aversion in einem Gedächtniscafé leben und regelmäßig heilatmen. Also nichts für uns. Denn wer gegen alles Mögliche aversorisch war, der würde sicher auch eine ausgeprägte Drillingsaversion haben. Und selbst wenn Tante Elke uns vertrüge – einen Hund würde sie auf keinen Fall ertragen. Der würde sie in einen Tod durch Dauerniesen treiben. Dass der gewesene Piet Montag dafür schon den Beweis erbracht hatte, durfte ich natürlich vor Pauline nicht erwähnen.

»Aber nett war sie«, sagte Paula trotzig. »Für die paar Jahre, die wir noch brauchen, bis wir auf eigenen Beinen stehen, käme sie als Muttterersatz in Frage. Vielleicht gibt's da eine Lösung für das Hundeproblem.«

»Ich trenne mich nicht von Pablo.« Pauline saß kerzengerade. »Nie und nimmer!«

»Aber man kann doch mal laut nachdenken.«

»Kommt nicht in Frage«, sagte ich schnell. »Piet – äh – Pablo ist der Schutzhund der Müller-Drillinge. Ohne ihn haben wir keine Chance.« Und dabei machte ich Paula Zeichen, die ich für einigermaßen unauffällig hielt. Doch das war ein Irrtum.

»Du hast da was im Gesicht«, sagte Pauline.

»Was denn?«

»Einen komischen Ausdruck. Schüttel dich mal, dann geht er wieder weg.«

Ich tat wie gewünscht.

Es war schon nach zwei Uhr, als wir uns endlich zur Nachtruhe begaben. Die Mädchen schliefen natürlich im Doppelbett, ich rollte mich auf der Couch im Wohnzimmer zusammen. Aber einschlafen konnte ich lange nicht. Ich dachte an Hochschmidt. Wo mochte er wohl sein? Ob er etwas finden könnte, was ihn glücklich machte? Wenigstens ein bisschen.

Und ich dachte an mich. Bald würde wahrscheinlich auch ich eine mehrfach zerrüttete Existenz sein. In früher Jugend durch die Herzlosigkeit der eigenen Eltern schwer traumatisiert und anschließend bei dem Versuch gescheitert, für seine zwei mittellosen Schwestern zu sorgen, würde Paul Müller für den Rest seines Lebens alles misslingen, was er anfasste.

Und wieder sah ich uns drei Müllers im Alter von dreißig Jahren. Doch jetzt sah das Bild ein wenig anders aus. Paula lebte in Patschulistan, war längst von ihrem Mann verstoßen worden und besaß nichts als eine handbetriebene Elefantenwäscherei, die kaum das Nötigste zum Leben abwarf. Pauline stand wieder am Bootssteg in Marseby und riss die Fahrkarten der Fährenpassagiere ab, während ich in einem Berliner Hinterhof wohnte, wo ich für einen Hungerlohn die Mülleimer der ganzen Straße schrubbte. Endlich schlief ich ein, und in dem Traum, den ich dann träumte, war alles noch sehr viel schlimmer.

Auf und davon

Der nächste Morgen kam früh. Plötzlich stand er in der Wohnung, war zu zweit, trug Uniform und sagte: »Aufstehen!«

Mich rüttelte die Frau aus dem Duo. Ich gehorchte, kurz darauf wurden auch Paula und Pauline aus dem Schlaf- ins Wohnzimmer getrieben. Von Pablo war nichts zu sehen.

»Wer seid ihr?«, sagte der vergleichsweise männliche Teil der Uniformierten.

»Elende Rumtreiber.« Paula gähnte. Die Lateindompteuse in der linken Hand, rieb sie sich mit der rechten die Augen. »Schmutzige und verlauste Straßenkinder, die gewissenlos in fremde Wohnungen eindringen und dort die Kühlschränke leer fressen.«

Es klang absolut überzeugend. Die Polizistin hob einen Zeigefinger und unterstrich damit ihre Autorität. »Das heißt, den Besitzer dieser Wohnung kennt ihr nicht?«

»Wir sind schmutzig, verlaust und gewissenlos. Aber wir sind nicht blöd. Abgesehen davon, dass wir keine Bekannten haben, steigen wir bei denen doch nicht ein.« Darauf kratzte Paula sich auf eine äußerst undamenhafte Art und Weise. Pauline neben ihr wurde puterrot und sah in eine andere Richtung.

»Oder glauben Sie«, fuhr Paula fort, ohne mit dem Kratzen aufzuhören, »wir hätten Lust darauf, noch mehr verprügelt zu werden, als das in unseren Kreisen sowieso schon üblich ist?«

»Okay«, sagte die Polizistin. »Habt ihr Ausweise dabei? Sonst lasse ich euch vom Jugendamt abholen.«

»Whuupie!« Mit einem Schlag war Paula hellwach. Sie hielt die Dompteuse an den Beinen und fuchtelte damit herum wie mit einem Schwert. »Geil! Jugendamt. Das liebe ich. Kommen wir dann vielleicht auch ins Kinderheim? Supi!« Sie steckte sich die Dompteuse in den Hosenbund und klatschte begeistert in die Hände. »Endlich wieder eine Nacht im Zwanzig-Betten-Horrorkabinett. Und endlich wieder das schöne Spiel: Wer gehört nicht in diesen Schlafsaal? Klasse! Andere Mädels ans Bett fesseln und zu Tode kitzeln. Oder ganz langsam mit dem Unterhemdchen strangulieren.« Sie hüpfte auf und ab. »Ich bin schon ganz nervös. Darf ich nur eben ins Klo, mir ein paar Zigaretten auf den Armen ausdrücken?« Und damit verschwand sie wie der Blitz im Flur. Dort schlug eine Tür.

Ich hatte die Szene offen gestanden ganz witzig gefunden, aber nicht im Traum hätte ich geglaubt, dass Paula uns tatsächlich aus den Fängen der Polizei befreien könnte. Doch was dann geschah, belehrte mich eines Besseren.

Es begann damit, dass Laute aus dem Flur drangen, die alles andere als menschlich waren. Es hörte sich an, als würde eine Horde Grizzlybären in einen Streichelzoo einfallen. Meine Fantasie malte mir Schreckensbilder blutigster Art, während Pauline aussah, als würde sie sich auf der Stelle in ein Denkmal ihrer selbst verwandeln.

In die Polizisten kam allerdings Bewegung. Der Mann versuchte die Tür zu öffnen, hinter der jetzt die Bären und die Hamster schrien, als würden sie allesamt bei lebendigem Leibe in etwas verwandelt, mit dem Fred, Su und Issi einen Kochwettbewerb gewinnen wollten. Die Polizistin telefonierte sich derweil ein Einsatzkommando und ein paar Rettungswagen zusammen.

Ich machte Pauline ein Zeichen, und zu unser beider Erstaunen schafften wir es unbemerkt hinter den Polizisten vorbei und durch die offene Wohnungstür ins Treppenhaus. Ich raste die Treppen hinunter, Pauline hinterher. »Wir können sie doch nicht im Stich lassen!«, rief sie, aber ich hatte jetzt eine Ahnung, und die trog mich nicht.

Tatsächlich stand Paula mit vor der Brust verschränkten Armen im Toreingang. Sie hatte ihren und meinen Rucksack geschultert, und aus ihrem sah mich die Lateindompteuse mit einem äußerst herablassenden Grinsen an. »Kommt ihr auch schon?«, sagte ihre Herrin. »Wird auch langsam Zeit.«

»Aber du bist doch auf dem Klo.« Offenbar übersah Pauline die etwas fragwürdige Logik.

»Das war nicht das Klo, sondern die Dienstbotentreppe, du Eichhörnchen. So was hatten die Herrschaften damals. Führt direktemang in den Hinterhof. Und jetzt nimm die Füße in die Hand!« Und bevor ihre Schwester etwas einwerfen konnte, zog sie sie mit sich. Ich wusste schon, wohin.

Eine Viertelstunde später saßen wir, noch immer ziemlich atemlos, vor Bolles Grab auf dem alten Friedhof. Mit dem bisschen Luft, das wir allmählich wieder kriegten, versuchten Paula und ich Pauline zu beruhigen. Unser Pablo, das heißt ihr Pablo, würde schon wieder auftauchen.

»Aber er ist doch so jung.« Pauline schniefte einmal. »Jung und unerfahren, vollkommen lebensuntüchtig und angewiesen auf andere Menschen. Praktisch genau wie wir.«

Paula und ich widersprachen ihr nach Kräften. Innerlich aber zählten wir die Sekunden. Wir waren bei 782, da kam er um die Ecke: Pablo, der naive Junghund, der gerade die Berliner Polizei mit seinen Hörspielkünsten an der Nase herumgeführt hatte. Und er kam nicht alleine. Er hatte ein Papier mitgebracht, das er uns vor die Füße warf, bevor er Pauline auf den Schoß sprang, um ihr auf seine Hundeart mitzuteilen, wo genau er jetzt ein schlimmes Wehweh hatte, das nur sie ihm wieder wegstreicheln konnte.

Paula hob das Papier auf. Ich sah ihr über die Schulter. Es war so etwas wie ein Fahndungsauftrag, doch er bezog sich nicht auf einen Bruno Hochschmidt, sondern auf einen gewissen Fritzkarl Reinebecher, von Beruf Gärtner. Mit anderen Worten: Die Polizisten waren gar nicht hinter Hochschmidt her, sondern hinter seinem Vormieter, dem Freund des Superhackers.

Paula faltete das Papier zusammen. »Wenn mich mein Kriminalverstand nicht täuscht, dann ist Hochschmidt gar nicht in Gefahr.«

»Aber er glaubt es und ist auf der Flucht.«

»Hmhm«, machte Pauline. Genaueres war nicht zu verstehen, weil sie gerade ihre Nase tief in Pablos Fell drückte. Vielleicht war auch das eine Art von Heilatmen. So verschieden geht es im menschlichen Leben zu: Die einen müssen ersticken, wenn ein Hund in der Nähe ist, die anderen tröstet es, an einem zu schnuppern.

»Wir sollten ihn suchen«, sagte ich. »Er müsste Bescheid wissen, dann könnte er wieder ein ruhiges Leben führen.«

»Sollte, müsste, könnte.«

»Wir verdanken ihm viel.«

»Wir verdanken ihm uns«, sagte Pauline durch das Fell. Allmählich wuchs sie doch in die Rolle der großen Schwester hinein.

»Und wie wollt ihr das anstellen?« Paula kramte in ihrem Rucksack. »Der Mann ist doch über alle Berge.«

Damit hatte sie recht. Und zugleich auch nicht. Denn »Berge« brachte mich auf einen Gedanken. Ich knuffte Paulas Arm. »Ich hab's! Die Seite im Internet. Ferien auf dem Bauernhof in den Bergen. Das ist es!«

»Mach mal halblang.« Paula sah auf und tippte sich an die Stirn. »Der Typ ist auf der Flucht. Ich glaube nicht, dass der jetzt an Ferien bei Kuh und Kälbchen denkt.«

»Unsinn!« Ich war aufgesprungen. Hoffentlich würde der alte Bolle mein Benehmen nicht als Ruhestörung auffassen. »Erinner dich doch! Ferien auf dem Bauernhof. Der Name Hochschmidt ist nicht so häufig. Und mir hat er erzählt, dass er auf einem Bauernhof gelernt hat, Tiere zu trainieren. Ich wette, er ist zu seinen Eltern gefahren.«

»Jaja.« Pauline nahm die Nase aus dem Pablofell. »Es soll Menschen geben, die das tun, wenn es ihnen schlecht geht.«

Paula schien immer noch nicht überzeugt. Aus ihrem Rucksack zog sie die Dompteuse, deren Bienenkorbfrisur bei unserer Flucht ein wenig gelitten hatte. Paula richtete ihr mit zwei Daumen das Haar und hielt sie sich vors Gesicht. »Was meinst du, meine Liebe. Sollen ausgerechnet wir drei –«

»Wir vier«, verbesserte Pauline.

»Sollen ausgerechnet wir vier jetzt einen auf uneigennützig machen? Sollen wir, die wir bis zum Hals in Schwierigkeiten stecken, für andere Leute die Kartoffeln aus dem Feuer holen? Na, wie denkst du darüber, meine kleine Fee?«

Die Puppe schien zu überlegen. Ich hielt den Atem an. Was war von einer wie ihr zu erwarten? Doch zu meinem Erstaunen nickte sie lebhaft.

»Oh!«, sagte Paula. »Du überraschst mich. Hast du denn auch die Knete, die wir brauchen, um von hier in die Berge zu kommen?« Darauf schüttelte das Plastikorakel den Kopf, wies aber so diskret mit ihrem überlangen Ärmchen auf das Fellpaket in Paulines Schoß, dass nur ich es mitbekam. »Ich verstehe«, sagte Paula. »Du rätst uns also, mal wieder auf unser Glück zu vertrauen.«

Die Dompteuse nickte. Unversehens gewann ich sie schrecklich lieb. »Wie heißt sie eigentlich?«

Paula steckte die Puppe wieder in den Rucksack. »Das ist unser liebes Urselchen.« Sie sprang auf, und ohne ein weiteres Wort verließ sie Bolles milchweißes Grab. Pauline, Pablo und ich folgten ihr auf dem Fuße.

Im Seuchen-Express

Der kostenlose Internetzugang im Berliner Hauptbahnhof wurde, vermutlich weil er kostenlos war, von allerlei Leuten belagert. Die meisten davon waren Streuner wie wir. Als wir endlich an der Reihe waren, wollte uns der coole Junge, der immer da rumsteht, wo ich gerne hin möchte, gleich wieder wegschubsen. Es wäre ihm auch fast gelungen, doch plötzlich passierte etwas mit seinem rechten Bein, worauf er sich auf den Boden setzen und heulen musste wie ein junger Wolf. Es klang fast so, als hätte ihn jemand gebissen.

Die Hochschmidt-Seite fanden wir auf Anhieb. Sie wirkte mittlerweile noch ein wenig verstaubter und verlassener. Und sie brachte Pauline, die für uns die Maschine bediente, zum Stöhnen. Das sei, sagte sie, praktisch am anderen Ende der Welt. Die Zugfahrt würde ewig dauern und uns, was noch viel schlimmer war, ein ziemliches Vermögen kosten. Dabei waren wir ja wieder pleite.

Allerdings blieb uns wenig Zeit zum Nachdenken. Denn der einzige Zug, mit dem man heute noch früh genug an den Rand der Alpen käme, um von da den kleinen Ort hoch oben in den Bergen zu erreichen, fuhr in einer Viertelstunde ab.

»Befragen wir noch einmal das Urselorakel?«, schlug

ich vor, doch Paula schien wild entschlossen. Sie beugte sich zu Pablo herab. »Wir müssen wieder Zug fahren«, sagte sie in einem leicht beschwörenden Ton. »Kennst du ja. Und wir haben mal wieder kein Geld. Kennst du auch.« Sie richtete sich auf und bemerkte unsere fragenden Mienen. »Ich hab's ihm nur gesagt.« Dabei tat sie wie die Unschuld selbst. »Damit er weiß, worauf er sich einlässt.«

Pauline wollte etwas sagen, doch daraus wurde nichts, weil sie vor Schreck die Hände vor den Mund schlagen musste. Pablo war nämlich losgelaufen, als sei jemand hinter ihm her. Schon war er in der Menschenmenge verschwunden.

»Tja«, sagte Paula. »ist ihm wohl allmählich zu riskant mit uns. Vielleicht hat er auch andere Pläne.« Dann packte sie Pauline, die wohl zu entsetzt war, um protestieren zu können, und zog sie hinter sich her zu dem Bahnsteig, wo der Zug schon wartete. »Einsteigen!«, kommandierte sie, und als wir drinnen waren, schubste sie uns in ein leeres Abteil. Dann verschwand sie wieder im Gang.

Pauline hatte immer noch kein Wort gesagt. Ich wusste, ich hätte Mittel gehabt, sie zu trösten, aber ich durfte ja mich und den Hund nicht verraten. Und tatsächlich – der Zug fuhr gerade an, da trottete Pablo, ein wenig hechelnd, in das Abteil. »Alles in Ordnung«, sagte Paula. »Er musste nur noch rasch was besorgen.«

Pauline fiel sehr wortreich ein Riesenstein vom Herzen, worauf sie und der Hund erneut ein kleines Wiedersehensfest feierten. Und dann warteten wir zu viert mal wieder darauf, was unser erfindungsreiches Schicksal für uns vorbereitet hatte.

Wir warteten sehr lange. Dabei redeten wir über dies und das. Erst als wir schon dachten, die Bahn habe uns komplett vergessen oder sei ausnahmsweise einverstanden damit, dass wir umsonst nach München reisten, erschien ein ziemlich griesgrämiger Schaffner und sagte seinen schlichten Text: »Fahrkarten.« Ich sah, dass Paula ihm antworten wollte, offenbar hatte sie sich etwas zurechtgelegt, aber zu hören war nur ein seltsam ersticktes Bellen.

Es kam natürlich nicht aus ihrem Mund, sondern aus Pablos Schnauze. Der Hund lag in der Mitte des Abteils auf dem Boden, röchelte und blaffte und spuckte dazu in kleinen Abständen dem Schaffner verschiedene Dinge vor die Füße. Ich erkannte unter anderem: ein halbes Grillwürstchen, einen Schlüsselanhänger mit dem Berliner Bär, ein paar Zigarettenkippen, zwei Kronenkorken und etwas Kleingeld.

»Iiiih!«, schrie der Schaffner. »Bringt sofort dieses kotzende Mistvieh aus meinem Zug!«

Pauline saß wie versteinert, auch Paula schien einen Moment lang verdattert, doch dann sagte sie sehr lässig: »Seht ihr, das haben wir jetzt davon. Wir hätten dem armen Mann nicht seinen Hund abkaufen sollen.«

»Welchem armen Mann?« Der Schaffner trat einen Schritt zurück.

»Na, dem unter der Brücke.« Paula zog eine Schnute. »Der so hustete und so schreckliche Pickel im Gesicht hatte und uns immer so komische Geschichten erzählen wollte.«

»Was für Geschichten?« Der Schaffner trat noch einen Schritt zurück.

Jetzt hatte sich auch Pauline wieder gefasst. Und daran, wie schnell sie begriff, was hier vorging, hätte auch der Dümmste erkennen können, dass sie die Schwester meiner Schwester war. Sie riss die Augen auf. »Schreckliche Geschichten. Irgendwas mit Soldaten mitten im Urwald und Leuten, die plötzlich tot umfallen.« Sie hielt sich die Ohren zu und schüttelte sehr schulmädchenhaft den Kopf. »Da haben wir gar nicht zuhören wollen.«

»Gerechter Himmel!« Der Schaffner machte einen Satz rückwärts aus dem Abteil. »Der Hund hat die Legionärskrankheit. Ab sofort steht dieses Abteil unter Quarantäne. Niemand darf es verlassen oder betreten!« Und damit zog er von außen die Tür zu und schloss sie ab.

Wir sahen zuerst uns an, dann den Hund. Der saß schon wieder ganz munter auf seinem Hintern und kratzte sich hingebungsvoll sein linkes Ohr. »Ich glaube allmählich«, sagte Pauline, »der ist nicht so harmlos, wie er aussieht.«

»Tja«, sagte Paula. »Genau wie wir. Die unglaublichen Müller-Drillinge. Verlassen, verkauft und flüchtig, dafür aber unberechenbar.« Wir mussten sehr lachen, über den Hund natürlich und noch mehr über uns.

»Ich bestelle jetzt was zu essen«, sagte Paula endlich. Sie hämmerte mit der Faust gegen die Abteiltür und schrie Zeter und Mordio. Es ließ sich allerdings niemand blicken. Erst als der Zug das nächste Mal hielt, erschien ein vermutlich menschliches Wesen in einer Art Raumanzug aus Plastiktüten und drückte uns einen Zettel an die Glaswand des Abteils. Darauf stand, man komme von der Seuchenpolizei und der Wagen werde bakteriendicht versiegelt. Wir selbst würden bis München in Quarantäne bleiben, damit man uns dort in das zuständige Tropeninstitut einweisen könne. Ansonsten sollten wir den Mut nicht sinken lassen. Immerhin würden drei von zehntausend Infizierten die Legionärskrankheit überleben.

Doch Paula wollte nichts von Statistiken wissen. »Hunger!«, schrie sie dem Wesen gegen seinen Raumhelm. Und dann tat sie, als würgte sie etwas im Bauch oder im Hals oder an beiden Stellen gleichzeitig. Flugs verschwand der Alien.

»Übertreib nicht so«, sagte ich, aber Paula winkte nur ab, und dann wurde uns wirklich, nachdem wir uns möglichst weit von der Tür hatten aufstellen müssen, ein gewaltiges Essenspaket ins Abteil geschoben.

»Pablo fastet vielleicht besser.« Aber das sagte Pauline im Scherz. Und tatsächlich mussten die beiden ihn dann sehr herzlich bitten, sich mit seinem Anteil zufriedenzugeben. Ich selbst hatte natürlich keinen Hunger.

Nach dem Essen redeten wir wieder über dies und das. Und irgendwann kam auch die Sprache auf Paulas indische Heirat, vor der wir jetzt auf der Flucht waren. »Ich kann das nicht so richtig glauben«, sagte Pauline. »Der Mann ist nicht mal dein Adoptivvater, da hat er doch gar nicht über dich zu bestimmen.«

»Du kennst diese Inder nicht.« Paula wischte sich ein paar Krümel von der Hose. »Die kümmern sich nicht um Gesetze. Und mit vierzehnjährigen Mädchen machen die, was sie wollen.«

»Trotzdem. Gegen so was kann man sich wehren. Da gibt es Leute, die einem helfen.«

»Du hast ja keine Ahnung.« Paula zog die Stirn in Falten. »In deinem Ferienparadies gibt's ja nur hausgemachten Ärger.«

Das roch nach Streit! Und den konnten wir nun wirklich nicht brauchen. »Wisst ihr was«, sagte ich schnell, »wir sollten unsere Vergangenheiten vergessen und uns auf unsere Zukunft konzentrieren.« Und ich hatte Glück. Paula und Pauline nickten und wechselten das Thema. Immerhin brauchten wir ja mal wieder einen Plan, wenn wir nicht demnächst eine äußerst peinliche Szene in einem Tropeninstitut erleben wollten.

Am späten Nachmittag erreichten wir München. Man hatte uns gleich nach dem Essenspaket drei solcher Plastikraumanzüge ins Abteil gebracht, dazu eine genaue Anweisung, wie wir sie anziehen sollten. Pablo mussten wir in eine Tasche mit Sichtfenster und eingebauter Gasmaske stecken. Das taten wir auch, und so verunstaltet durften wir das Abteil verlassen. Auf dem ansonsten leer gefegten Bahnsteig erwarteten uns weitere Seuchenaliens.

Ich war ein wenig nervös. Über das, was jetzt passieren sollte, hatten wir zwar ausführlich gesprochen, und Paula hatte immer wieder gesagt, das sei eine todsichere Nummer, aber als Abenteurer war ich halt immer noch ein ziemlicher Anfänger.

In einer Art traurigem Plastikgänsemarsch wackelten wir vom Bahnsteig zur menschenleeren Schalterhalle des großen Bahnhofs. Draußen vor dem Haupteingang warteten mit rotierenden Blaulichtern die Einsatzfahrzeuge der Seuchenpolizei. Links und rechts von ihnen war alles abgesperrt, hinter den rot-weißen Flatterbändern drängten sich die Menschen.

Als wir alle vier die Schalterhalle verlassen hatten, gab uns Paula das verabredete Zeichen, indem sie die Pablo-Tasche so äußerst ungeschickt fallen ließ, dass sie aufriss, worauf der Hund laut bellend und hustend davonlief.

Jetzt war es an uns. Wir schälten uns aus den Anzügen und schrien im Chor: »O nein, guter Hund, tu das nicht! Steck nicht die lieben Münchener mit deiner schrecklichen Krankheit an! Lösch nicht Bayern und den Rest der Menschheit aus! Hör auf uns! Komm zurück!«

Was Pablo natürlich ganz und gar nicht tat. Zielstrebig raste er auf die Menschenmenge zu, wo sie am dichtesten gedrängt stand. Doch er hatte sie noch nicht erreicht, da teilte sie sich in Windeseile, wie einst das Wasser des Roten Meeres, als Moses mit seinen Israeliten hindurchzog. Durch diese hohle Menschengasse rannten wir dem Hund hinterher, so schnell wir konnten. Praktischerweise schloss sich hinter uns die Menschengasse wieder, und wie einst das Heer des ägyptischen Pharaos blieben die Aliens von der Seuchenpolizei in diesem Meer von Armen und Beinen und schreienden Köpfen rettungslos stecken.

Wir liefen, was wir konnten. Und als wir uns zum ersten Mal umdrehten, waren wir längst dort, wo München noch keine Ahnung davon hatte, dass ihm die größte Seuchengefahr aller Zeiten drohte. Wir drückten uns in einen Hauseingang.

»Ich will mal ehrlich sein«, sagte Pauline, die als Erste von uns wieder reden konnte, »so viel Spaß wie mit euch hatte ich noch nie. Obwohl das alles so was von verboten ist.«

»Stimmt«, sagte Paula, »daher der Ausdruck Familienbande.«

Auf Hochschmidts Hof

Eine Stunde später waren wir allerdings nicht mehr so gut gelaunt. An der großen Tankstelle vor der Autobahn hatten wir schon ein paar Dutzend Lastwagenfahrer vergeblich gebeten, uns bis zur Ortschaft Fassingen in den Bergen mitzunehmen. Man kennt Lastwagenfahrer im Allgemeinen als harte Jungs, die vor wenig zurückschrecken, aber Drillinge auf dem Beifahrersitz schienen ihnen wohl doch nicht geheuer zu sein. Vom Hunde ganz zu schweigen.

Es wurde später und später, und wir holten uns eine Abfuhr nach der anderen. Insgeheim wartete ich darauf, dass Pablo etwas einfallen würde. Aber der saß nur gelangweilt im Schatten und testete, ob seine Beine mittlerweile lang genug waren, um sich auch an entlegeneren Stellen zu kratzen. Überhaupt wirkte er wieder wie ein beinahe normaler Hund.

Schließlich gingen wir dazu über, unser Sprüchlein »Fahren Sie vielleicht zufällig … und könnten Sie vielleicht so nett sein …« auch an die Leute zu richten, die bei den geparkten Pkws standen, freilich mit noch weniger Hoffnung. Doch da wurden wir angenehm enttäuscht.

»Na, denn mal rein in die gute Stube«, blaffte uns von hinten ein Mann an, dessen Gesicht zu einem Drittel aus einem etwas unaufgeräumten Lager gewaltig großer weißer Zähne bestand. Oben auf dem Kopf besaß er sehr wenige, dafür um so längere Haare. Sie waren kreis- beziehungsweise spiralfömig angeordnet und mit viel Haarspray in Form gehalten.

Zwischen der Zahn- und der Haarpracht des Mannes herrschte uneingeschränkt eine riesige smaragdgrüne Sonnenbrille, in der sich unsere staunenden, aber auch ein wenig verängstigten Gesichter spiegelten. Der Typ wies nämlich auf ein gewaltig großes, pinkfarbenes und mit viel Chrom verziertes Auto, das sicher aus Amerika stammte, vermutlich älter war als unsere Eltern und kein Dach besaß, beziehungsweise eines, das sich zusammenfalten ließ. Sicherheitshalber setzten wir drei Menschen uns auf die geräumige Rückbank und ließen dem Hund den Beifahrersitz.

Ich musste natürlich in der Mitte sitzen, und dort war für meine Füße kein Platz, denn längs durch diese Autoantiquität zog sich eine Art Tunnel. Vermutlich transportierten darin kleine Boten schriftliche Nachrichten vom Motor zur Hinterachse. Schon im Leerlauf hörte man sie ächzen und stöhnen. Als es dann losging, wurde mir angst und bange. So alt das Auto war, so verwegen hantierte der Mann damit, und ich hatte Mühe, mich auf meinem Platz zu halten. Zu allem Übel gab es keine Anschnallgurte.

Nachdem wir die Autobahn verlassen hatten und es hoch in die Berge ging, wurde es noch viel schlimmer. Gut, dass wir Drei auf der Rückbank so nah miteinander verwandt waren, ansonsten hätte ich den heftigen Körperkontakt in den zahlreichen Kurven gar nicht ertragen. Schon als Drilling war es peinlich genug. Fuhren wir eine Spitzkehre nach rechts, schaute mich Pauline an, als sei ich in Sachen Kinderschändung unterwegs; fuhren wir nach links, bekam ich von Paula einen Stoß mit dem Ellenbogen, der mich wieder in die Mitte beförderte. So wurde ich rechts immer rot, und links bekam ich blaue Flecke.

Der Autobesitzer schien dieses Achterbahnfahren zu lieben. »Ist das nicht schön!«, schrie er in jeder Kurve. Derweil stellte der Fahrtwind Pablos Ohren auf und ließ sie in der Luft stehen, als wären es Tragflächen und als höbe der Hund demnächst aus diesem Straßenkreuzer ab, um auf die Spitzen der Berge zu fliegen.

So ging es eine Zeit lang. Mittlerweile fuhren wir bereits durch nichts als Berge und sonstige Natur, da teilte uns der Mann plötzlich mit, er müsse gleich links abbiegen. Das tat er auch. Kurz darauf befanden wir uns in einem dichten Wald, es drang kaum noch Sonnenlicht durch die Bäume. Ich wollte eine Frage stellen, doch da bremste der Mann so abrupt, dass wir ausnahmsweise mal nach vorne flogen. Paula und Pauline knallten gegen die Sitze, während ich es ungebremst in den vorderen Fußraum schaffte.

»Kleinen Moment. Muss eben was holen«, sagten die Zähne, und der Mann glitt aus dem Wagen.

Ich lag ziemlich verdreht, die Nase nach oben. Vom Beifahrersitz sah Pablo auf mich herab. Im Maul hatte er ein Blatt Papier, und das ließ er jetzt auf mich heruntersegeln. Ich fing es auf, aber in dem dunklen Fußraum konnte ich nicht lesen, was darauf stand. Nur einen Namen konnte ich entziffern, groß gedruckt ganz oben im Absenderfeld: Pototschnik Producing. Ach, du liebe Güte!

Ich überlegte, was ich jetzt tun oder sagen sollte. Was denn bloß? Mir wollte nichts einfallen. Ich durfte doch den Hund nicht verraten.

Der Mann hatte inzwischen den riesigen Kofferraum geöffnet und machte sich darin zu schaffen. Meine Schwestern sahen mich fragend an. Doch bevor einer von uns irgendetwas unternehmen konnte, sprang der Hund vom Beifahrersitz mit einem Satz nach hinten auf das Faltdach und von dort noch einmal, jetzt hinauf zur Kante des halb offen stehenden Kofferraumdeckels. An dessen Handgriff hielt er sich mit den Vorderpfoten fest, was ziemlich schwierig war. Handgriffe sind nun einmal nicht für Pfoten gemacht und umgekehrt. Doch es gelang ihm, und unter seinem Gewicht klappte der Deckel herunter. Er traf den Zahnbesitzer im Rücken.

Der schrie: »Au!«

Ich hatte mich mittlerweile hochgerappelt und sah, wie der Hund in eines der Beine biss, die waagerecht nach hinten aus dem Auto ragten. Prompt wurden die Beine eingezogen. Aus dem Kofferraum schimpfte es laut und wütend.

»Los!«, schrie Paula. Sie und ich kletterten aus dem Auto und erreichten gleichzeitig sein Heck. Wir tauschten einen schnellen Blick, dann drückten wir den Kofferraumdeckel ins Schloss. Prompt war die Stimme des Zahnbesitzers nur noch sehr undeutlich zu hören. Amerikanische Kofferräume sind offenbar gut isoliert.

»Spinnt ihr!«, sagte Pauline. »Was macht ihr denn da?« Das richtete sich auch an Pablo, der wie unbeteiligt in eine andere Richtung schaute.

»Der Typ ist nicht in Ordnung.« Paula setzte sich auf den Kofferraum. »Ich wette, der wollte uns entführen.«

»Bist du dir sicher? Der war doch ganz nett.« Pauline beugte sich über den Fahrersitz. »Du liebes bisschen. Ich glaube, den Schlüssel hat er bei sich.« Sie begann danach zu suchen.

Damit war sie zum Glück eine Weile beschäftigt, so dass ich Paula das Papier zeigen konnte. Wir lasen es rasch. Es war der schriftliche Auftrag, einen gewissen Hund ausfindig zu machen und zu beschaffen, mit welchen Mitteln auch immer.

Paula faltete das Papier zusammen und steckte es ein. »Kommt, Leute! Frischauf! Wir haben noch ein Stück zu laufen.«

»Und der Mann?«, sagte Pauline. »Wir müssen ihn doch befreien.«

»Müssen wir nicht. Wenn er uns entführen wollte, geschieht es ihm recht.«

»Und was, wenn nicht?«

Paula klopfte auf den Kofferraum. »Hier drin hat er mindestens so viel Platz wie bei sich zu Hause. Und Luft kriegt er auch. Wird ihn schon jemand rausholen.

Uns kann jedenfalls keiner was anhaben. Wer mit Kindern im Wald anhält, ist auf jeden Fall im Unrecht. Das hier war reine Notwehr. Und jetzt los!«

Pauline zuckte die Schultern, und wir machten uns auf den Weg. Es war noch ziemlich weit bis Fassingen, und hätte uns nicht ein Bauer auf seinem Anhänger mitgenommen, hätten wir es niemals geschafft. So aber lagen wir zu viert im Heu, alle viere von uns gestreckt, einen Strohhalm keck im Mundwinkel und verantwortungslose Gedanken im Kopf. Wenn wir jetzt noch gesungen hätten, wäre das Bild perfekt gewesen.

Als wir kurz vor Fassingen waren, verschwand die Sonne gerade hinter einem Berg. Wir dankten dem Bauern, der in ein anderes Dorf fuhr, und stiegen vom Anhänger. Die letzten paar Kilometer gingen wir zu Fuß. Hier roch es nach dem, was die glücklichen Kühe in der Werbung nie, aber in der Wirklichkeit fast ununterbrochen tun. Dazu rauschte ein kleiner Bach. Gelegentlich schrie ein Vogel.

Das Dorf erreichten wir im letzten Licht. Die Hunde an ihren Ketten bellten, ein paar Katzen flohen vor uns auf die Zäune, und die Leute, die auf Bänken vor ihren Häusern saßen, glotzten uns an. Paula glotzte auch gleich sehr berlinerisch und ein bisschen aggressiv zurück. Ich überredete sie daher, unserer ältesten Schwester das schwierige Geschäft der Kontaktaufnahme mit den Eingeborenen zu überlassen.

Das war eine richtige Maßnahme. Als Bewohnerin einer touristischen Region war Pauline einfach viel geschulter im Umgang mit Fremden. Sie fragte die Leute nach dem Hochschmidt-Hof. Ich für mein Teil verstand kein Wort von dem, was die Leute antworteten, aber meine älteste Schwester beherrschte offenbar auch schwierigere Dialekte. Allerdings bekam sie denkbar schlechte Nachrichten. Die alten Hochschmidts hätten im letzten Jahr ihr vollkommen unrentables Ferien-auf-dem-Bauernhof-Geschäft aufgegeben und lebten seitdem in einem Altersheim weitab von hier. Der Hof stehe leer, und von Bruno, dem Sohn der Hochschmidts, dem »Hallodri«, habe man seit Jahr und Tag nichts mehr gehört.

Wir waren am Boden zerstört. Es wurde still in Fassingen, die Leute zogen sich von ihren Bänken in ihre Häuser zurück, drinnen ging überall das Licht an, und wir hatten mal wieder keine Ahnung, wo und wie wir die nächste Nacht verbringen sollten. Ich hatte Mühe, meine Verzweiflung zu beherrschen – und offen gesagt, es gelang mir nicht. Ich setzte zu einer Rede an, in der ich mich einmal über alles beschweren wollte: über unsere Lage, über Erwachsene im Großen und Ganzen und unsere Eltern und Möchtegern- oder Möchtenichtgerneltern im Besonderen.

Doch Pauline schnitt mir das Wort ab. »Lass gut sein, Kleiner. War ein langer Tag, und morgen sieht vielleicht alles ganz anders aus. Wir gehen jetzt zum Hochschmidt-Hof. Vielleicht können wir da in einer Scheune schlafen. Mir nach, da geht's lang.«

So gingen wir hinaus in die Bergnacht. Ich trottete in

einigem Abstand hinter meinen Schwestern her. Mein noch vor wenigen Tagen so heiles Leben als behütetes Einzelkind war ich wohl auf ewig los. Aber immerhin hatte ich Leute gefunden, die mich, wie ich es gewohnt war, als unmündig und ein bisschen doof behandelten. So konnte ich mich doch wieder ein wenig geborgen fühlen. Und als es dann fast so dunkel war wie unter meiner Patchworkdecke, da nahmen mich meine beiden Schwestern sogar rechts und links bei der Hand, damit der kleine Trottel, der ihr Bruder war, nicht in die reichlich vorhandene Kuhscheiße trat.

Der Hof der Hochschmidts lag etwas höher als das Dorf. Als wir ankamen, erschien gerade ein dünner Mond über den Bergen, und in dessen Licht wirkte er verlassen und auch ein wenig gruselig. Zitterte ich? Jedenfalls sagten meine beiden Schwestern, die immer noch meine Hände hielten, wie aus einem Mund, ich solle mir nicht ins Hemd machen. Ganz fest klangen ihre Stimmen allerdings auch nicht.

Langsam, jeden Schritt vorsichtig setzend, gingen wir quer über den Innenhof auf die große Scheune zu. Ich räusperte mich.

»Still!«, sagte Pauline.

Tatsächlich kamen aus der Scheune sehr zarte, ja feine, kleine Geräusche. Hätte man mich jetzt höflich gefragt, ob ich nachsehen wollte, hätte ich »Nein danke« gesagt. Aber mich fragte keiner, vielmehr schoben mich meine Schwestern durch das offen stehende Tor.

Die Scheune hatte ein Obergeschoss. Die Geräusche

kamen von dort, von wo auch ein wenig Licht durch eine Luke herabfiel und huschende Schattenmuster an die Wände malte. »Guck mal nach!«, flüsterte mir Paula ins Ohr und deutete auf eine steile Leiter, die hinauf zur Luke führte. So wie sie es sagte, wusste ich, dass sie keinen Widerspruch duldete. Ich machte mich also ans Klettern, äußerlich gefasst, innerlich schlotternd vor Angst.

Als ich meinen Kopf gerade so eben durch die Luke geschoben hatte, hielt ich inne. Es gibt den schönen Satz: »Ich traute meinen Augen nicht.« Wobei der Satz natürlich nicht schön, sondern abgenudelt und verbraucht ist. Er steht in allen billigen Schmökern, man liest drüber weg, und wenn man dem Buch nicht allzu böse sein will, nimmt man ihn einfach nicht besonders ernst. Doch hier auf dem Heuboden der Hochschmidt'schen Scheune musste ich den billigen Büchern Abbitte tun. Denn tatsächlich: Ich traute meinen Augen nicht.

In vielleicht drei oder vier Metern Entfernung von mir und in einer Art Arena, die von mehreren Heuballen gebildet wurde, liefen sechs getigerte Hauskatzen im Kreis um eine flackernde Kerze, wobei immer eine Katze die Schwanzspitze der vor ihr laufenden keck ins Maul genommen hatte. Doch es war nicht dies allein, was mich meinen Augen nicht mehr trauen ließ – nein, über den geschlossenen Kreis, den Köpfe, Rücken und Schwänze der sechs Katzen bildeten, liefen hintereinander in ebenfalls geschlossenem Kreis wohl ein Dutzend Mäuse. Auch sie hatten einander bei den Schwänzen gepackt und, damit ich nicht vergesse, es zu erwähnen: Natürlich liefen sie in entgegengesetzter Richtung. Dazu spielte jemand unsagbar zart auf einer Flöte.

Ich hätte diesem Schauspiel immer weiter zusehen können, vielleicht bis ans Ende meines Lebens. Ja, ich wünschte mir in meiner momentanen Lage, ebenfalls eine Maus zu sein; so verlockend schien es mir, im gegenläufigen Uhrzeigersinn über die Köpfe, Rücken und Schwänze getigerter Hauskatzen zu laufen, wobei es mich nicht im Geringsten gestört hätte, bis auf weiteres nichts vom Leben zu sehen als den grauen Rücken meiner Vordermaus.

Doch mein Wunschtraum währte nur kurz, denn ich wurde sehr heftig in mein rechtes Bein gekniffen, das sichere Ende eines jeden Traums. Offenbar wollten meine Schwestern über die Vorgänge auf dem Heuboden informiert werden.

Ich sagte: »Aua!«

Und da stob das friedliche Schauspiel in alle Richtungen auseinander, eine kleine Flöte kullerte neben die Kerze in die verlassene Arena, und ein Mann schaute ärgerlich um einen Heuballen herum in meine Richtung. Es war, wie bei dem, was hier geschah, nicht anders zu erwarten, Bruno Hochschmidt.

»Zauberhaft, großer Meister«, sagte ich und kletterte das letzte Stück hinauf. »Eine überwältigende Vorstellung. So zart und anmutig.« Und, dachte ich, so vollkommen sinnfrei.

»Danke.« Hochschmidt deutete eine Verbeugung an.

Ich hob einen Finger. »Aber auch ich kann mit einer außergewöhnlichen Dressurnummer aufwarten. Bitte schön!« Und als ich ihnen ein Zeichen gab, kletterten nacheinander meine beiden Schwestern auf den Heuboden. In dem tanzenden Kerzenlicht sahen sie einander so ähnlich wie noch nie zuvor. Einen Moment lang wusste ich nicht mehr, welche welche war.

»Darf ich vorstellen: Paula und Pauline.« Worauf die beiden synchron knicksten und wir uns anstelle der Katzen und Mäuse in der Heuballenarena platzierten. Pablo gesellte sich zu uns; offenbar hatte er einen anderen, hundetauglicheren Weg nach oben gefunden.

»Schön, dass ihr alle da seid«, sagte Hochschmidt. »Und alle Achtung, dass ihr mich gefunden habt. Aber ihr bringt euch unnötig in Gefahr. Nach mir wird gesucht. Ich lebe praktisch im Untergrund.«

Ich hätte jetzt gerne einen Trick vorgeführt, toller als alles, was ich bislang mit meinem Zauberkasten *Der kleine Illusionist* zustande gebracht hatte. Mit viel Getue hätte ich Bruno Hochschmidt den gemopsten Fahndungsauftrag aus der Nase gezogen und ihm als vorläufigen Freibrief präsentiert. Aber wer Schwestern hat, Drillingsschwestern zumal, der muss damit rechnen, dass keiner der eigenen Pläne mehr funktioniert.

Tatsächlich machte Paula nur kurz »Tätä!«, und dann hielt sie Hochschmidt das Papier hin. »Da. Kein Grund zur Panik. Die sind gar nicht hinter Ihnen her.«

»Donnerwetter.« Hochschmidt las und schüttelte den Kopf. »Ich hatte natürlich sicherheitshalber meine polizeiliche Anmeldung in Berlin wieder gelöscht. Das war meine letzte Tat als Hacker. Aber ich war mir einfach nicht sicher, ob das wirklich reichte, um mich unsichtbar zu machen.«

»Hat es«, sagte Paula.

»Danke.«

»Und was wollen Sie jetzt machen?«, sagte Pauline. »Bleiben Sie hier? Gehen Sie in die Tourismus-Branche? Ferien auf dem Bauernhof?«

Ich war mir nicht ganz sicher, aber es schien so, als zöge Pauline gerade Hochschmidt und den Hochschmidt-Hof als Ersatzstiefvater sowie als Ersatzbleibe für uns in Betracht. Und offenbar schien ihr der Gedanke gar nicht schlecht zu gefallen.

»Ich kenne mich aus mit Tourismus«, sagte sie. »Ich könnte die Bettenbuchungen regeln, die Zimmer schmücken und die Gäste begrüßen. Der da –«, sie zeigte auf mich und runzelte die Stirn, »na ja, der kann alle leichteren Arbeiten erledigen. Und meine Schwester, die – äh – die regelt den ganzen Behördenverkehr. Von wegen Genehmigungen und staatlicher Förderung für Umweltschutz und landschaftsschonenden Tourismus. Eben diesen langweiligen Papierkram. Und wenn sie damit durch ist, zieht sie ein Schürzchen an und serviert das Frühstück.«

»Schürzchen?«, sagte Paula. »Ich glaube, du spinnst!«

»Okay.« Pauline machte Paula ein Zeichen, still zu sein. »Dann serviere ich eben das Frühstück.«

»Und Sie«, sagte sie zu Hochschmidt mit einem irgendwie sahneähnlichen Unterton in der Stimme. »Sie hätten dann ganz viel Zeit für den Hof und die Tiere.«

»Genau.« Paula hatte jetzt verstanden, was in Paulines Kopf vor sich ging. »Und wenn Sie tatsächlich mal Tiertrainer gewesen sind, dann können Sie den Tieren ein paar Tricks beibringen. Wenn wir zum Beispiel ein Pferd hätten, das bis drei zählen kann, oder eine Ziege, die die Frühstückszeitung apportiert, dann hätten wir der Konkurrenz schon was voraus. Nicht wahr?« Sie stieß Pauline mit dem Ellenbogen.

»Stimmt.« Pauline machte große Augen. »Dann hätten wir ein sogenanntes Alleinstellungsmerkmal. Das ist wichtig im Business.«

Wenn die wüssten!, dachte ich. Ich kannte ja am besten die Qualitäten von Bruno Hochschmidt als Tiertrainer. Wahrscheinlich würde er es fertigbringen, die Schweine vor den Gästen Wiener Walzer tanzen, die Hähne Cocktails mixen und die Schafe Pullover stricken zu lassen. Und jeden zweiten Abend gäbe es eine Karaoke-Vorstellung unter dem Titel *Der Bauernhof sucht das Supertier*.

Aber ich wusste ja auch, dass Bruno Hochschmidt ein unglücklicher und enttäuschter Mann war, der nicht gleich in Begeisterung ausbrechen würde, wenn eine vagabundierende Drillingsbande ihm eine rosige Zukunft ausmalte.

Und so war es auch. »Macht mal halblang«, sagte er. »Ihr meint das ja nett. Und mit Tieren kenne ich mich auch einigermaßen aus. Aber von Tourismus habe ich keine Ahnung. Und von Kindern erst recht nicht. Das würde nicht gut gehen.«

»Wir sind doch keine Kinder.« Paula zog ein mauliges Gesicht. »Übermorgen werden wir vierzehn, und von da bis zur Volljährigkeit ist es ein Klacks. Das sitzen Sie auf einer Backe ab.«

Pauline schickte ihr einen Blick, und Paula wurde ein bisschen rot. »Ich meine, wir sind doch schon ziemlich selbstständig. Wir machen kaum Schmutz und können wahnsinnig leise sein. – Wenn wir wollen.«

»Euer Vorschlag ehrt mich«, sagte Hochschmidt. »Aber wir müssen uns etwas Realistischeres ausdenken. Für mich. Und für euch sowieso.«

»Das Wort kenne ich«, sagte Pauline. »Realistisch! Das sagen Erwachsene zu Kindern, wenn sie meinen: Davon verstehst du nichts, und selbst wenn du es tätest, dürftest du nichts entscheiden. Mein Vater ist so ein großer Realist.«

»Adoptivvater«, sagte Paula.

Und dann schwiegen wir auf Hochschmidts Heuboden so nachdrücklich und entschieden, dass sogar die Balken mit dem Knacken und die Mäuse mit dem Krabbeln aufhörten, weil sie diese Stille nicht stören wollten. Selbst das lose Heu verhielt sich ganz ruhig, weil man einen jeden Halm hätte fallen hören.

Schließlich sagte Hochschmidt: »Morgen ist auch noch ein Tag.« Und obwohl man das für gewöhnlich sagt, um sich Mut zu machen, klang es jetzt eher wie eine Drohung.

Das Bohnerwachs

Der Morgen in den Bergen hatte den letzten beiden Morgen voraus, dass wir nicht von Uniformierten, sondern von den Sonnenstrahlen geweckt wurden. Die fielen durch ein kleines Fenster ganz oben in der Scheune und kitzelten uns im Gesicht. Wir hatten darauf bestanden, im Heu zu schlafen. Irgendwie passte das einfach besser zu einer Bande von unfreiwilligen Streunern, wie wir es geworden waren. Wir streckten und räkelten uns, und vielleicht hätten wir noch weiter zu schlafen versucht, wäre nicht Pablo mit einem kleinen Schild um den Hals aufgetaucht, auf dem nur ein Wort stand, allerdings genau das richtige: *Frühstück*.

Später saßen wir dann lange um den großen Tisch in der Bauernküche versammelt. Hochschmidt, schweigsam wie die Berge selbst, stand am Herd und bewachte die Pfanne.

»Schau mal!« Paula stieß Pauline an. »Vor unser aller Augen vollzieht sich ein Wunder.«

Ich brauchte eine Weile, bis ich herausfand, dass das mir galt. Endlich wurde mir klar, was sie meinte. Auf dem Teller vor mir lag ein Paar Spiegeleier auf Speck und Schwarzbrot, die ich bereits weitestgehend dorthin befördert hatte, wo schon ihre beiden Vorgänger waren: nämlich in meinen Magen.

»Wie süß«, sagte Pauline. »Er hat Hunger.«

»Mach so weiter!« Paula schob mir Brot und Butter zu. »Da haben wir wenigstens nicht mehr die Sorge, durch deine dauernde Nahrungsverweigerung auf das Niveau von Zwillingen herunterzukommen.« Und dann klatschte sie mit Paulina ab wie die Basketballspieler, worauf die beiden so laut lachten, dass alles wackelte. Das Urselchen musste sich an der großen Milchkanne festhalten, um nicht vom Tisch zu fallen.

Ich beschloss derweil grimmig, auch noch ein viertes Paar Spiegeleier zu bestellen. Tatsächlich hatte ich das Gefühl, quasi rückwirkend für die letzten beinahe vierzehn Jahre essen zu müssen.

Irgendwann aber kam auch dieses Frühstück an sein Ende. »Wo ist eigentlich Pablo?«, sagte Pauline. Offenbar hatte sie ihn seit zehn Minuten nicht mehr gesehen. Damit war die kritische Zeit überschritten.

Ich erklärte, dass ich gern nach ihm schauen würde, dass mich dazu aber jemand aus der Küche rollen müsste. Meine Schwestern gaben dem Witz eine Vier minus und machten sich selbst auf die Suche. Bald hörte man sie von überall her her nach dem Hund rufen.

Ich nutzte derweil die Gelegenheit. Da ich jetzt allein mit Hochschmidt war, konnte ich offen sprechen. »Was ist los? Haben Sie ihn etwa neu programmiert? Repariert er im Keller die Melkmaschine? Oder schreibt er Drehbücher für Fernsehkrimis?«

Hochschmidt spülte das Geschirr. »Nichts davon. Ich habe keine Ahnung, wo er steckt.«

»Bis jetzt hat er uns sehr geholfen.« Ich erzählte Hochschmidt von Pablos furiosen Auftritten im Hotel Adlon und beim Kidnappingversuch des Zahnbesitzers. Die Seuchenaktion auf dem Münchener Hauptbahnhof sparte ich aus. Ich wollte ihn nicht in die Sache hineinziehen. Wer konnte wissen, was uns da noch blühte. Stattdessen erzählte ich vom großen Harrasani und seinen Taschenspielertricks und von Piet Montags Liebe zu unserer ältesten Schwester, die ihn in einen Pablo verwandelt hatte.

Zum ersten Mal seit unserem Wiedersehen lachte Hochschmidt. Er hielt mit dem Spülen inne. »Du erinnerst dich an meine Worte: ein Hund mit außergewöhnlichen Anlagen. Ich vermute, er hat begriffen, dass es ab jetzt sein größter Trick sein muss, ein ganz normaler Hund zu sein. Und wie ich ihn einschätze, wird er das auch schaffen. Nicht jeder, der Höchstleistungen vollbringt, ist auch in der Lage, ganz normal zu sein. Aber bei ihm bin ich zuversichtlich.«

»Und wo ist er jetzt?«

»Sieh einfach nach. Weit wird er nicht sein.«

Also machte ich mich auf. Die Mädchen suchten schon in den Wiesen hinter dem Hof. Doch so weit würde ich in meinem überfrühstückten Zustand nicht kommen, daher stieg ich in dem großen und verwinkelten Bauernhaus umher. Hier gab es Treppen und Stiegen, lange Flure, von denen kleine holzgetäfelte Zimmer abgingen und etliche dunkle Kammern und Spinde. Allmählich war ich bis auf den Speicher vorgedrungen, wo auf Kisten, Kästen, Koffern und allerhand altmodischem Gerät fingerdick der Staub lag. Und hier hörte ich ein Geräusch, dem ich nachging. Es kam vom äußersten Ende des Speichers, und ich schluckte eine Menge Staub, bis ich mich durch das ganze Gerümpel dorthin gearbeitet hatte.

Doch ich fand den Hund. Und ich sah, warum er bislang auf die Rufe der Mädchen, die man bis hier oben hören konnte, nicht geantwortet hatte. Er schlief nämlich, so tief wie einer, der viel Schlaf nachzuholen hat. Er hatte alle viere weit von sich gestreckt, und er schnarchte, was sich anhörte, als sägte eine Zwergenarmee sich durch eine Baumschule. Ich wollte schon so leise wie möglich wieder verschwinden, da stieg mir ein Geruch in die Nase.

Er kam von links. Oder von rechts? Egal, jedenfalls erinnerte er mich an etwas. Ich bahnte mir weiter meinen Weg durch das Zeug auf dem Speicher, wobei ich buchstäblich meiner Nase folgte. Endlich fand ich, wovon der Geruch ausging. Es war eine halb mannshohe grüne Tonne ohne Beschriftung. Sie stand mitten im Gerümpel, war ordentlich und fest mit einem Deckel verschlossen, aber ein wenig von ihrem Inhalt musste herausgequollen sein, um diesen unbestimmten, aber unverwechselbaren Geruch abzusondern.

Ich schaffte etwas Platz, indem ich ein paar Stühle beiseiteräumte, die zusammen weniger als vier Beine hatten. Aber es gelang mir nicht, die Tonne zu öffnen, so fest steckte der Deckel. Außerdem schien es, als sei er an den Rändern verklebt. Ich stellte meine Versuche ein und setzte mich auf den Boden, den Rücken gegen die Tonne gelehnt. Woher um alles in der Welt kannte ich diesen Geruch? Es roch fremd und angenehm, und es roch so verteufelt bekannt.

Ich dachte nach. Hatte es so bei Fred, Su und Issi gerochen? Definitiv: nein. Hatten Dinge aus der Sammlung meines Vaters so gerochen? Schon eher, aber in mir flammte kein Erinnerungsglühbirnchen auf. Ich versuchte mich zu konzentrieren. Da kam zwischen alten Koffern ein schlaftrunkener Pablo auf mich zu getapst. Er setzte sich neben mich, schloss die Augen und streckte seine dicke Hundenase in die Luft, offenbar schnüffelte auch er diesen besonderen Geruch. Schließlich leckte er einmal über das Fass.

Und von einer Sekunde auf die andere wusste ich Bescheid! So, genau so hatte es im Kaminski-Graber-Moos-Gedächtniscafé in Neustadt gerochen, in Tante Elkes Heilatmungszentrum.

Man sagt ja, Ideen beflügeln. Und ich konnte, vollgegessen wie noch nie in meinem Leben, auch wirklich Flügel brauchen, um schnellstens hinunter und zu Hochschmidt zu kommen. Er beseitigte gerade die letzten Reste unseres Frühstücks.

»Mitkommen! Hochkommen! Tonne! Oben! Sofort!« Ausnahmsweise war ich einmal vollkommen rücksichtslos gegen jede Art von Grammatik, dazu winkte ich wie die Leute, die anderen beim Rückwärtseinparken helfen wollen. Und schon war ich wieder auf dem Weg zum Speicher, hinter mir ein recht verdutzter Bruno Hochschmidt.

Als wir wieder vor der Tonne standen, saß Pablo darauf wie ein Bronzehündchen auf einem Denkmalssockel. Hochschmidt besann sich kurz, dann zog er ein Werkzeug aus seiner Hosentasche, wandte irgendeinen Bauerntrick an, hob Hund und Deckel einfach hoch und setzte sie so elegant auf einen dreibeinigen Tisch wie ein Kellner eine brennende Eisbombe serviert. Dann beugte er sich über die offene Tonne.

»Bohnerwachs«, sagte er.

»Bohnerwachs«, sagte ich, prompt zum Papagei mutiert.

»Ja, Bohnerwachs. Als meine Eltern auf die traurige Idee mit den Ferien auf dem Bauernhof kamen, haben sie lauter altes Zeugs gekauft. Es durfte ja alles nichts kosten. Und statt neue Böden zu verlegen, haben sie die alten so lange gebohnert, bis die Gäste sich drin spiegeln oder darauf den Hals brechen konnten. Ich denke mal, das hier sind Bestände, die sie nicht mehr verwendet haben.« Er fächelte sich den Geruch aus der Tonne zu. »Diesen besonderen Duft kenne ich nämlich nicht.«

»Aber ich kenne ihn!« Und dann erzählte ich Hochschmidt, nur unterbrochen von einigen peinlichen Rülpsern, die Geschichte meiner Tante Elke und ihres Anti-Aversions-Cafés in Neustadt.

»Hm«, sagte Hochschmidt. »Ich bin ja weder Arzt noch Chemiker. Aber ich denke mal, diese Tonne wäre bei ihr besser aufgehoben als hier bei mir auf dem Speicher.«

Wozu ich, da sich wieder ein Rülpser ankündigte, nur nickte. Das aber so kräftig, dass mir beinahe schwindelig wurde. Hochschmidt schloss die Tonne wieder, und zusammen bugsierten wir das Teil die Treppen hinunter und vor das Bauernhaus. Pablo stolzierte dabei hinter uns her wie ein römischer Feldherr hinter den Legionären, die die erbeuteten Schätze tragen. Seine Triumphhaltung wurde allerdings flugs von einer heraneilenden Pauline zunichtegemacht, die ihn schnappte und an sich drückte, dass ihm die Luft wegblieb.

Als die beiden ihre Wiedersehensfeier beendet hatten, klopfte ich bedeutungsvoll auf die Tonne: »Seht her! Seht alle her und staunt! Vor euch steht die große Sensation.«

»Was denn?«, sagte Paula. »Die Tonne des Schreckens? Das Fass des Wahnsinns? Oder jemand, der sein Frühstück nicht vertragen hat?«

»Nein! Hier drin ist jenes gewisse Etwas, das uns zu was Besonderem macht. Zu etwas überaus Begehrenswertem. Zu etwas, dem bestimmte Leute nicht widerstehen können.«

»Sind da rosafarbene Jeans drin?«, sagte Paula. »Oder hast du deinen Verstand dadrin luftdicht verpackt?«

Bevor ich etwas Patziges antworten konnte, öffnete Hochschmidt den Deckel und ließ meine Schwestern schnuppern. »Wow«, sagte Paula, »so müffelt es bei Tante Elke.«

»Und ich wette, dadrin ist mehr Heilmittel gegen ihre Aversion, als sie in ihrem ganzen Leben brauchen wird.«

Paula nahm rasch den Deckel aus Hochschmidts Hand und drückte ihn auf die Tonne. »Vorsicht! Dass uns nichts von dem guten Zeug verloren geht. Das ist jetzt unser Kapital. Damit haben wir sie in der Hand!« Sie klopfte einen Rhythmus auf die Tonne, wie es die karibischen Musiker tun, und tanzte dazu auf eine ebenfalls sehr karibische Art und Weise.

»Wir haben's geschafft!«, sang sie. »Unsere Zukunft ist gerettet. Wir verkaufen uns an unsere Tante Elke für ein Fass Bohnerwachs.« Sie zeigte auf Pauline. »Und wenn du unbedingt dein Schürzchen haben willst, dann kriegst du eines und kannst den Gästen im Gedächtniscafé Luftkuchen servieren. Juchhu!« Dann schlug sie einen letzten Trommelwirbel, lief ins Haus und kam mit ihrem Urselchen wieder. Sie bog ihm die langen Beine zu einem Haken und setzte es auf die Tonne. »Pass schön auf! Dass uns keiner unsere Zukunft klaut!«

Pauline hatte unterdessen etwas abseits gestanden. Jetzt trat sie zu der Tonne und strich einmal darüber, wobei die Lateindompteuse sie kritisch ansah. Dabei schien unsere älteste Schwester angestrengt nachzudenken. Schließlich sagte sie: »Nein.«

»Nein was?«, sagte Paula.

»Das können wir nicht machen!« Pauline setzte sich wieder zu ihrem Pablo und kraulte ihn am Nacken.

»Wir können uns doch nicht verkaufen. Das ist ja, als wären wir unsere eigenen Sklaven.«

Paula wollte etwas sagen, aber Pauline machte ihr ein Zeichen, dass sie noch nicht fertig war. »Außerdem verkaufen wir uns ja gar nicht. Wir erpressen nur jemanden, uns aufzunehmen. Aber das wird uns nichts nutzen. Man kann Menschen nicht erpressen, einen zu mögen. Und wenn man es versucht, ist es unmoralisch. Hört auf eure Schwester. Die weiß, wovon sie redet.«

Und wir wussten es ja tatsächlich. Schließlich hatten wir selbst sie davon abgebracht, weiterhin ihre Adoptiveltern zu erpressen.

Natürlich standen wir jetzt etwas belämmert da, Paula und ich. Auch die Dompteuse guckte, als würden ihre Tiger streiken. Zum Glück bemühte sich Hochschmidt sofort, dem Gespräch eine andere Wendung zu geben. »In eure Debatten über Moral oder Unmoral will ich mich nicht einmischen. Aber ich denke, Folgendes ist einigermaßen klar: Diese Tonne hier gehört nach Neustadt. Da wird sie offenbar gebraucht. Und ich kann sie dahin bringen. Also wird es wohl das Praktischste sein, wir fahren alle vier.«

»Alle fünf«, sagte Pauline.

»Natürlich.« Hochschmidt grinste. »Von mir aus brechen wir gleich auf. Ist ein weiter Weg.«

Da wir nicht widersprechen konnten, stimmten wir zu.

Wir verbrachten dann noch eine Stunde damit, den Bauernhof wieder in den Dornröschenschlaf zu versenken, aus dem wir ihn für so kurze Zeit geweckt hatten. Anschließend packten wir unsere paar Habseligkeiten zusammen, und während Hochschmidt noch in einem Schuppen hantierte, wollten wir schon hinabsteigen ins Dorf, Pablo an der Spitze und die Müller-Drillinge im Gänsemarsch hinterher. Schließlich mussten wir ja eine Fahrgelegenheit besorgen.

Aber Hochschmidt rief uns zurück. Oder besser gesagt, eine Hupe rief uns zurück. Sie gehörte zu einem Lieferwagen, mit dem verglichen der Straßenkreuzer des Zahn- und Sonnenbrillenbesitzers geradezu der neueste Schrei war. Der Lieferwagen fuhr gerade aus dem Schuppen, wobei er schwarze Rauchwolken absonderte. Er bestand weitestgehend aus blassrotem Wellblech, lief vorne halbspitz zu und hatte erbärmlich kleine Räder. Im Ganzen sah er aus wie die Kreuzung aus einem Klohäuschen und einem Einkaufswägelchen.

»Einsteigen«, rief Hochschmidt hinter dem Steuer. Wir zögerten kurz, dann setzten sich Pauline und Pablo zu ihm auf die vordere Sitzbank, die nicht einmal Campingstühlchenqualität hatte, während Paula und ich nach hinten stiegen, in den halbdunklen Laderaum, wo die Bohnerwachstonne sicher festgezurrt war. Hier saßen wir auf zwei Bänken, auf denen man zur Not auch hätte schlafen können.

»Festhalten«, rief Hochschmidt. »Es geht los.«

Aber festhalten konnte man sich nirgendwo. Und von dem Geschaukel und Geschlinger, das einsetzte, als wir die Serpentinenstraße hinunter in die Ebene fuhren, wurde mir ziemlich schlecht. Ich teilte es Paula mit, und die begann sofort aufzuzählen, was mir drohe, wenn ich mein Rekordfrühstück nicht brav bei mir behalten würde. Die Lateindompteuse nickte dazu im Takt der Schlaglöcher. Doch dann erreichten wir glücklich die Autobahn, und mein Magen konnte sich beruhigen.

Hund Null Null Zwei

Wir waren schon kurz vor München, da stellte Hochschmidt das Autoradio an, um den Verkehrsfunk zu hören. Es liefen gerade die Nachrichten, und die Sprecherin berichtete mit bewegter Stimme davon, dass ganz München immer noch nach drei vermutlich lebensgefährlich verseuchten Kindern suche. Deren Identität sei allerdings vollkommen unklar. Die Polizei tappe im Dunkeln. Auch von ihrem Hund fehle jede Spur, obwohl tapfere Münchener unter Einsatz ihres Lebens bislang über fünfhundert verdächtige Hunde bei der Seuchenpolizei abgeliefert hätten.

Wir lachten ziemlich unverschämt, woraus Hochschmidt seine Schlüsse zog. Er drehte an dem Dampfradio, und dann spielte passend zu seinem altmodischen Gefährt ein altmodischer Sender altmodische Volksmusik, in der die Schönheit von Bergen, Wäldern, Seen und Meeren besungen wurde, sofern sie zu irgendeiner Heimat gehörten. Ich wollte natürlich gleich gegen diese akustische Zumutung protestieren, beschloss aber, den Mädchen den Vortritt zu lassen. Doch sie beschwerten sich mit keinem Wort.

Ich wunderte mich. Vielleicht machte diese Überdosis von gesungenem Heimatgefühl meine Schwestern ja ein wenig melancholisch. Schließlich war ich der Einzige, der demnächst wieder bekanntes und vertrautes Terrain betrat, während auf die Mädchen nur eine weitere Station ihrer Vertreibung wartete.

Ich dachte an unser Haus, das ich erst vor vier Tagen verlassen hatte; und da kam es mir vor, als könnte ich mich nicht einmal mehr an alle Zimmer erinnern. Ich bekam einen Schreck. Sollte es so schnell gehen, dass einer vollkommen entwurzelt wird? Konnte man tatsächlich in wenigen Tagen alle Erinnerung verlieren? Wie grauenhaft! Doch da stand mir plötzlich Frau Glossbach überdeutlich vor Augen, und mir wurde klar, wie wenig ich tatsächlich vergessen hatte. Überdies wurde mir klar, wie sehr ich mich nach allem zurücksehnte, inklusive unserer unmöglichen Nachbarin. Ich spürte, dass mir die Tränen kamen.

Da riss mich Paula aus meinen Gedanken. »Verschieb das Heulen auf später. Und guck lieber mal hinten raus. Aber unauffällig!«

Sie hatte das wohl schon getan und saß jetzt unter einer Art Bullauge in der hinteren Ladetür des Lieferwagens. Ich robbte mich heran und schielte mit einem Auge hindurch. Hinter uns fuhr ein ungeduldiger Kombi, und das sagte ich auch zu Paula.

»Du Genie! Guck genauer!«

Der Kombi setzte zum Überholen an und gab den Blick auf einen pinkfarbenen amerikanischen Straßenkreuzer frei. Von seiner Sorte mochte es ja vielleicht noch mehrere geben, nicht aber von der seines Fahrers. Drei Dinge machten ihn unverwechselbar: seine unaufgeräumten Zähne, seine wohlgeordneten Haare und seine Sonnenbrille.

»Ob das ein Zufall ist?«, sagte ich in der Hoffnung, es möge einer sein.

»Quatsch.« Paula robbte bereits nach vorne, um Hochschmidt und Pauline darüber zu informieren, dass einer, der uns gestern schon komisch gekommen war, wieder auf unseren Fersen saß. Hochschmidt fuhr daraufhin noch langsamer, so dass uns mehrere Lastwagen hupend überholten. Unser Verfolger aber blieb seelenruhig an unserer Stoßstange kleben.

»Vielleicht ist er ja ein Inder«, sagte Pauline. Man hörte ihr an, dass sie es nicht ganz ernst meinte. »Kennst du eigentlich deinen Bräutigam? Womöglich ist er das. Na dann Mahlzeit!«

»Quatsch«, sagte Paula. »Guppys Vetter ist mehr der Typ Latin Lover. Ich tippe eher auf einen Privatdetektiv.«

Ich hielt den Atem an. Aber natürlich verplapperte sich Paula nicht. Sie legte Pauline eine Hand auf die Schulter. »Vielleicht haben deine Eltern jemand beauftragt, der dich finden und zurück an die Schlei schleifen soll.«

Ich verbot mir ein Kichern.

»Ich gehe nicht zurück«, sagte Pauline. »Und wenn sie sich auf den Kopf stellen. Mit Marseby bin ich fertig.«

Ich hing noch immer an dem Bullauge. Vom Hinausstarren tränte schon mein linkes Auge. »Keine Bange. Ich denke, es geht um keine von euch. Sondern zur Abwechslung mal um mich.« Ich machte Paula ein Zeichen, und sie verstand es.

»Stimmt. Weil wir Kleingeld brauchten, hat unser Brüderchen etwas verkauft, das ihm nicht gehört. Würde mich nicht wundern, wenn der Betreffende sein Geld zurückhaben will.«

»Aber soviel ich weiß, sind wir pleite«, sagte Pauline.

Paula machte die Bewegung des Geld-in-die-Luft-Werfens. »Stimmt. Intelligenterweise haben wir ja das Patenkind deines Adoptivpapis zu einer reichen Frau gemacht.«

Pauline kletterte von der Vorderbank und kam zu mir in den Laderaum. »Aber Christiane wird dir das Geld zurückgeben. Die ist patent. Lass uns anhalten und dem Typ das sagen.«

Das war nun allerdings ausgeschlossen.

Hochschmidt dachte ähnlich. »Wir sollten vielleicht besser irgendwie verschwinden.«

Mir schien es äußerst fraglich, ob man mit diesem Gefährt »irgendwie verschwinden« könnte. Aber ich war noch weit davon entfernt, meine Zweifel zu äußern, da riss Hochschmidt das Steuer nach rechts, und schwankend und schlingernd wie ein Schiff im Sturm fuhr unsere Antiquität auf einen kleinen Rastplatz. Von unserem Verfolger sah ich noch, wie seine Zähne um einiges mehr in Unordnung gerieten. Vermutlich fluchte er, jedenfalls war er zu überrascht, um uns folgen zu können. Und bekanntlich ist das Wenden auf der Autobahn sowohl verboten als auch lebensgefährlich.

»Festhalten!«, rief Hochschmidt. Und dann stoppte er nicht etwa auf dem Rastplatz, sondern bog in einen kaum befestigten Weg, der zuerst ein Stück durch den Wald und dann über Felder und Wiesen zu einem kleinen Dorf führte. Dort stoppte er.

»Glückwunsch«, sagte Paula. »Den sind wir los.« Sie hatte sich eine Schramme am Arm geholt, die genau da saß, wo einmal ihre gefälschte Zwillingsnarbe gewesen war. Ich wollte etwas Launiges in diese Richtung sagen, aber sie verbot mir den Mund.

»Ich mache folgenden Vorschlag«, sagte Hochschmidt. »Paul und ich regeln die Angelegenheit mit unserem Verfolger. Die jungen Damen und der Hund bleiben einstweilen hier.«

Wir stimmten zu. Hochschmidt setzte Pablo und die Mädchen am Dorfplatz vor einem Brunnen ab, ich kletterte zu ihm nach vorne, und wir fuhren in die nächste Seitenstraße.

»Muss ich Ihnen noch was erklären?«, sagte ich.

Hochschmidt winkte ab. Was im Hotel Adlon vorgegangen war, wusste er von mir. Aber er wusste noch einiges mehr. »Ich habe Pototschniks Mails gelesen. Er hat schon drei komplette Spielfilme in Arbeit. Dazu fehlt ihm jetzt bloß der richtige Hund.«

Ich sagte etwas wie: »Ich will es auch nie wieder tun.«

»Geschenkt. Aber wir müssen jetzt etwas halbwegs Cleveres unternehmen, damit ihr wenigstens einen Vorsprung bekommt.«

Ich schüttelte den Kopf. »Nein! Das reicht nicht. Wir

müssen den Hund behalten. Ohne den Hund sind wir als Drillinge verloren.«

Hochschmidt brummte etwas, dann fuhr er los. Ich wagte nicht zu fragen, was er vorhatte. Im Schritttempo passierten wir die Straßen des Dorfes, dabei drückte er seine Nase gegen die Scheibe und schaute um jede Ecke. »Wir haben vielleicht Glück«, murmelte er. »Das hier ist kein schlechtes Revier.«

Zuerst war ich perplex, doch dann wusste ich, was er suchte. Und ich suchte mit: nämlich einen jungen schwarzen Hund, den wir Pototschniks Abgesandten als Piet Montag präsentieren könnten.

Ich drückte die Nase ebenfalls an die Scheibe. »Finden wir denn einen?«

Aber Hochschmidt schwieg. Nach einer halben Stunde, gerade kreuzte die siebzehnte Katze unseren Weg, gab er Gas und fuhr ins Nachbardorf.

»Das klappt nie«, sagte ich.

»Wir versuchen es. Aufgeben können wir immer noch.«

Kurz darauf hielt Hochschmidt an, damit wir durch ein großes Tor in einen Hof sehen konnten. Drinnen saß ein Hund in der Sonne und döste. Es war die gleiche Art Hund wie Pablo, aber dieser hier war zu groß und außerdem gelb. Hochschmidt fuhr wieder an.

Mir kamen weitere Zweifel. »Und wenn wir einen finden – wir können ihn doch nicht stehlen!«

Da bremste Hochschmidt, und hätte ich nicht schon an der Frontscheibe geklebt, dann wäre das spätestens jetzt der Fall gewesen. »Der gelbe da eben! Solche haben manchmal schwarze Junge.« Hochschmidt parkte den Wagen, und so unauffällig wie möglich schlenderten wir zurück zum Hof. Am Tor blieben wir stehen, weil uns beiden – so ein Zufall aber auch – gleichzeitig das Schuhband aufgegangen war. Mir war es übrigens wirklich aufgegangen.

Hochschmidt aber tat nur so, als bände er seines. Tatsächlich sprach er über den ganzen Hof hinweg mit dem dösenden Hund, und das so leise, dass selbst ich, der ich neben ihm kniete, kaum etwas verstand.

Doch der dösende Hund verstand ihn. Er klappte zuerst die Ohren nach vorne, dann kam er langsam zu uns herüber, roch an uns und legte sich vor uns auf den Boden.

»Was für ein liebes Hundi«, sagte Hochschmidt laut, dann kraulte er den Hund am Nacken und flüsterte ihm etwas ins Ohr. So langsam, wie er gekommen war, stand der Hund wieder auf und trottete gemächlich zurück in den Hof und in eine Scheune. Eine ganze Weile passierte nichts. Ich hörte mein Herz schlagen, und zwar im Hals.

»Dorfhunde«, sagte Hochschmidt entschuldigend. »Die haben einfach die Ruhe weg.«

Ich hatte sie nicht! Dauernd erwartete ich, dass man uns ansprechen und als feige Hundediebe identifizieren würde. Aber es geschah nichts dergleichen, und endlich ließ sich der gelbe Hund wieder blicken, in seinem Gefolge, einer hinter dem anderen herschlendernd, sechs weitere. Sechs junge Hunde von der richtigen Art und der richtigen Größe. Aber alle in der falschen Farbe! Alle gelb. Ich sagte das böse Wort, das man in solchen Situationen sagt.

»Wart's ab!«, sagte Hochschmidt.

Und tatsächlich hatte uns die Dorfhundkolonne schon fast erreicht, da stolperte Junghund Nummer sieben aus der Scheune, machte einen Satz, um schneller bei den anderen zu sein, rutschte dabei auf etwas aus, das gerne rund um Bauernhöfe liegt, und fiel ungebremst in einen Haufen Dreck. Er stand auf und schüttelte sich, übertrieb das Schütteln aber und plumpste wieder hin.

Die anderen Hunde, offenbar seine Mama und seine Geschwister, saßen mittlerweile bei uns und schauten in eine andere Richtung, als würden sie sich ihrer Verwandtschaft schämen. Dieser junge Hund schien auch wirklich das Unintelligenteste zu sein, das man sich auf vier Pfoten vorstellen kann.

Aber er war schwarz!

»Niemals!«, sagte ich viel zu laut. »Hochschmidt, das schaffen auch Sie nicht! Aus dem machen Sie nichts, das Pototschnik uns abkauft.«

Doch Hochschmidt wirkte vollkommen konzentriert. »Zuerst mal müssen wir ihn haben.« Er zeigte auf ein Schild an der Tür des Bauernhauses, auf dem *Keine Hunde zu verkaufen* stand. Ich war versucht, wieder das böse Wort zu sagen.

Hochschmidt aber beugte sich zu der Hundemama

hinab und flüsterte ihr noch einmal länger ins Ohr, dabei leckte sie sich mehrfach die Lefzen. Dann ging er zur Tür des Bauernhauses und läutete. Eine rundliche Frau mit gesunder Gesichtsfarbe öffnete die Tür.

»Schöne Hunde!«, sagte Hochschmidt in einem betont fröhlichen Ton. »Ich würde gerne einen davon kaufen.«

»Können Sie nicht lesen?« Die Bauersfrau wies mit einem rundlichen Arm von ebenfalls gesunder Farbe auf das besagte Schild. »Unsere Hunde werden nicht verkauft. Die brauchen meine Brüder für die Jagd.«

»Ach tatsächlich?« Hochschmidt machte Kulleraugen. »Die werden gejagt? Dafür sind sie doch viel zu schade.«

»Quatsch! Die helfen beim Jagen. Das sind nämlich ganz intelligente Tiere.«

»Ach tatsächlich?«, sagte Hochschmidt, als verfügte er über keinen anderen Text.

In diesem Moment packte die gelbe Hundemama ihr einziges schwarzes Kind am schmutzigen Nackenfell und zerrte es aus dem Hof. Mitten auf der Dorfstraße ließ sie es los und trottete dann langsam zurück zu ihren anderen Kindern, die mittlerweile knurrend miteinander balgten. Der schwarze Junghund blieb derweil auf der Straße sitzen und glotzte seiner Mama hinterher.

»Ach!«, machte Hochschmidt. Jetzt hatte er allerdings Schlitzaugen. »Mir scheint, dieser Hund wird gerade von seiner eigenen Mutter verstoßen. Ein seltener

Vorgang und für einen Verhaltensforscher wie mich besonders interessant zu beobachten. So etwas deutet meistens darauf hin, dass die Mutter ihr Kind für schwachsinnig und lebensuntauglich hält.«

Die Bauersfrau kratzte sich am Kopf.

Hochschmidt schaute auf die Uhr. »Schade, schade. Wenn der Verkehr hier etwas dichter wäre, könnte ich noch beobachten, wie die Mutter darauf reagiert, wenn ihr Kind überfahren wird. Aber ich fürchte, so viel Zeit habe ich nicht.« Er deutete einen Gruß an und drehte sich auf dem Absatz um.

Mit ein paar Schritten war die rundliche Frau an ihm vorbei auf der Straße, wo sie den schmutzigen schwarzen Hund vom Boden nahm und in Sicherheit brachte. Mit bloßen Fingern kratzte sie ihm den ärgsten Dreck aus dem Fell. Derweil schlenderten wir gelassen zu unserem Lieferwagen.

»Warten Sie!«, rief die Bauersfrau. »Warten Sie! Ich hab mich geirrt! Dieser hier soll zufällig doch verkauft werden.« Und dabei schwenkte sie, kräftig, wie sie war, den verdatterten Hund über dem Kopf wie ein Fan im Fußballstadion seinen Vereinsschal schwenkt.

Ich konnte Hochschmidt die Versuchung ansehen, die Situation noch weiter auszukosten. Aber wir hatten ja wirklich wenig Zeit, und deshalb feilschte er nicht einmal um den Preis. Vielleicht hatte er ja auch ein schlechtes Gewissen. Während er zahlte, trug ich den Hund in den Lieferwagen. Im Laderaum legte ich ihn auf eine Decke. Dort drehte er sich wohlig auf den Rücken, streckte mir seinen Bauch entgegen und sah mich über hochgerutschten Lefzen an. Er war schwarz und goldig und sah aus wie Pablo. Aber er war einwandfrei blöd. Und er roch sehr schlecht.

»Glückwunsch«, sagte ich, als Hochschmidt auf den Fahrersitz kletterte. »Aber eine Frage müssen Sie mir beantworten. Was haben Sie der Hundemutter gesagt?«

Hochschmidt startete den Wagen, und ruckelnd fuhren wir los. »Was man Müttern in solchen Situationen immer verspricht: dass man ihre Kinder nach Hollywood bringt.« Er lachte schallend.

Ich wollte, ich hätte seinen Humor besessen. »Aber der hier ist nicht wie Pablo!« Ich kraulte unserem Neuling den Bauch, worauf er wie eine Katze zu schnurren begann. »Der ist lieb, aber dem werden Sie nicht mal beibringen können, einigermaßen unfallfrei geradeaus zu laufen. Jedenfalls nicht in der kurzen Zeit, die uns bleibt.«

Hochschmidt kurbelte zwecks Frischluftzufuhr das Seitenfenster herunter. »Kleine Weisheit gefällig? Mit dem Tiertraining ist es ähnlich wie mit dem Menschentraining. Man bringt den Tieren nur bei, was sowieso schon in ihnen steckt. Das Geheimnis ist, herauszukriegen, was das ist.«

Ich versuchte, dem Hund in die Augen zu sehen. Aber ich konnte da nichts erkennen, das uns weitergeholfen hätte.

»Außerdem«, sagte Hochschmidt, »solltest du Bruno zu mir sagen. Immerhin sind wir jetzt Komplizen.«

Kurze Zeit später hielten wir auf dem Rastplatz, von dem aus wir unserem Verfolger entkommen waren. Ich musste im Wagen bleiben, während Hochschmidt, also neuerdings: Bruno, draußen mit unserem Neuen übte. Zwischendurch setzte er sich zwei-, dreimal zu mir, schloss die Augen und atmete tief durch. Zum Stand der Dinge wollte er sich aber nicht äußern. Offenbar war unser Neuer selbst für ihn eine echte Herausforderung. Nach einer Stunde fuhr er auf die Autobahn. Auch jetzt, da wir mit unserem Tempo wieder die Laster ärgerten, blieb er schweigsam.

Seinen Plan konnte ich allerdings ahnen. Wahrscheinlich würde der Mann mit den unordentlichen Zähnen irgendwo am Straßenrand auf uns warten. Genauso war es auch. Schon nach ein paar Kilometern sah ich den Straßenkreuzer mit blinkenden Warnleuchten auf dem Standstreifen stehen. Kaum waren wir daran vorbei, klemmte der Mann sich wieder an unsere Stoßstange. Durch das Bullaugenfenster konnte ich in seiner Miene lesen, dass er sich nicht noch einmal würde abhängen lassen.

»Es wird ernst«, sagte Bruno. Wir bummelten noch ein wenig weiter, dann simulierte er einen Motordefekt. Zuerst beschleunigte er, dann wurde er noch langsamer als langsam. Er provozierte ein paar Fehlzündungen, die schwarzen, öligen Rauch aus dem Auspuff trieben. Endlich fuhr er auf den nächsten Rastplatz. Der Mann folgte uns im denkbar kleinstmöglichen Abstand, dann parkte er so dicht vor uns, dass wir hätten rangieren müssen, um weiterfahren zu können. Er glitt durch die Fahrertür und baute sich vor dem Lieferwagen auf.

Bruno stieg aus. »'tschuldigung. Kann ich bitte mal vorbei. Ich hab da ein Problem.«

»Und ob Sie ein Problem haben«, schnarrte der Mann. Dabei strich er sich kreisförmig über seine kunstvoll gelegte Frisur. »Sie haben da nämlich was, das Ihnen nicht rechtmäßig gehört.«

»Ach nein!« Bruno klopfte auf die Motorhaube des Lieferwagens. »Das sieht nur so aus. Der hier ist wirklich mein Eigentum. Obwohl er eigentlich in ein Automuseum gehört.«

Der Mann ruckte an seiner Sonnenbrille. »Keine Scherze, bitte. Ich bin hier im Auftrag von Rüdiger Pototschnik. Rüdiger Pototschnik produziert Scherze, aber er versteht sie nicht. Und in Eigentumsfragen ist er besonders humorlos.«

»Sie reden doch nicht etwa von einem Hund?«

»Jetzt kommen wir uns näher.« Der Mann packte sein immenses Grinsen wieder aus.

»Okay.« Bruno hob beide Hände. »Ehrlich währt am längsten. Ich gebe alles zu. Der Kleine dadrinnen hat mich engagiert, seinen Superhund außer Landes zu bringen. Er sagt, er hat ein besseres Angebot.«

Mit dem Kleinen war natürlich ich gemeint.

»Niemand macht bessere Angebote als Rüdiger Pototschnik«, sagten die Zähne. »Und ich sorge dafür, dass die Leute das begreifen.« Damit zog er eine gewaltige Brieftasche aus seinem Jackett, nahm ein paar

Scheine heraus und wedelte damit vor Brunos Nase wie eine vornehme Spanierin mit ihrem Fächer.

Bruno schloss die Augen und legte eine Hand auf die Stirn. »Oh! Da weiß ich jetzt gar nicht, welchem Herrn ich dienen soll.«

Darauf formten die Zähne einen zweiten Geldfächer und fächerten beidhändig.

»Wie einfach das Leben ist, wenn man gut kopfrechnen kann«, sagte Bruno. Und mir rief er zu: »Ich glaube, Kleiner, du machst jetzt besser, was der liebe Onkel hier sagt.« Worauf der Zahnbesitzer es zuließ, dass Bruno die beiden Scheinfächer nahm und einsteckte.

Jetzt kam mein Auftritt. Den dösenden schwarzen Hund auf dem Arm stieg ich aus dem Wagen und zog eine möglichst depressive Man-hat-mich-verraten-Miene. »War ja einen Versuch wert«, knurrte ich so professionell wie möglich, dann hielt ich den Hund, der immer noch bedenklich roch, Pototschniks Schergen hin.

Die Zähne wollten ihn aber nicht nehmen. »Und woher weiß ich, dass das der richtige ist?«

Das hatte ich befürchtet! Jetzt kam es drauf an. Was hatte Bruno in der kurzen Zeit aus unserem kleinen Dorftrottel machen können?

Immerhin wirkte er sehr gelassen. »Sie gestatten doch. Sollten Sie Zweifel haben, wird der große Lethargus jetzt eine Probe seines Könnens zeigen.« Und damit nahm er mir den Hund ab, flüsterte ihm etwas ins Ohr, packte ihn am Schwanz und ließ ihn um seinen

Kopf rotieren. Anschließend warf er ihn dreimal hintereinander in die Luft, wobei der Hund sich beim dritten Mal dreimal überschlug. Jedes Mal fing Bruno ihn wieder auf, ohne dass unser Neuer dabei auch nur einen Mucks von sich gab.

»Alle Wetter«, sagten die Zähne.

»Nicht doch. Das war nur das Aufwärmen.« Bruno strich dem Hund einmal über den Rücken, woraufhin der die Beine anzog und sich derart stocksteif machte, dass Bruno ihn, Nase nach unten, auf seinem Handteller balancieren konnte. In derselben Haltung ließ er den Hund wie einen Brummkreisel kreiseln und setzte ihn so auf dem Kühler des Lieferwagens ab, wo der Hund langsam ausdrehte, anschließend mit einer unendlich eleganten Bewegung in sich selbst zusammenkugelte und auf der Stelle einschlief.

»Beachtlich!«, sagten die Zähne.

Bruno winkte ab. »Aber nichts weiter als ein unbedeutender kleiner Trick, gewissermaßen eine Konzentrationsübung. Denn jetzt wird es ernst. Jetzt zeigt dieser Hund, was er wirklich draufhat. Als Nächstes wird der große Lethargus sich nämlich vollkommen selbstständig einen Platz in der Mitte dieser äußerst viel befahrenen Autobahn suchen. Dort wird er sich hinlegen und anschließend kaltblütig von zweihundert Lastern überfahren lassen, ohne dass ihm dabei ein Haar gekrümmt wird.«

Bruno wollte nach dem Hund greifen, doch der Mann hielt schützend seine Hände über ihn. »Nicht nötig!«, kreischte er. »Absolut nicht nötig! Ich habe genug gesehen.« Er zappelte sehr, dabei verrutschte seine Frisur, so dass sie ihm wie eine Frisbeescheibe seitlich am Kopf hing. Er schob seine Hände unter den schlafenden Hund und trug ihn so vorsichtig ins Auto, als handelte es sich um eine kostbare chinesische Vase.

»Mit richtigem Namen heißt er übrigens Buster!«, rief Bruno ihm hinterher. »Und gute Reise!« Aber der Abgesandte Pototschniks hatte keine Zeit für einen Gruß. Schon war er wieder davongefahren.

»Gratulation«, sagte ich, als er im Verkehr verschwand. Und, weil ich es richtig fand, noch etwas Kumpelmäßiges hinzuzufügen: »Saubere Arbeit.«

Aber Bruno zuckte die Schultern. »Keine Ahnung, ob uns das rettet. Er ist ja wirklich nicht der Hellste. Ich habe ihm tatsächlich nur einen einzigen Trick beibringen können. Und zwar: stillhalten. Darin ist er allerdings ein Genie.«

So etwas hatte ich mir schon gedacht. Aber wichtiger war mir jetzt etwas anderes. Bruno hatte »uns« gesagt: »ob uns das rettet«. Das war neu und machte ein wenig Hoffnung.

Ich ließ mir aber nichts anmerken, nickte nur wieder möglichst professionell, und dann fuhren wir auf schnellstem Wege zurück in das Dorf zu meinen Schwestern. Tatsächlich saßen sie immer noch am Brunnen. Allerdings waren sie nicht allein. Alle Jugendlichen und alle Hunde des Dorfes standen, lagen und saßen um sie herum. Pablo führte kleine naive Tricks vor wie *Männ-*

chen machen und *Toter Hund*, während Paula offenbar in reicher Ausschmückung Geschichten aus ihrem abenteuerlichen Leben erzählte. Fast hätte es Tränen bei der Dorfjugend gegeben, als Bruno und ich auf den Abschied drängten.

Nachbars Garten explodiert

Die Strecke von München bis Neustadt zog sich wie ein alter Kaugummi. Regelmäßig wechselten wir die Plätze, damit niemand auf die Idee kam, es wäre in diesem Lieferwagen irgendwo gemütlicher als anderswo. Bruno und ich erzählten Pauline und Paula eine Version unseres letzten Abenteuers, in der so gut wie gar kein Hund vorkam. Pauline glaubte uns alles, wenn es nur darauf hinauslief, dass sie ihren Pablo behalten konnte. Paula verdrehte still die Augen. Dann redeten wir über Tante Elke und Bohnerwachs, über indische Hochzeiten und Beziehungsstress in Marseby, aber schließlich gingen uns die Gesprächsthemen aus, und wir schwiegen uns nach Hause. Schon lange war es dunkel, als wir in Neustadt einrollten. Ich wies Bruno den Weg zu unserem Haus.

Doch an der Stelle, wo er anhalten sollte, stand schon ein anderes Auto. »Alle runter auf den Boden!«, zischte Pauline. »Und weiterfahren!«

Geistesgegenwärtig ließ Bruno seine Antiquität in die nächste Querstraße rollen. Außer Sichtweite unseres Hauses hielt er an.

»Meine Schönewinds«, sagte Pauline. »Da in dem Wagen. Einwandfrei Papas vielgeliebter Benz.«

Paula hatte sich beim Wegducken wieder eine Beule

geholt. »Früher oder später musst du sowieso mit ihnen reden.«

»Dann entscheide ich mich hiermit für später«, sagte Pauline.

»Aber du kommst nicht drum herum. Nicht mal seinen Adoptiveltern kann man so einfach kündigen.«

Wahrscheinlich hatte Paula recht. Es scheint tatsächlich wesentlich leichter zu sein, seine Kinder sitzen zu lassen, als andersherum die Eltern zu verstoßen, selbst wenn es nicht einmal die richtigen sind. Trotzdem schlug ich mich auf Paulines Seite, schon weil ich endlich aus diesem mit weitem Abstand ungemütlichsten Auto der Welt heraus- und in mein Bett hineinwollte. »Die nächste wieder links!«, sagte ich zu Bruno. »Und dann alle mir nach. Ich weiß, wie wir unbemerkt ins Haus kommen.«

»Hört mal! Unser Nesthäkchen als Indianerhäuptling«, sagte Paula. Aber dann schien ihr das Bett meiner Eltern wieder einzufallen, vermutlich samt angrenzendem Badezimmer. Jedenfalls sagte sie nichts mehr, und sie protestierte auch nicht, als ich Bruno und den Schwestern zeigte, wo sie über den Zaun in den Glossbach'schen Garten zu steigen hatten.

Einer nach dem anderen taten wir es und landeten glücklich hinter den kerzengerade in die Nacht wachsenden Tannen unserer Nachbarin. Ich selbst konnte es sogar vermeiden, in eines der Löcher zu fallen, die Gerd der Gatte offenbar unlängst gegraben hatte, was auf frischen Streit im Hause Glossbach deutete.

Im Schutz der Dunkelheit hatten wir dann auch beinahe kriechend und schleichend die Grundstücksgrenze zum Anwesen meiner abwesenden Eltern erreicht, als plötzlich ein Höllenlärm ausbrach, zu dem stilecht ein paar kreisende Scheinwerfer den Nachbargarten in eine Art New York City bei Katastrophenalarm verwandelten.

Meine erste Reaktion war so, wie meine erste Reaktion auf unangekündigte negative Veränderungen in meiner Umwelt immer gewesen war: Ich wollte mich zusammenrollen und mucksmäuschenstill sein. Doch die letzten Tage hatten mich verändert, denn ich sprang stattdessen auf, rief »Alle mir folgen!« oder etwas Machohaftes in dieser Art und sprintete das letzte Stück zu unserem Zaun. Dabei versetzte ich einigen Scheinwerfern ein paar herzhafte Tritte.

Am Zaun angekommen, verwandelte ich mich in eine sogenannte Räuberleiter, über die meine Schwestern den sicheren Garten erreichten. Dann hob mich Bruno auf die andere Seite und folgte mir mit einem Sprung, dessen Technik zwar etwas veraltet war, dessen erreichte Höhe aber beeindrucken konnte. Leicht verdreckt und arg verschreckt trafen wir uns in einer Ecke unserer Terrasse, die man von nebenan nicht einsehen konnte. Wer einzig fehlte, war der Hund.

Ich sagte das zu Pauline, die neben mir kauerte, doch zu meiner Überraschung war sie die Ruhe selbst. »Mach dir keine Sorgen. Der kommt schon zurecht.«

Das war allerdings, wie sich dann herausstellte, eine

äußerst optimistische Einschätzung. Denn was jetzt im Glossbach'schen Garten geschah, versetzte uns in einige Sorge um den Hund.

Es begann damit, dass Frau Glossbach, alarmiert durch ihre neue Gartensicherungsanlage, auf ihre Terrasse trat und von dort im Schein der Lichtorgeln etwas bemerkte, was ihr bekannt vorkam. Jedenfalls schrie sie: »Da bist du ja wieder!« und »Warte, gleich hab ich dich!« sowie »Fahr zur Hölle, schwarzes Monster!« Und dann mischte sich in den Sirenenlärm ein gefährlich elektrisches Ziepen und Fiepen. Offenbar hatte unsere Nachbarin nach Piet Montags Überfall ihren Garten in eine High-Tech-Hundefalle verwandelt.

Doch der zum Pablo gewordene Piet musste ihr zuvorgekommen sein. Irgendetwas an der Hundefalle funktionierte nicht, das heißt, es funktionierte nicht im Glossbach'schen Sinne. Aus unserem Versteck konnten wir sehen, wie sich überall im Nachbargarten Drähte aus dem Boden wölbten und im Schein der Warnlampen schlangenhaft weiter in die Höhe schraubten. Schon dabei gab es erste kleine Explosionen, die den Röschen ernstlich Schaden zufügen mussten.

Doch da waren wir vom Höhepunkt des Schauspiels noch ein wenig entfernt. Der trat nämlich erst ein, als die wahrhaft durchgedrehten Elektrokabel sich eins nach dem anderen dem Zierbrunnen zuwandten, um schließlich geschlossen ihre nackten und funkensprühenden Enden darin zu versenken. Daraufhin passierte, was immer passiert, wenn Elektrizität und Wasser zusammenkommen und wovor besorgte Eltern ihre bastelnden Kinder nicht oft genug warnen können.

Zuerst gab es eine Art illuminierter Elektrofontäne, die etwa fünfzehn Meter hoch aus dem Zierbrunnen in den ansonsten eher langweiligen Himmel über Neustadt schoss, um anschließend unter Absonderung weiterer Explosiönchen und Querfontänchen wieder zu Boden zu fallen.

Dann wurde es still. Und vor allem: dunkel. Sehr dunkel. Zuerst im Glossbach'schen Garten. Dann im zugehörigen Haus. Und dann, soweit wir das sehen konnten, auch in den angrenzenden Häusern. Und überhaupt. Dunkel. Total.

»Pablo?«, sagte Pauline in die dunkle Stille.

Für keinen anderen Hund an seiner Stelle hätte ich jetzt noch einen Pfifferling gegeben. Aber als aus lauter Schwärze, in der nur das Gejammer der Nachbarin mir verriet, wo rechts und links und oben und unten waren, ein feuchtes, vierbeiniges Tier kam und sich unter uns vier mischte, da war ich nicht einmal überrascht. Der allgemeinen Wiedersehensorgie, die dann folgte, entzog ich mich allerdings, um unter ein paar Blumentöpfen nach dem Reserveschlüssel für unsere Kellertür zu suchen.

Drinnen mussten wir uns dann nicht besonders unauffällig verhalten. Denn Licht brannte einzig draußen im Benz der Schönewinds, und wer selbst im Licht sitzt, sieht nichts im Dunkel um sich herum. Neustadt aber war dank der Elektrikerkünste unseres Hundes gerade der dunkelste Ort auf diesem Planeten.

Dafür konnten wir nach Belieben die Schönewinds beobachten, wenngleich ich sagen muss, dass es da nicht viel zu sehen gab. Sie saßen nur, immer noch angeschnallt, auf Fahrer- und Beifahrersitz und guckten zwei parallel verlaufende Löcher in die Neustädter Dunkelheit. Dabei sprachen sie kein Wort. Mir kam der Gedanke, dass wir vorgestern in Marseby vielleicht ihr Leben ruiniert hatten. Doch ich verscheuchte den Gedanken wieder. Wir hatten es höchstens ein bisschen ramponiert. Und in einem besonders guten Zustand war es sowieso nicht gewesen.

Schließlich gingen wir zu Bett, nachdem ich beinahe den ganzen Rest von Milchreis, Götterspeise und Multivitaminsaft an meine Schwestern und an Pablo verteilt hatte. Zum Glück war es auch im Kühlschrank stockdunkel, so dass ich den großen gelben Zettel gar nicht sehen musste. Mir war immer noch nicht danach, ihn zu lesen. Die Schwestern schliefen dann im Doppelbett meiner Eltern, ich in meinem eigenen, Bruno bezog die weiße Ledercouch im Wohnzimmer, für die er lobende Worte fand.

Da mein Zimmer ein Fenster zur Straße hat, bekam ich noch mit, wie ein Rettungswagen vor dem Haus unserer Nachbarin hielt. Ich kriegte einen mächtigen Schrecken. Aber zum Glück war Frau Glossbach bei guter Gesundheit. Es schien, als wollte sie nur ein paar Röschen in die Klinik einliefern lassen. Der Fahrer des Rettungswagens sagte jedenfalls böse Worte und rauschte wieder davon.

Irgendwann, viel später in dieser Nacht, muss in Neustadt das Licht wieder angegangen sein. Aber da schlief ich schon längst, tief und glücklicherweise traumlos.

Guten Morgen, Schönewinds!

Wie kaum anders zu erwarten, war Pablo der Erste, der den jungen Morgen in Neustadt begrüßte. Während ich noch schlief oder wenigstens angestrengt so tat als ob, stieg er auf mein Bett und leckte mir ausgiebig die Nase, um dann zur Probe, ob sie weich genug sei, einmal hineinzubeißen. Danach war an Schlafen nicht mehr zu denken. Ich gab mir alle Mühe, beleidigt und empört zu sein, und zog mir meine Patchworkdecke über den Kopf. Darauf biss mich der Hund zur Abwechslung in den dicken Zeh.

Ich gab auf. Zuerst kontrollierte ich meine Sammlung von Glaselefanten, die ich in der gestrigen Dunkelheit gar nicht hatte sehen können. Dann trottete ich in den Flur. Jetzt war ich also wieder zu Hause. Aber so richtig heimisch fühlte es sich nicht an, trotz Milchreis im Kühlschrank, eigenem Bett und vertrauten Klängen aus dem nachbarlichen Garten. Außerdem lag mir schwer ein Problem auf der Seele, oder besser gesagt: Es stand, wie ich bei einem vorsichtigen Blick durch die Gardinen feststellen konnte, immer noch draußen auf der Straße.

Das Problem waren die Schönewinds. Ich bin kein großer Kenner der einschlägigen Gesetze, aber schon lange genug Kind, um zu wissen, dass unsereins nicht alles alleine entscheiden kann. Nicht einmal alles, was uns direkt betrifft. Anders ist das bei den sogenannten Erwachsenen. Vermutlich könnten zum Beispiel die Schönewinds mit polizeilicher Erlaubnis bei uns eindringen und ihre Adoptivtochter zurück nach Marseby holen. Gegen ihren Willen, und erst recht gegen den ihrer Geschwister.

Ich sah das Bild schon im Geiste vor mir. Pauline auf dem Rücksitz des Schönebenz, getrennt von Hund und Bruder und Schwester, ihre Adoptiveltern auf den Vordersitzen, mit grimmigem Blick Richtung Ostsee. Dazu Frau Glossbach in Triumphhaltung vor ihrer Haustür, vermutlich noch ein paar abgerissene Elektrokabel in der Hand. Und schließlich Bruno, Paula und ich, festgenommen und an Händen und Füßen gefesselt.

Bruno würde man wegen Beihilfe zum Adoptivkindesentzug für zehn Jahre den Kontakt zu Tieren verbieten. Paula und mich würden sie auf verschiedene Kinderheime in verschiedenen Kontinenten verteilen und unsere Identitäten so weit manipulieren, dass wir uns frühestens zu unserem siebzigsten Geburtstag wiedersehen und uns unser verpfuschtes Leben erzählen könnten. Als sich mir schließlich noch aufdrängte, was sie mit Pablo machen würden, brach ich das Gedankenspiel schleunigst ab.

Ich horchte ins Haus. Die anderen schienen noch fest zu schlafen, und ein weiterer Blick durchs Fenster bewies mir, dass auch im Benz noch keine Aktivität auszumachen war. Überhaupt lag die Straße völlig still. Kein Wunder, es war ja erst kurz vor halb sechs.

Kurz vor halb sechs – an welchem Tag eigentlich? Ich rechnete nach: Am Sonntag hatten mich meine Eltern verlassen. Am Montag hatte ich mir einen Hund und eine Schwester eingefangen, und am Dienstag war ich mit ihnen nach Berlin gefahren, wo wir das Hotel Adlon aufgemischt hatten. Am Mittwoch waren wir in Marseby an der Schlei angekommen und hatten auf dem Bahnhof schlafen müssen, weil es uns erst am Donnerstag gelingen sollte, unsere Pauline mit ins Drillingsboot zu holen. Die Nacht auf Freitag hatten wir in der leeren Hochschmidt-Wohnung verbracht, bevor wir dann im Seuchen-Express und im Straßenkreuzer des Zahnbesitzers zum Hochschmidt-Hof gereist waren. Am Samstag schließlich waren wir mit einem Fass Bohnerwachs nach Neustadt aufgebrochen und hatten unterwegs einem jungen Hund eine Hollywoodkarriere eröffnet. Mit anderen Worten:

Heute war Sonntag! Sonntag, der 22. Juli.

Oder noch einmal, und wieder mit anderen Worten: mein Geburtstag.

Falsch. Unser Geburtstag! Heute wurden sämtliche Müller-Drillinge auf einen Schlag vierzehn. Zuerst Pauline, dann Paula und dann, etwas abgeschlagen, ich.

Geburtstag bedeutet ja für gewöhnlich: Man bekommt Geschenke. Zugegeben, ich bekam immer gern Geschenke. Und besonders mochte ich sie, wenn sie mich wirklich überraschten. Es kam dann gar nicht auf das Was an, schöner war festzustellen, dass einer sich wirklich Mühe gegeben hatte, meine Wünsche zu erraten. Meine Eltern hatten das immer ganz gut gekonnt. Nur ihre bislang letzte Überraschung hatte mir so gar nicht gefallen.

Aber von irgendwelchen Eltern hatte ich, Pardon: hatten wir ja nichts zu erwarten, obwohl wir doch jede Menge davon besaßen. Jedenfalls nichts, auf das wir uns hätten freuen können. Und von Bruno konnten wir auch nichts verlangen, der war nicht einmal um sieben Ecken mit uns verwandt und hatte sich überdies schon mehrfach für uns, wie die Berliner sagen: das Futter aus der Jacke gerissen.

Doch dann kam mir, während ich mich leise-leise auf den Weg in die Küche machte, eine Idee. Warum fingen wir nicht mit dem Schenken unter uns Drillingen an, statt auf die Wohltaten anderer Leute zu warten! Und prompt fiel mir auch etwas ein. Ich selbst könnte nämlich meiner jüngst erworbenen ältesten Schwester Pauline etwas ganz Besonderes schenken, etwas Seltenes und Wertvolles: nämlich ein wenig Zeit. Ein wenig Zeit für sie selbst. Und ein wenig Zeit für uns drei.

Und wie verschenkt man Zeit? Ich glaube, keiner weiß so genau, wie man Zeit verschenkt. Man kann es nur versuchen. Ich versuchte es so:

Zuerst zauberte ich aus unserer sündhaft teuren, chromblitzenden Kaffeemaschine unter Aufbietung meines gesamten technischen Verstandes zwei Tassen Milchkaffee. Daraufhin warf ich zwei tiefgekühlte französische Baguettespezialitäten, die ich auch fünf Minuten vor meinem Hungertod nicht gegessen hätte, in die

Mikrowelle. Als alles vor Hitze dampfte und brodelte, packte ich es auf ein Tablett. Um die Sache rund zu machen, zog ich Jeans und T-Shirt und dazu eine Designerschürze an, die meine Eltern einmal als Belohnung für ihr unerschrockenes Essen bei Fred, Su und Issi bekommen hatten. In diesem Aufzug trat ich aus dem Haus und vor den meerblauen Benz, in dem zwei ziemlich zerknautschte Schönewinds auf den heruntergeklappten Sitzen lagen.

Ich tippte auf die Windschutzscheibe und sagte: »Frühstück!« Oder sagen wir: Ich flötete es, genau so, wie ich es von den Kellnern bei Fred, Su und Issi kannte.

Die Schönewinds kamen parallel hoch wie erschrockene Bahnschranken. Nachdem er sich sicher schien, dass das hier kein Überfall auf offener Straße war, öffnete der Kapitän sein Seitenfenster. Ich reichte den Kaffee und die überbackenen Franzosen in den Wagen, worauf die Schönewinds ordentlich damit zu tun hatten, die heißen Sachen anderswo als auf ihren Schößen abzustellen. Zuerst bugsierten sie sich Tassen und Teller gegenseitig zu, dann platzierten sie alles auf dem Armaturenbrett.

»Frühstück am Benz«, sagte ich. »Kleiner Service des Hauses Müller.«

»Danke schön«, sagten die Schönewinds und bebliesen ihre Finger.

»Ich vermute mal, Sie sind gekommen, um Ihre Adoptivtochter mit einem Geschenk zum vierzehnten Geburtstag zu überraschen.«

»Nun ja«, sagte der Kapitän. »Das auch. Aber vor allem wollen wir –«

Ich unterbrach ihn: »Wie schön! Allerdings ist es ein bisschen früh für Überraschungen. Meine Schwestern schlafen noch. Und außerdem fürchte ich, Sie haben das Geschenk vergessen.« Ich imitierte den allseits bekannten Späherblick. »Oder übersehe ich hier vielleicht ein schneeweißes Segelboot?«

»Du bildest dir ganz schön was ein!«, sagte der Kapitän. Es klang, als spräche ein Rabe, der ihm auf der Schulter saß.

»Im Gegenteil. Einbilden war früher. Vierzehn Jahre lang habe ich mir was eingebildet. Ich habe geglaubt, ich bin einzigartig und für nichts auf der Welt verantwortlich. Aber seit einer Woche ist es mit der Einbildung vorbei. Jetzt weiß ich, dass ich zu dritt bin und dass man mich gelegentlich ein ganz kleines bisschen braucht.«

»Man kann es auch anders formulieren«, sagte der Kapitän. »Du hast dich in Angelegenheiten gemischt, die dich nichts angehen. Du und deine Schwester.« Er zog einen Umschlag aus der Jacke und reichte ihn mir. Ich musste ihn nicht öffnen, um zu wissen, dass unser Bestechungsgeld darin war.

»Und ihr habt Pauline entführt«, sagte Frau Schönewind.

»Das haben wir nicht.« Ich merkte, dass meine Stimme nicht ganz fest klang. »Wir haben nur versucht, das Richtige zu machen. Das, was am besten für uns ist.«

Der Kapitän schüttelte den Kopf. »Das sagen alle, die irgendeinen Unfug anrichten!«

Ich nickte. »Sehr richtig. Und Sie beide haben es sicher auch schon einmal gesagt. Vielleicht sogar erst kürzlich, als Sie mit Pauline über Ihre Probleme gesprochen haben. Haben Sie da nicht auch gesagt: Wir wollen nur tun, was das Richtige ist?«

Das hatte gesessen. Die Schönewinds schwiegen. Jetzt hätte ich wohl nachlegen müssen. Jetzt hätte ich ihnen vielleicht die ganz große Anklagerede halten sollen. Leider fehlten mir plötzlich die Worte. Ich wollte, der Hund hätte mir geholfen. Aber der war ja nicht mehr für uns zuständig. Für das, was ich jetzt erreichen wollte, musste ich ganz alleine sorgen.

»Gut, ich sehe alles ein«, sagte ich mit gespielter Resignation. »Sie sind im Recht, und wir sind im Unrecht. Pauline gehört Ihnen. Ich gehe jetzt rein und hole sie raus, dann können Sie sie mitnehmen. Vielleicht schaffen Sie es ja, sich wenigstens an ihrem Geburtstag zu vertragen.«

Ich wandte mich zum Haus, drehte mich aber noch einmal um, als hätte ich etwas vergessen. »Übrigens, soweit ich das beurteilen kann, war sie in den letzten zwei Tagen sehr glücklich.« Dann zuckte ich die Schultern und ging.

Ich ging langsam. Langsam genug, um den Blicken der Schönewinds viel Zeit zu geben, meinen Rücken hinauf- und hinunterzuklettern. Ich ging Schritt für Schritt, und ich hatte schon die Tür erreicht, und ich dachte schon: Es hat nicht geklappt – da riefen sie mich zurück. So langsam und lässig ich eben konnte, schlenderte ich wieder zum Auto.

»Ja bitte?«

»Was schlägst du vor?«, sagte der Kapitän.

»Einen Umtausch. Vielleicht lässt sich Paulines Geschenk noch zurückgeben. Schenken Sie ihr doch statt eines Segelboots ein bisschen Zeit.«

»Zeit wozu?«

»Zeit, in der drei zusammengewürfelte Kinder versuchen können, sich eine Familie zu basteln. Oder irgendetwas, das halbwegs so aussieht. Oder nur so funktioniert. Und wenn das nicht klappt, was ja ziemlich wahrscheinlich der Fall sein wird, dann kann Pauline von mir aus wieder Ihr Zankapfel sein.« Ich schlug mir auf den Mund. »Pardon! Ich meinte natürlich: Ihr Augapfel.«

Die Schönewinds schwiegen.

Ich trat spielerisch gegen einen Benzreifen. »Nur ein paar Tage für ein einfaches Kinderspiel. Nicht Vater Mutter Kind, sondern Schwester Bruder Hund.«

Ich machte ein paar Schritte zur Seite, um die Schönewinds nicht beim Nachdenken zu stören. Der Kapitän sah seine Frau an. Sie sah ihn an. Wenn sie irgendetwas besprachen oder verabredeten, dann so, dass ich es weder sehen noch hören konnte.

Nach vielleicht einer Minute startete der Kapitän den Benz. »Zwei Wochen«, sagte er in meine Richtung. »Zwei Wochen geben wir euch!«

»Und wir rufen täglich an«, sagte Frau Schönewind.

Ich verkniff es mir zu feilschen. Zwei Wochen waren mehr, als ich hatte erwarten dürfen. »Einverstanden«, sagte ich. Und dann kam mir noch eine Idee. Ich reichte den Umschlag wieder zurück in den Wagen. »Das ist ehrlich verdientes Geld. Machen Sie sich davon ein paar schöne Tage. Fahren Sie doch zusammen in die Berge. Das hilft vielleicht. Da sehen Sie mal was anderes als Wasser und kommen gleich auf bessere Gedanken.«

Schönewind grinste, dann nahm er den Umschlag. »Ich verwahr es für euch. Und danke für den Rat.« Dann fuhren sie los.

Und ich stand tatsächlich noch lange auf der Straße und winkte ihnen nach.

Finale mit Rettungshund

Im Haus schien noch immer alles zu schlafen, nur Pablo war wach und begleitete mich in den Garten. Er ging auch gleich zu dem Platz, an dem er, damals noch als Piet Montag, die Kassette mit meinem verbuddelten Altgeld gefunden hatte. Er setzte sich neben das Loch und sah mich fragend an.

»Nein danke«, sagte ich leise, legte die alberne Schürze ab und setzte mich in die Hollywoodschaukel auf unserer Terrasse. Geld kann man zwar immer brauchen, aber Geld war nicht mehr unser Problem. Wir hatten ein anderes. Eben hatte ich es dem Kapitän gesagt, und dabei hatte es wohl wie ein Witz geklungen: »Wir müssen uns eine neue Familie basteln.«

Als Witz war das vielleicht ganz nett. Als Wirklichkeit war es allerdings eine Katastrophe und überdies undurchführbar. Man geht nun einmal nicht in ein Spezialgeschäft und kauft sich das Bastelmaterial für eine nette Familie zusammen. Und erst recht nicht als Vierzehnjähriger, selbst wenn man es in Gestalt von Drillingen versucht. Mit vierzehn ist man, wie mein Vater sagen würde, ein »Spielball der Naturgewalten«. Man muss abwarten, was kommt, und froh sein, wenn es einem nicht auf den Kopf fällt.

Ohne dass ich es wollte, begann die Hollywoodschaukel zu tun, was sie offenbar schlecht lassen konnte. Sie schaukelte. Und ich schäme mich kaum es zuzugeben: Sie schaukelte mich wieder zurück in den Schlaf. Vermutlich auch in einen Traum. Und es würde mich nicht wundern, wenn es ein besonders kitschiger Wunschtraum war, in dem die Müller-Drillinge unter der zurückhaltenden Begleitung irgendwelcher Erziehungsberechtigter nichts taten, als leichten Fußes über anmutige Frühlingswiesen zu hüpfen. So einer bin ich nun mal, jedenfalls im Traum, auch wenn ich im richtigen Leben allmählich einer wurde, der sich ganz gut durchschlagen kann.

Apropos schlagen. Aus dem Traum, wenn ich ihn denn geträumt hatte, weckte mich ein synchrones Knuffen gegen meinen linken beziehungsweise rechten Oberarm. Dazu fielen leise gemurmelte Ausdrücke wie »Schlafmütze«, »Murmeltier« und »Traumtänzer«. Mit anderen Worten, rechts und links neben mir saßen meine Schwestern.

»Neun Uhr«, sagte Paula. »Also wach auf, Nesthäkchen!«

»Wir müssen los«, sagte Pauline leise. »Bevor deine Nachbarin auf die Idee kommt, meine Eltern zu wecken.«

Ich streckte mich, was die Schaukel wieder zum Schaukeln brachte. »Adoptiveltern«, sagte ich. »Merk dir das mal endlich.«

»Halt keine Ansprachen. Wir nehmen wieder den Weg durch den Garten.« Paula zeigte auf das Nachbargrundstück, das jetzt im Hellen aussah, als hätte man dort einen elektrischen Bock zum Gärtner gemacht.

»Und wohin gehen, Pardon, fliehen wir jetzt?«, wollte ich wissen.

»Natürlich zu deiner Tante. In dieses Café. Los jetzt, Hochschmidt und Pablo sind schon im Wagen.«

»Das Café öffnet frühestens in einer halben Stunde.«

»Mir egal«, sagte Paula. »Ich bin hungrig. Und dem nächsten Milchreis, den ich treffe, tu ich was an.« Dazu machte sie gewalttätige Gesten.

»Aber da gibt's nichts zu essen, sondern höchstens was zu atmen.«

»Und wennschon. Ich wette, unser Mitbringsel macht uns zu Ehrengästen.«

Ich konnte nicht anders und kostete die Lage noch ein wenig aus. »Ich will nicht wieder über Zäune klettern. Ich bin ein freier Drilling. Und das hier ist mein Haus, welches ich ausschließlich auf würdige Art und Weise verlasse. Das heißt: aufrecht durch die Vordertür.« Womit ich aufstand und tatsächlich äußerst würdig in Richtung Haustür ging. Die Mädchen folgten mir durchs Wohnzimmer in den Flur.

»Bleib stehen!« Paula nahm meinen Arm, aber ich ließ mich nicht aufhalten.

Pauline lehnte sich mit dem Rücken gegen die Wand. »Du machst alles kaputt! Du machst uns drei kaputt.«

»Mache ich nicht.« Und damit öffnete ich die Haustür. Das Bild dahinter war ergreifend schön. Eine Wohnsiedlung in bester Lage und im Licht der Morgensonne. Und was das Bild besonders schön machte: Es war vollkommen benzfrei.

»Wo sind sie?« Das kam zweistimmig.

»Unterwegs nach Marseby. Ich habe zwei Wochen für uns herausgeschlagen. Die haben wir Zeit, uns eine neue Familie zu basteln.« Ich trat zu Pauline. »Wenn wir das nicht schaffen, holen sie dich wieder ab.« Und dann nahm ich ihre Hand. »Übrigens: Herzlichen Glückwunsch zum Geburtstag!«

Pauline ließ mir die eine Hand, die andere schlug sie sich vor den Mund.

»Stimmt das wirklich?«, sagte Paula.

»Das stimmt wirklich. Mein Geburtstagsgeschenk für uns drei.« Eine Sekunde später hing mir Paula um den Hals, und zwei Sekunden später tanzte sie mit Pauline durch unseren Flur, dabei sangen die beiden ein unsäglich peinliches Lied, dessen Text ich niemals wiedergeben werde. Ich durfte derweil die Lateindompteuse halten. Schließlich liefen die Mädchen hinaus, um Bruno die gute Nachricht mitzuteilen.

Als ich ein paar Minuten später in den Vorgarten trat, öffnete sich die Tür des Nachbarhauses und Frau Glossbach erschien in einer Art Mischbekleidung aus Schlaf- und Taucheranzug. Sie hob eine Hand, ließ sie drohend in der Luft kreisen und zeigte dann auf mich. Anschließend sagte sie einen ziemlich langen Satz, in dem die Wörter »Gemeinheit«, »Schadenersatz« und »Polizei« vorkamen.

Ich tat, als sei ich nicht schlau genug, um derart lange

Sätze zu verstehen. »Hallo!«, sagte ich, wie die braven Kinder aus alten Fernsehserien. »Frau Glossbach, schön Sie zu sehen. Ihre Alarmanlage hat übrigens prima funktioniert.«

Sie erwiderte etwas, was ich nicht verstand, weil gerade Brunos Antiquität um die Ecke bog und vor unserem Haus anhielt. Die gesamte Besatzung stieg aus.

Ich deutete auf die Mädchen. »Das da sind übrigens meine Schwestern. Eigentlich sind wir Vierlinge. Aber meinen Bruder hat es gestern in Ihrem Garten erwischt.«

»Was?«, flüsterte unsere Nachbarin.

Ich machte eine abwehrende Handbewegung. »Nein! Sagen Sie nichts. Wir konnten ihn sowieso nicht leiden. Er stand auf Heavy-Metal-Musik und las dicke Bücher. Er passte einfach nicht zu uns. Wir haben ihn sicher verpackt und werfen ihn jetzt vor der Stadt in den Fluss.«

Ich gab Bruno ein Zeichen. Er öffnete die hintere Lieferwagentür, klopfte auf die Bohnerwachstonne und nickte dazu wie einer, der gerne mal wegräumt, was andere Leute liegen gelassen haben.

»Und keine Sorge«, sagte ich noch an die Adresse von Frau Glossbach. »Von uns erfährt keiner ein Wort. Ehrensache unter Nachbarn.« Ich winkte ihr zu wie ein Vierjähriger. Während wir dann alle in den Lieferwagen stiegen, erstarrte Frau Glossbach zur Marmorsäule. Im Wegfahren sahen wir noch, wie Gerd der Gatte hinter ihr erschien. Seinen Spaten trug er über der Schulter.

Eine Viertelstunde später standen wir an einer Tankstelle. »Wenn schon«, hatte Bruno gesagt, »dann machen wir die Sache auch anständig.« Jetzt kam er mit einem blassrosafarbenen Lufterfrischer fürs Badezimmer und einem Stück Schnur zurück. Er kramte im Werkzeugkasten des Lieferwagens, fingerte und schraubte an seinen Einkäufen herum, und dann präsentierte er uns seine Erfindung. Er hatte die Frischesubstanz im Lufterfrischer gegen eine ordentliche Portion Bohnerwachs ausgetauscht, und das Ganze trug Pablo jetzt an der Schnur um den Hals. Er sah damit aus wie die leicht verkleinerte Fassung eines Bernhardiners mit Schnapsfass. Jedenfalls sagte das Paula, woraufhin der Hund etwas pikiert zur Seite schaute. Dann fuhren wir los.

Als wir auf der Suche nach einem Parkplatz am Gedächtniscafé vorbeikamen, sahen wir, wie Tante Elke gerade die Tür aufschloss. Sie trug noch nicht ihre Verkleidung. Vielmehr sah sie halb fesch und halb zünftig aus, wahrscheinlich kam sie gerade von ihrer Drescher- und Mäher-Verkaufstour zurück. Bruno glotzte sie an und verlor kurz die Kontrolle über den Lieferwagen.

»Nette Person, oder?«, sagte Paula, aber zu zweit knufften wir sie ruhig.

Endlich fanden wir einen Parkplatz, und nun sollte geschehen, was wir uns auf der Fahrt ausgedacht hatten. Vor dem Café gingen wir Drillinge und der Hund Pablo in Deckung. Bruno trat alleine ein, worauf die Glöckchen wieder klingelten und Tante Elkes Stimme vom Band kam, gefolgt von einem echten »Bin gleich da!«.

Ein paar Sekunden später trat sie durch die Hintertür ins Café. Bruno hatte die Vordertür ein Stück offen gelassen, und so verstanden wir jedes Wort.

»Schön, dass Sie sich für das Kaminski-Graber-Moos-Gedächtniscafé interessieren«, sagte Tante Elke. »Aber auf den Genuss meiner Führung müssen Sie leider verzichten. Ich packe nämlich gerade meine Koffer.«

»Ach du liebe Güte.« Das war natürlich nicht der Text, den wir für Bruno vereinbart hatten. »Warum denn das, wenn ich fragen darf?«

Tante Elke machte ein Geräusch, das eindeutig Verachtung signalisierte. »Die wollen hier Remmidemmi veranstalten. Das Tourismusamt von Neustadt plant Kultur-Events zum Gedenken an die bedeutenden Künstler. Aber ich mache denen nicht länger den Affen. Ich habe gekündigt.«

»Das ist ja schrecklich für Sie.«

»Nicht, wie Sie wahrscheinlich denken«, sagte Tante Elke. »Meinen Arbeitsplatz verliere ich hier nicht.«

»Ich weiß. Aber Ihren Heilatmungsraum. Und das ist ja noch viel schlimmer.«

»Woher wissen Sie das?« Tante Elke klang zutiefst überrascht.

»Oh«, sagte Bruno. »Für eine kurze Zeit meines Lebens war ich blendend informiert, über dies und das und überhaupt. Ich wusste praktisch alles. Aber diese Zeit ist zu Ende gegangen. Mit dem Allwissendsein bin ich nicht glücklich geworden. Ich habe dann umgeschult. Im Moment bin ich in der Drillings-Betreuungsbranche.«

Ich war erstaunt. So viel schauspielerisches Talent hatte ich Bruno nicht zugetraut. Aber wer Tieren alles Mögliche beibringen kann, ist vielleicht auch für sich selbst ein guter Lehrer. Die Mädchen neben mir stießen sich an. Lange würden sie nicht mehr stillhalten können.

»Drillinge?«, sagte drinnen im Café Tante Elke. »Das ist ja interessant. Kennen Sie vielleicht einen Paul Müller?«

»Allerdings. Und nicht nur den.« Bruno klatschte einmal in die Hände. Das war das verabredete Zeichen. Zuerst betrat ich das Café. Und in gemessenem Abstand folgten mir, Hand in Hand, Paula und Pauline.

»Hi, Tante Elke«, sagte ich. »Guck an: Das ist Pauline – jetzt sind wir komplett.«

Meistens sagen Erwachsene in solchen Situationen »Jetzt bin ich aber sprachlos« oder »Jetzt muss ich mich aber mal setzen«, woraufhin sie sich nicht setzen, dafür aber in einem fort reden. Tante Elke hingegen setzte sich tatsächlich an einen der kleinen Tische und sagte lautstark und unüberhörbar: nichts.

»Überraschung, nicht wahr?« Meine Schwestern traten einzeln vor und gaben ihr die Hand. Völlig unbemerkt stahl sich unterdessen hinter ihren Beinen der Hund ins Café.

»Donnerwetter«, sagte Tante Elke endlich. »Ihr habt es also hingekriegt. Alle Achtung! Und? Hat man euch auch gleich adoptiert?«

»Das weniger«, sagte ich. »Um ehrlich zu sein, wir haben uns Pauline vorläufig nur ausgeliehen. Für zwei Wochen.«

Tante Elke lachte. »Und habt ihr dafür mit dem Hund bezahlt?«

Wir taten, als würden wir uns gewaltig amüsieren. Das gab Pablo die Möglichkeit, unbemerkt auf die Theke hinter Tante Elkes Rücken zu springen. Dort nahm er einen geeigneten Platz ein, nicht weit von ihrem Kopf entfernt.

»Nein, nein«, sagte ich. »Den Hund hätten wir nicht hergegeben. Der ist jetzt so was wie unser guter Geist. Von dem trennen wir uns überhaupt nicht mehr.«

Tante Elke schaute alarmiert im Café umher, aber da man Hunde für gewöhnlich auf der Erde sucht, bemerkte sie Pablo nicht. »Er ist doch nicht hier, oder? Ihr erinnert euch hoffentlich an meine Krankheit. Hunde stehen auf der Hitliste meiner Aversionsverursacher ganz weit oben.«

»Ach was!«, riefen wir. Und schickten gleich die wohlbekannten Hundebesitzersätze hinterher: »Der tut dir nichts!« »Der ist ganz lieb.« »Der will nur spielen.«

»Kinder!«, sagte Tante Elke. »In dieser Angelegenheit verstehe ich keinen Spaß. Wo ist der Hund?«

»Ja, wo ist er denn?« Und dann taten wir so, als würden wir ihn hektisch suchen, dabei riefen wir seinen Namen. Bruno zog komische Grimassen. Endlich riefen wir »Hurra, da ist er ja!« und zeigten zu dritt mit den Fingern knapp an Tante Elkes Kopf vorbei.

Sie wagte nicht sich umzudrehen. »Bloß das nicht!«, sagte sie gepresst, dabei wühlte sie in den Taschen ihrer Jeans, vermutlich suchte sie nach einem Taschentuch, vielleicht auch nach einer Medizin.

»Schau nur!«, riefen wir. »Wie süß er da sitzt. Unser Goldhund.« Tatsächlich war der Anblick zum Schreien komisch: ein schwarzer Hund mit einem rosa Lufterfrischer um den Hals.

Ganz langsam drehte sich Tante Elke auf ihrem Stuhl herum, bis sie Pablo auf gleicher Höhe in die Augen sah. Ihr Mund formte ein Wort, aber weil sie offenbar nicht imstande war, ihre Stimme einzuschalten, hörte man nichts. Wahrscheinlich war es das Wort »Hund«. Vielleicht auch das Wort »Hilfe«.

Pablo legte den Kopf ein wenig schief. Dann putzte er sich mit der rechten Pfote seine dicke Hundenase, was man zu Recht als putzig bezeichnen konnte. Allerdings bekam er seine Nase so nicht sauber, weswegen er zu anderen Mitteln greifen musste. Er holte Luft und schloss die Augen, dann nieste er Tante Elke ins Gesicht.

Und Tante Elke – nieste nicht! Obwohl ihre Multiple Aversion gerade durch eine Überdosis Hund stimuliert worden war.

»Ich niese nicht«, konstatierte sie.

»Ach!«, sagten wir im Chor.

Noch immer trennten Hund und Tante nur wenige Zentimeter.

»Und mir tränen nicht die Augen.«

»Oho!«, machten wir und zogen erstaunte Gesichter.

»Und ich habe auch nicht das Gefühl zu ersticken«, schloss Tante Elke ihre Selbstdiagnose ab.

»Großartig«, sagte ich. »Dann stehen hier vor dir nicht nur drei mit dir um drei Ecken verwandte Drillinge, sondern auch deine Retter.« Und ich erzählte ihr in knappen Sätzen die ganze Geschichte vom Fund der Bohnerwachstonne auf dem Speicher des Hochschmidt'schen Hofes.

Pauline trat zu ihrem Pablo. »Schau nur, wie es funktioniert. Mit dem Wunderwachs um den Hals ist der Hund ganz ungefährlich. Jetzt musst du bloß noch testen, ob du in seiner Begleitung auch den Rest vom Leben ausstehen kannst.«

»Uns zum Beispiel«, sagte Paula.

Pauline warf ihr einen bösen Blick zu. »Wenn du mich fragst«, sagte sie schnell, »ich habe da keinerlei Zweifel. Du brauchst nur so einen wie ihn, der immer bei dir ist.«

Jaja, dachte ich. Und um so einen Rettungshund zu bekommen, brauchst du nur uns drei als deine Kinder aufzunehmen. Wir wollen auch immer brav sein und regelmäßig das Geschirr in die Spülmaschine räumen. Aber das sagte ich natürlich nicht, worauf ein kräftiges Schweigen im Gedächtniscafé ausbrach. Mir war, als hätten alle Anwesenden meine Gedanken gehört. Vermutlich wurde ich mal wieder rot.

Tante Elke beendete das Schweigen. »Vielleicht stellt

ihr mir mal eure Begleitung vor.« Wir taten es, und die beiden gaben sich die Hand.

»Der ist übrigens nett«, sagte Paula. »Und der hilft im Haushalt.«

Pauline knuffte sie, aber diesmal war Paula nicht still zu kriegen. »Außerdem versteht er was von Tieren. Und von Bauernhöfen auch. Er könnte dein Assistent sein. Oder irgendetwas sonst. Im Prinzip kann er alles.«

»Paula!«, sagte Pauline. »Was haben wir besprochen!«

»Ach, lass doch.« Paula baute sich vor Tante Elke auf. »Man kann es doch wenigstens mal sagen. Schau her!« Und sie zählte es an den Fingern auf: »Wir drei suchen zwei Erziehungsberechtigte. Am besten Mann und Frau. Du brauchst eine neue Bleibe und einen Rettungshund. Und Hochschmidt«, sie fuchtelte mit den Armen in der Luft, »na ja, der ist ein Mann. Ich weiß nicht, was Männer brauchen. Jedenfalls ist er im richtigen Alter. Für dich, meine ich. Und er könnte einen Rettungshund für dich ausbilden. Den besten, den du kriegen kannst.«

»Ach, Paula«, sagte Pauline.

Ich sagte gar nichts. Ich drückte bloß die Daumen.

»Und das ist noch nicht alles.« Paula war nicht zu stoppen. »Dir haben sie gekündigt, und Paul hat ein riesiges Haus. Die Nachbarschaft ist ein bisschen speziell, aber sonst ist es in Ordnung. Wir könnten da alle wohnen und sehr, sehr glücklich sein.« Sie machte eine Pause. »Es ist ja nur für genau vier Jahre.«

»Richtig«, sagte Tante Elke. »Stimmt ja. Herzlichen Glückwunsch zum Geburtstag!«

Wir nickten ein Dankeschön.

»Ich muss mich für meine jüngere Schwester entschuldigen«, sagte Pauline. »Es ist ungehörig, jemand solche Anträge zu machen. Außerdem grenzt es an Erpressung. Selbstverständlich verlangen wir nichts von dir. – Andererseits.« Sie zog eine kleine Schnute und atmete einmal tief ein und aus, was wie ein Seufzen klang. »Andererseits bist du unsere einzige anwesende Verwandte. Und Hochschmidt ist der einzige Mensch, der sich um uns gekümmert hat. Wir verlangen ja nicht, dass ihr euch liebt.«

»Nein«, sagte Paula. »Von Liebe ist keine Rede. Ihr kriegt natürlich getrennte Schlafzimmer. Ihr müsst nur tun, was Eltern so machen.« Sie zählte es auf. »Zeugnisse unterschreiben. Uns dazu bringen, unsere Zimmer aufzuräumen. Taschengeld sperren, wenn wir nicht fleißig waren. In der Schule anrufen, wenn wir die Grippe haben.«

»Auf korrektes Benehmen achten«, sagte Pauline. »Unsere Freunde blöd finden und uns am Wochenende ausschlafen lassen.«

»Von Liebe ist da wirklich keine Rede. Es muss nur irgendwie klappen.«

Ich sah Tante Elke an, die ihrerseits auf den Boden guckte. Würde jetzt vielleicht geschehen, was man für gewöhnlich »eine märchenhafte Wendung des Geschehens« nennt? Ich drückte diesem Märchen jedenfalls immer noch die Daumen. Und als es im Café leise zu klingeln begann, dachte ich einen Moment lang, dass vielleicht eine Fee hereingekommen sei, um Tante Elke mit ihrem Zauberstab zu berühren, damit sie unsere verrückten und unmöglichen Vorschläge in Bausch und Bogen akzeptierte, uns drei adoptierte und Hochschmidt um den Hals fiele.

Es war aber keine Fee, die eintrat, sondern ein kleiner Mann im gut sitzenden grauen Anzug mit auffallend dunkler Haut und leuchtend schwarzen Augen.

»Verzeihung«, sagte der Mann sehr höflich. »Ich möchte nicht stören.«

»Dann lass es doch!«, sagte Paula und drehte ihm den Rücken zu.

»Vielleicht gestatten Sie, dass ich mich vorstelle. Ich heiße Rabindranath Dasgupta.«

»Oder Guppy«, murmelte Paula.

»Ich habe leider ein schweres Problem«, sagte Dasgupta. »Ich möchte Sie nicht langweilen oder Ihre Zeit stehlen, aber es ist wirklich dringend. Seit mehreren Tagen suche ich nach der Adoptivtochter meiner Lebensgefährtin Martina Wachsmuth, welche sich etwas unvorbereitet zu einem Erholungsaufenthalt entschlossen hat.«

»Von wegen Erholung! Die hast du aus dem Haus gejagt.« Paula hatte die Arme vor der Brust verschränkt.

Dasgupta hob eine Hand. »Ich akzeptiere andere Meinungen, aber ich stimme ihnen nicht immer zu.«

»Quatsch mit Soße!«

Dasgupta schloss kurz die Augen. »Ich war in großer Sorge. Zum Glück haben mir freundliche Menschen wertvolle Hinweise darauf gegeben, wo ich Fräulein Paula suchen soll.« Zu Bruno gewandt, machte er eine kleine Verbeugung. »Auch wenn diese Hinweise nicht immer ganz richtig waren.«

Bruno schaute zur Decke.

Dasgupta ging einen Schritt auf Paula zu. »Bitte! Sprich mit mir! Ich habe Nachricht von deiner Adoptivmutter erhalten. Es geht ihr gut und sie beabsichtigt, baldigst zurückzukehren, um mit mir einige Unstimmigkeiten zu klären. Ich hoffe, dass wir dann unser bislang so harmonisches Leben fortführen können.«

Doch Paula schwieg, und darauf setzte sich Dasgupta an einen der kleinen Tische.

»Mir hat man eine andere Geschichte erzählt, eine wesentlich unerfreulichere Geschichte«, sagte Tante Elke. Dabei hatte sie einen erstaunlich erziehungsberechtigten Unterton in der Stimme.

Dasgupta hob beide Hände und sah dadurch noch ein wenig unschuldiger aus. »Gehe ich richtig in der Annahme, dass es in Ihrer Geschichte um meinen Vetter sowie um eine erzwungene Hochzeit ging?«

»In der Tat.«

»Bitte«, sagte Dasgupta. »Ich nehme das dem Fräulein Paula nicht übel. Tatsächlich hatten Frau Wachsmuth und ich in der letzten Zeit mit gewissen Beziehungsproblemen zu kämpfen, wodurch es gelegentlich zu Streitigkeiten kam. Aber mit Fräulein Paula hat das gar nichts zu tun. Und bevor ich ein vierzehnjähriges Mädchen zu einer Heirat zwingen würde, schnitte ich mir eher die rechte Hand ab.«

Ich musste schlucken, konnte es aber nicht. Das hatte so ehrlich geklungen, dass ich versucht war, schnellstens alle Messer im Umkreis von hundert Metern wegzuschließen.

»Ich fürchte«, sagte Dasgupta weiter, »Fräulein Paula hegt momentan eine gewisse Abneigung gegen meine Person. Wahrscheinlich hat sie sich deswegen – wie soll ich sagen?« Und jetzt lächelte er sehr unbeholfen. »Aus dem Staub gemacht.«

»Stimmt das?«, sagte Pauline.

Paula hatte sich in der Zwischenzeit so gut wie nicht bewegt. »Jeden Tag Streit«, sagte sie tonlos. »Über alles und jedes. Als kämen er und Mama nicht aus verschiedenen Kontinenten, sondern von verschiedenen Planeten. Schon wenn entschieden werden soll, was es zu essen gibt, bricht bei uns ein Krieg der Kulturen aus.«

»Ich bedaure das außerordentlich.« Dasgupta schaute zu Boden. »Aber Streitigkeiten kommen in allen Beziehungen vor. Ich liebe Frau Wachsmuth sehr. Und auch wenn wir ein wenig verschieden sind, heißt das nicht, dass wir nicht glücklich miteinander werden können. Manchmal muss man um sein Glück kämpfen. Und das dauert dann und kostet Kraft.«

»Also hat Paula gelogen?«, sagte Tante Elke.

»Hat sie nicht«, sagte ich schnell. »Aber ihr kennt sie ja. Sie übertreibt manchmal ein bisschen.«

Paula schaute mich kurz an und nickte. Sie hatte Tränen in den Augen, schaffte es aber, sie hinunterzuschlucken. Ein Fall von erstaunlicher Körperbeherrschung.

Und da meldete sich, erstmals seitdem die große Drillingsshow im Gedächtniscafé begonnen hatte, Bruno Hochschmidt zu Wort. »Ich denke, wir bitten Frau Wachsmuth und Herrn Dasgupta ebenfalls um zwei Wochen. Nennen wir es eine Bedenkzeit für alle Beteiligten. Er hat ja unsere Adresse und weiß jetzt, dass Paula in guten Händen ist.« Und zu Dasgupta gewandt: »Wären Sie damit einverstanden? Ich garantiere Ihnen die Sicherheit der jungen Dame.«

»Selbstverständlich«, sagte Dasgupta. »Es war mir nur darum zu tun, alles in Ordnung zu wissen. Ich hätte mir niemals verzeihen können, Paula einfach ihrem Schicksal zu überlassen.«

»Dann ist das geklärt«, sagte Bruno. Er hielt die Tür des Cafés auf, und Dasgupta verabschiedete sich mit zwei weiteren Verbeugungen. Wir begleiteten ihn bis zur Tür, und schweigend schauten wir ihm nach, bis er hinter einer Straßenecke verschwand.

»Tschüss, Guppy«, sagte Paula.

Das Ende vom Anfang

Es wurde dann ein schöner Geburtstag. Mitten in Neustadt war ein großer Flohmarkt. Dorthin gingen wir und kauften Unmengen von kaum getragenen Jeans und T-Shirts und Sweatshirts für meine Schwestern und überhaupt den ganzen Kram, den vierzehnjährige Mädchen so brauchen. In Brunos Lieferwagen fuhren wir das Zeug zu uns nach Hause, wo Tante Elke es portionsweise zuerst in die Waschmaschine und dann in den Trockner steckte. Bruno war derweil unterwegs, um an Tankstellen neue Verpflegung für uns zu kaufen. Er schleppte eine Menge Tüten und Flaschen und Dosen ins Haus. Immerhin waren wir fünf plus Hund, und niemand von uns hatte bislang gefrühstückt.

Es wurde sogar ein sehr schöner Geburtstag. Lange saßen wir in unserer Küche. Tante Elke beschwerte sich über die ungesunden Sachen aus den Tüten und Dosen und aß dann selbst so viel davon, als gäbe es demnächst eine schwere Lebensmittelknappheit. Wir stießen mit Limonade an und sagten alle Du zueinander.

Anschließend wechselten wir auf unsere Terrasse. Das Stammpersonal dort bestand aus Bruno, Pablo und mir, während meine Schwestern in unregelmäßigen Abständen aus dem Haus kamen und vorzeigten, wie die frisch gewaschenen Flohmarktsachen an ihnen aussahen. Manches musste Tante Elke ändern, dann steckte sie mit Nadeln ab, wo sie was zu nähen hatte. Dabei pikste sie jedes Mal in eine empfindliche Stelle, worüber sich alle nicht Beteiligten köstlich amüsierten.

Ein toller Geburtstag. Bruno mähte unseren Rasen und füllte das Loch auf, in dem die Kassette gesteckt hatte. Ich brachte Pablo bei, immer ein kleines Gefäß mit Bohnerwachs in der Nähe von Tante Elke abzustellen, und er tat so, als hätte es meiner Hilfe bedurft, um das zu lernen. Endlich waren die Mädchen mit ihrer Modenschau fertig. Wir guckten einen mäßig spannenden Film im Fernsehen, wozu es Nüsse und Chips und überhaupt den ganzen Kram gab, den vor Einbruch der Dunkelheit in sich hineinzustopfen eigentlich verboten ist. Weil nach dem mäßig spannenden Film das Zeug noch nicht zu Ende war, guckten wir einen weiteren mäßig spannenden Film.

Ein fantastischer Geburtstag. Abends saßen wir dann wieder alle zusammen auf der Terrasse, die Mädchen rechts und links von Tante Elke in der Hollywoodschaukel, Bruno, Pablo und ich auf Klappstühlen. Vor uns auf dem Tisch standen die Lateindompteuse und ihre dreizehn besten Freundinnen aus der Sammlung unseres Vaters und hielten je eine kleine Kerze in den ausgestreckten Händen. Wir pusteten sie aber nicht aus, schon mit Rücksicht auf die Kleider der Damen, sondern sahen ihnen bloß beim Herunterbrennen zu.

Mit einem Wort: Es wäre der schönste Geburtstag meines Lebens geworden, wenn sich Bruno oder Tante

Elke bloß zu meiner, das heißt: zu unserer Zukunft geäußert hätten. Das aber taten sie mit keinem Wort.

Längst war es dunkel geworden. Und nichts Besonderes geschah. Ich stellte mir vor, der Hund würde sich wieder in Nachbars Gartenfalle verirren und wir könnten ihn mit vereinten Kräften vor dem sicheren Elektrotod retten. Denn dann würden sich vielleicht die Beteiligten anschließend in die Arme fallen – natürlich jeder in die richtigen – und einander ewige Treue geloben. Aber leider saßen wir nur in einer Hollywoodschaukel und nicht in einem Hollywoodfilm. Wir saßen vielmehr am Stadtrand von Neustadt, und hier, in der Wirklichkeit, sind schmalzige, Pardon, romantische Lösungen von Familienkonflikten nun einmal nicht an der Tagesordnung.

Stattdessen redeten wir über dies und das. Über Hunde und Mähdrescher, über Eltern und Artisten, über die Ostsee und die Berge und über Scheidungen, Trennungen, unglückliche Beziehungen und darüber, dass geteiltes Leid nur halbes Leid ist, geteilte Freude aber doppelte Freude.

»Verdreifachte!«, sagte Paula und gähnte.

Und weil wir wirklich viel erlebt hatten und weil es nach zwölf und unser Geburtstag vorbei und morgen, wie man so schön sagt, auch noch ein Tag war, schickte uns Tante Elke zu Bett, wobei Bruno sie still, aber entschieden unterstützte. Wir sagten einander Gute Nacht. Pauline meinte noch, dass sie Paula und mich weniger unerträglich finde als die meisten anderen Menschen, Paula nannte Pauline eine altkluge fischköpfige Gewitterziege, und als ich vermitteln wollte, trieben mich die zwei heulend und johlend in mein Zimmer. Ich staubte dann noch meine Glaselefanten ab, tat, was man vor dem Zubettgehen so tut, und ging zu Bett. Kaum hatte ich mir die Decke bis zum Kinn gezogen, schlief ich ein.

Vielleicht eine Stunde später weckte mich ein Kratzen an der Tür. Ich hielt es schon für einen Streich meiner Schwestern und verhielt mich still, doch dann merkte ich, es war der Hund. Ich schlich mich aus dem Zimmer, er ging voran, und ich folgte ihm. Es war ganz dunkel im Haus, nur von der Terrasse kam noch ein wenig Licht, wie von einer einzelnen kleinen Kerze. Ich schlich weiter ins Wohnzimmer und versteckte mich hinter dem größten Sessel.

Draußen war kaum etwas zu erkennen. Bruno und Tante Elke mussten auf der Hollywoodschaukel sitzen, jedenfalls schaukelte das Ding sanft vor und zurück. Aber sie sprachen nicht. Entweder sie schliefen oder sie dachten nach. Ich hoffte auf Letzteres. Pablo hatte sich so gesetzt, dass seine feuchte Nase auf meiner Schulter lag. Er machte leise Geräusche mit Lefzen und Zunge, die klangen, als redete jemand in der Sprache eines anderen Sonnensystems.

So warteten wir. Wir warteten lange. Selbst der Zeit wurde es langweilig. Endlich verlosch die kleine Kerze. Beinahe hätte sich die Lateindompteuse, die als Letzte ausgehalten hatte, ihre Plastikfinger verbrannt.

In die jetzt vollkommene Dunkelheit hinein sagte Tante Elke: »Also, was ist?«

Worauf nach einer kleinen Unendlichkeit Bruno sagte: »Na gut, wenn du meinst.«

Es folgte ein Geräusch, von dem ich mit sehr viel Fantasie annahm, dass es entsteht, wenn einer seinem Nebenmann einen Arm um die Schultern legt. Anschließend herrschte wieder eine Stille, als wäre der größte Teil der Welt noch gar nicht erschaffen. Ich fand es wunderbar. Und hätte Pablo mir nicht seine Zunge ins Ohr gesteckt, so hätte ich ewig hinter dem Ledersessel gehockt und mich an der bloßen Tatsache gefreut, dass es mich gab.

Pardon: dass es uns gab!

So aber schlich ich aus dem Wohnzimmer und in die Küche. Zu meinem Erstaunen hatte ich nämlich trotz oder vielleicht wegen der Schlemmerorgie wieder Hunger. Im Kühlschrank stand allerdings nur der letzte aus der tapferen Riege der Milchreise, der mit dem großen gelben Zettel. Besser als nichts, dachte ich, nahm ihn heraus, und in einem Anfall von Übermut las ich endlich den Text auf dem Zettel.

»Oje!«, sagte ich beim Lesen leise.

Denn, lieber Papa, liebe Mama, es war nicht nur irgendeiner von euren blöden gelben Zetteln, es war vielmehr der mit weitem Abstand wichtigste von allen. Ein Zettel, nein: *der* Zettel, den ich, wäre es nach euch gegangen, sehr viel früher hätte lesen sollen. Ich hätte ihn ja auch sehr viel früher gelesen, wäre ich bloß allein und verzweifelt in Neustadt geblieben, statt auf Familiensuche quer durch das Land zu ziehen. Jetzt las ich ihn mit einer gewaltigen Verspätung. Du, Mama, hattest ihn geschrieben:

Hallo, Paul, mein lieber Sohn. Natürlich brauchten Papa und ich mal einen kleinen Erholungsurlaub. Aber wir lassen dich doch nicht im Stich. Was denkst denn du!! Wir sind doch keine Rabeneltern aus dem Märchen. Papa hatte allerdings die lustige Idee, so zu tun, als würden wir uns von dir trennen. Kleiner Scherz, nicht böse sein, okay! Wenn wir wiederkommen, kannst du ja erzählen, wie es dir so ergangen ist. Vielleicht gibt das ein paar Ideen für eine neue Fernsehserie. Wir sind übrigens auf Mallorca und bleiben drei Wochen. Genügend Geld findest du in der Garage. Es steckt in der Tüte mit dem Blumensamen. Auf der Rückseite des Zettels findest du eine E-Mail-Adresse und eine Handynummer, unter denen du uns immer erreichen kannst. Wenn du nicht zurechtkommst, düsen wir selbstverständlich sofort nach Hause. Ist doch klar! Deine Mama. Und Papa lässt herzlich grüßen.

Draußen ist es schon lange hell. Und das hier ist wahrscheinlich die längste und ausführlichste E-Mail, die jemals geschrieben wurde. Ich schicke sie jetzt ab. Und wenn du sie gelesen hast, liebe Mama, weißt du über alles Bescheid. Sollte Papa dir beim Lesen über die Schulter gesehen haben, was ich sehr vermute, weiß er auch Bescheid. Ich hoffe, er kann etwas von unseren Erlebnissen für seine Serien gebrauchen.

Oder noch besser: Er macht ein Buch daraus! Ein

richtiges Buch. Eines, in dem genau steht, was die Leute tun und sagen, was sie denken und wie sie versuchen, glücklich zu sein. So was will doch jeder einmal schreiben, nicht wahr?

Allerdings – sag ihm bitte, die Geschichte gehört vorerst mir. Das heißt: mir und meinen Schwestern. Wenn er sie haben will, muss er bezahlen. Beide müsst ihr bezahlen. Aber keine Angst, das ist nicht teuer, das kostet euch im Grunde gar nichts, nur vielleicht ein bisschen Überwindung.

Ihr müsst bloß, wenn ihr in zwei Wochen wiederkommt, alles gut finden, was euch hier erwartet. Ihr müsst alles akzeptieren. Alles und genau so, wie es dann ist.

Ich denke mal, der Preis ist fair.

btb

Ulrike Draesner

Spiele

Roman

ISBN 978-3-442-73636-2

1972: das Jahr, in dem Katja erwachsen wurde, und ihre erste Liebe sie verriet und von ihr verraten wurde. 1972 war aber auch das Jahr, in dem mit der Geiselnahme der israelischen Sportler die demonstrative Weltoffenheit der olympischen Sommerspiele aufs Brutalste torpediert wurde. 20 Jahre später beginnt für Katja eine Suche nach dem, was damals wirklich geschah. Und es zeigt sich, wie sehr die private Geschichte mit der großen, politischen zusammenhängt.

»Spannend wie ein Film. Spiele gibt es darin übrigens erstaunlich viele - nicht zuletzt in der Liebe, von der Ulrike Draesner in diesem Roman mit wunderbarer Nahaufnahme erzählt.«

Deutschlandfunk

»Ulrike Draesner hat ein sprachmächtiges Buch geschrieben, das den historischen Terroranschlag mit einer erfundenen Lebens- und Liebesgeschichte verknüpft.«

Der Spiegel

btb

Christoph Peters bei btb

Stadt Land Fluss

Roman. 224 Seiten

ISBN 978-3-442-73274-6

»Ein bestechendes Debüt.«

Florian Illies, Frankfurter Allgemeine Zeitung

Kommen und gehen, manchmal bleiben

Roman. 160 Seiten

ISBN 978-3-442-73060-5

»Christoph Peters erzählt so raffiniert, dass man es zuerst gar nicht merkt.«

Rheinischer Merkur

Das Tuch aus Nacht

Roman. 320 Seiten

ISBN 978-3-442-73343-9

»Das Tuch aus Nacht ist feinste Webware, nach der man im zeitgenössischen Literaturbasar lange suchen muss.«

Hubert Winkels, Die Zeit

Heinrich Grewents Arbeit und Liebe

Roman. 144 Seiten

ISBN 978-3-442-73064-3

»Man könnte Heinrich Grewent glatt für eine Figur von Loriot halten.«

Die Welt

www.btb-verlag.de

btb

Walter Kempowski bei btb

Alkor. Tagebuch 1989 (73093)

Alles umsonst. Roman (73756)

Aus großer Zeit. Roman (72015)

Der rote Hahn. Dresden im Februar 1945 (72842)

Heile Welt. Roman (72650)

Herzlich willkommen. Roman (72190)

Hundstage. Roman (73311)

Letzte Grüße. Roman (73330)

Schöne Aussicht. Roman (72103)

Sirius. Eine Art Tagebuch (73419)

Tadellöser & Wolff. Roman (72033)

Weltschmerz. Kinderszenen fast zu ernst (72202)

Das Echolot (72076)

Das Echolot. Unternehmen Barbarossa `41 (73175)

Das Echolot. Fuga Furiosa (72788)

Das Echolot. Abgesang `45 (73612)

Dirk Hempel

Walter Kempowski. Eine bürgerliche Biographie (73208)